青年文学粤军丛书

故城往事

欧阳德彬 著

SPM 南方传媒 | 花城出版社

中国·广州

图书在版编目（CIP）数据

故城往事 / 欧阳德彬著. -- 广州 ： 花城出版社，
2024. 8. -- （青年文学粤军丛书）. -- ISBN 978-7-
5749-0170-4

Ⅰ. I247.5

中国国家版本馆CIP数据核字第2024YZ7346号

出 版 人：张　懿
责任编辑：李　谓　曹玛丽
技术编辑：林佳莹
责任校对：汤　迪
封面供图：包图网
封面设计：吴丹娜

书　　名　故城往事
　　　　　GUCHENG WANGSHI
出版发行　花城出版社
　　　　　（广州市环市东路水荫路 11 号）
经　　销　全国新华书店
印　　刷　佛山市浩文彩色印刷有限公司
　　　　　（广东省佛山市南海区狮山科技工业园 A 区）
开　　本　880 毫米 × 1230 毫米　32 开
印　　张　10　1 插页
字　　数　223,000 字
版　　次　2024 年 8 月第 1 版　2024 年 8 月第 1 次印刷
定　　价　62.00 元

如发现印装质量问题，请直接与印刷厂联系调换。
购书热线：020-37604658　37602954
花城出版社网站：http：// www.fcph.com.cn

群鸦聒噪，

乱哄哄地飞向城市。

就要下雪了，

现在还有家乡的，

真是福气！

————尼采

目　录

序言 / 小说的魅力就在于那是无解的世界

欧阳德彬是近年涌现出来的文学新人，是一位新锐小说家。他现在是在校博士研究生，研究文学也创作小说，而且都取得了很好的成绩。仅此一点，欧阳德彬就很了不起。做文学研究的人，如果有条件，都应该搞一点创作。现代中国这样的学者非常普遍，可惜的是现在这样的学者已经凤毛麟角。有创作经历和感性经验的学者，在讲文学的时候，一定是非常不同的。

欧阳德彬也创作其他样式的小说，但《故城往事》集中出版了中篇小说，显然是有考虑的。我也觉得欧阳德彬的中篇小说写得最好，质量也大体整齐。这种状况也非常普遍，也不难理解。一是百年中国中篇小说成就最高，从陈季同、鲁迅、郁达夫、张爱玲、沈从文、赵树理一直到近四十年的小说创作，作为文体的中篇小说的成就，其他文体是难以超越的。因此，当下的中篇小说门槛高，作者队伍雄厚强大，没有好作品是难以脱颖而出的；另一方面，中篇小说很难市场化，一直在严肃文学很高的层级内运转，作者、编辑都有很高的要求和自我要求。这样，中篇小说创作的整体水准高，新出道的中篇小说作者的水准必然要高。欧阳德彬就是在这样的环境中成长起来的作者，他的中篇小说相对其他文体更好更成熟，也在情理之中。

　　欧阳德彬的小说观念非常正确，他的小说一开始就具有国际性或世界性的取向。国际性或世界性这些大词，听起来有点夸张甚至耸人听闻。我要说的是欧阳德彬在小说中处理的题材或内容。他的小说是以人、特别是青年人在这个时代的情感和精神世界为对象或内容的。只要稍稍想一下古今中外那些著名的文学经典，处理的内容或问题，几乎没有离开这一领域或范畴的。我是在这个意义上说欧阳德彬的小说具有国际性和世界性的。《故城往事》应该是欧阳德彬的成名作。这部中篇小说，在构思、人物设置和整体结构方面，极具现代小说的特征。"我"和"鸡蛋花"女孩回到了故城L城，说是为了"鸡蛋花"的毕业论文寻找故城方言。而且"鸡蛋花"希望"我"用"小说"的方式记述。但是，小说在处理这些"故城往事"时，虚虚实实、真假难辨，"一半是海水一半是火焰"。在大学校园及其周边，在故城的过往，通过小说的讲述，欧阳德彬深入到了人物和时代的纵深处，将这个时代青年的情感、思想、精神世界的风貌及其困惑，极具文学性地呈现出来，显示了欧阳德彬的文学素养以及理解时代世风的能力和小说创造性的能力；另一方面，是欧阳德彬对人性的深刻洞察。"我"与"鸡蛋花"女孩以及最后和林红的晤面，将人性最复杂的一面呈现给人看。那已经不能用虚伪、假象等道德化来判断或批评，那里的人性的全部复杂性，几乎是无解的。而小说的魅力就在于那是无解的世界。因此，欧阳德彬的小说是在这样的领域展开的，与文学的世界性就有了通约关系。这也是我看好欧阳德彬小说一个重要的原因。

　　小说集中的其他作品，无论是通过"鸟"的描摹，还是《山鬼》里的沈枫，以及"独舞"的陈欣，还是一再出现的张潮，欧阳德彬通过自己塑造的人物与这个时代构建了属于他个人的联系。我们通过这些人物，看到了新一代作家对时代、对世界不同的理解和表达。他丰富了我们对时代和世界的认知，也使我们坚信，因为有这样强大的生生不息的文学后备人才资源，文学才会波澜壮阔，永不枯竭。

　　是为序。

2024年6月30日于北京寓所

故城往事

第一章　鸡蛋花女孩

古希腊的一些哲人认为，爱情的保鲜期只有两个月，顶多两年。我却与鸡蛋花女孩在一起九年之久，至今没感到厌烦，甚至依然常有男女之间的激情。我想这种局面很大程度上取决于两年前的L城方言研究。我常常调笑她说，两年前的方言研究，使我们避开了七年之痒。

鸡蛋花女孩本该在三年前毕业，但是没找到合适的语言学论文选题，自然也没写出毕业论文，只好延毕。这对她的打击很大，导致她常常哭泣，有时候在洗浴间洗澡时哭，有时候早晨一醒来就哭，有次甚至在客厅打滚。我只好任由她滚了一会儿，待她筋疲力尽才把她扶到椅子上。起初她不肯坐到椅子上，像一只刚出壳的鹦鹉，腿软得站不起来，刚靠上椅子坐板，又滑向地板。我只好双手扶住她纤细的腰肢，间歇性使劲，重复上述过程。忽然，她安稳地降临到了椅子上，双目灼灼凝视着我。我太熟悉这种表现了，鸡蛋花女孩应该正经历着缪斯降临的神奇感觉。

"你不是在L城生活过十年吗？L城是历史悠久的古都。对，

《L城方言研究》。嘿，找到选题了！"鸡蛋花女孩的唇边顿时绽放出两朵久违的梨涡。

我顿时愣住了，为鸡蛋花女孩感到欣喜，同时意识到自己在劫难逃。

"你陪我去L城，直到我完成论文，反正你现阶段是无业游民。"鸡蛋花女孩忽然抓住我的胳膊，抓得生疼，似乎刚才还绵软无力小鹦鹉般的四肢瞬间发育成了老鹰的利爪。

"L城堪称你的第二故乡。你在那里肯定有很多同学或同事。"鸡蛋花女孩见我不说话，继续说道。

我十八岁从乡下到L城读大学，二十八岁离开L城到鸟城。那时候，我就打定主意，换一座城市，重新开始生活，与过去一刀两断，就像做错题后把黑板擦干净重新做。鸟城大学的研究生入学考试，根本难不倒北方的"小镇做题家"。进入高校后，在别的同学不愿意穿校服的时候，我却天天穿着校服，就像天桥上冒充迷路学生的老骗子。很长一段时间，我确实迷路了，迷失了生活的道路。

L城埋葬着我不堪回首的青春。我曾经暗暗打定主意，今生今世再也不回L城。可是，事到如今，我别无选择。

鸡蛋花女孩先是要求了一场地板上的男欢女爱，刚爬起来便开始在日程本上规划行程，甚至开始往凯蒂猫行李箱里塞衣服。我呆呆地望着刘海上沾着灰尘的鸡蛋花女孩，很难相信这是一位有洁癖的南方女孩。也许正如茨威格所说，某种突如其来的创作灵感给了她魔鬼般的力量，当然，还有魔鬼般的疯狂。

下了飞机，我们搭乘摆渡车到航站楼，衣服里裹挟着上车时的清凉空气，随即一下子被L城方言包围了，这一切都令我感觉不真实，恍若行走在梦中。记得当年从L城投奔鸟城，我可是坐了一天两夜的火车啊。

我常常想起与鸡蛋花女孩初次约会遇见的那只校园虎纹猫。

那天，我和鸡蛋花女孩在食堂吃过饭，相约一起去田径场跑步。通往田径场的人行道过于狭窄，我们不得不一前一后，保持着一定的距离。我喜欢走在她后面，望着她娇小的身子欢快地向前弹跳。为了方便跑步，她那天穿了白色的短袖和红色的短裤，长发扎成马尾状，看起来像一块红白带奶油的雪糕，让人忍不住想尝一口。我不好意思长时间盯着她甩动的头发和孩子气的身影，便时不时望向别处。这时候，我看到了那只虎纹猫，它正高高跳起，身体折成彩虹的弧度。落地时不是用四只脚，而是用整个身子，随即又高高地弹跳起来。一辆小汽车在前方疾驰，红色车灯射出两道亮光，像一只怒气冲冲的钢铁怪兽。车太快了，快得让人看不清车牌号，十之八九是教职工的私家车。

我伸出手掌按了按鸡蛋花女孩的肩膀，指向那只跳舞的猫。她停住脚步，漫不经心地望了一眼，说小猫咪活不成了。果然，虎纹猫一次比一次弹跳得低，不一会儿，不再弹跳了，开始侧躺在地上抽搐。又过了一会儿，抽搐变成了蠕动，琥珀般的大眼睛里也充了血，终于陷入永恒的死亡。一只闻声赶来的白猫蹲在同伴身边，无助地叫了两声，离开了。旁边就是校医院。校医院救不了一只被车轮碾轧过的猫。

九年来，我常常想起虎纹猫的死亡之舞。尤其在一些失眠的后半夜。我有时候会翻来覆去，怎么也睡不着，直到那只猫淡出意识。睡不着的时候，我有时候会借着微弱的天光端详熟睡的鸡蛋花女孩。她仰面平躺着，穿着单薄的粉底睡衣睡裤，睡衣上点缀着兔子和萝卜的图案，还是那么孩子气。听到她磨牙，我就用手指捏捏她小巧的颌骨。看到她微张着小嘴呼吸，我会默默一吻。有时候，她也会醒来，多半是被我翻来覆去吵醒的，问我怎么还不睡。我提起那只猫。奇怪的是，她甚至不记得初次约会时遇见一只猫了，似乎那段关于猫的记忆凭空消失了。可是她的记忆力惊人，只用了两个月的时间便背会了文学史和俞敏洪主编的考研英语单词，高分考上了本校的研究生。谈及她出色的记忆力，她总说自己最擅长的就是死记硬背，应试教育流水线的牺牲品。她只记得那晚田径场上很多人，有的顺时针跑圈，有的逆时针跑圈，塑胶跑道都不够用了，她只好把脚踝搭在栏杆上，练习压腿。她让我辅助压腿时，我的那只咸猪手总是不安分地滑向她的大腿深处。她是否想过，一个初次约会就毛手毛脚的老男人，怎么会把感情当真呢？

对我来说，那份对鸡蛋花女孩的亲近源自何处？我为什么坚信自己永远不会离弃她？

九年前夏日的一天，本科生毕业答辩的时候，我当记录员。那位穿着粉色短袖的女孩每个问题只回答一句话，并且只能回答一句话，有时候甚至只回答一个字。答辩委员会教授们齐刷刷投来的目光让她越发紧张，后面的问题甚至一个字也答不上来了。时间到了，学院秘书喊了声"下一位同学"。

答辩结束时，已是傍晚。我抱着记录本锁门的时候，发现她站在门口一侧，轻轻抽泣着。

"你怎么还不回去？"我站在她面前轻声问道。

"答辩没答好。"她带着哭腔说。

"不存在好不好的问题。都通过了。你看。"我说着，展开记录本，上面记录着本届中文系学生全体通过答辩。

"可是，老师们说我的论文逻辑不严密，问题意识不够。"她用纸巾抹了抹眼睛。她的鼻尖和眼眶都红红的。

"哈哈，逻辑不严密，问题意识不够，这可是万能评语，可以用来评价每一篇论文，包括教授们本人的论文。放一百个心，回去等着领毕业证和学位证吧。"我说。

她轻轻地嗯了一声，与我并排走出汇文楼。

也许因为刚下过一场雨，红砖小路散发着清亮的赭红光芒。我们并肩走在这样的小路上，沐浴着路灯穿过荔枝树投射下来的光芒。

我们没有说话，没有商量走哪条分岔交错的校园小径。说不清谁跟着谁，走了许久，还在同一条路上。

红砖小路的尽头是文山湖。几只黑天鹅静悄悄地伏在岸边，嘴巴钻进后背的羽毛里。

"师妹，你的工作落实了吗？"我打破了沉默。

"没找工作。我想考研。"她答。

"好呀，继续读书。"

"师兄可以分享一些经验吗？"

"谈不上经验。我们专业考研，还不都是死记硬背吗？"我哈哈一笑。

"我可擅长死记硬背啦。可是自己还是什么都不懂。就像答辩时那样，问到没有背过的问题，一句话也说不上来。"

"先考上再说吧。到时候有的是时间琢磨问题。"

"那麻烦师兄给我开个备考书单。"

"行，回到宿舍就发你。"

那晚的文山湖变小了，我们很快便绕行了一周，于是再绕行一周，忘记了吃晚饭。

很晚了，不得不回宿舍了。湖边石碑旁的出口附近，便是我的宿舍。石碑上刻着"岸芷汀兰"。旁边的出口有几棵矮树，枝叶鲜绿，开满素雅的白花。不知怎的，我感觉眼前的女孩就是那种南方花朵的化身。

"师妹，这是什么花呀？"我问。

"这是鸡蛋花。傻瓜！"说完，她便离开了，抛给我一个孩子气的背影。

"再见了，鸡蛋花女孩。"我轻轻喊道。

第二天一大早，鸡蛋花女孩自称外出搜集语言素材，让我待在酒店帮她整理文献。我看着摊开在床上的那几本旧书，想着阔别多年的L城风光，心里颇不以为意。我没敢联系L城的老友故知，不然我肯定会从一个宴席奔向另一个宴席。

整整一天，我在发黄的书页中披沙拣金，可总是摸不着头绪。俗话说，隔行如隔山，我的专业不是语言学。网购的参考书，大都毫无参考价值，甚至是正版的假书。就拿这本《L城方言辨正》来说，该书由某古籍出版社1999年出版，作者竟多达八位。第一作者是L城大学的H教授。在扉页的作者简介中，该教授是一位著作等身的语言学教授。奇怪的是，《L城方言辨正》全书竟然与L城方言毫无关系。全书分为三章，第一章是普通话语音基础知识，声母、韵母、声调等概念，这些概念照搬自通用教材《现代汉语》，第二章由五十篇加了注音的选文构成，第三章是普通话水平测试应试指导，附录是普通话水平测试样卷。在前言中，H教授机智地指出"本书为L城人学习普通话提供了妙方，也为L城人学习普通话提供了一条捷径"。很明显,这本书是L城方言研究领域中的假货,又是一本无所不能的书,也就是说放到任何一座国内城市都适用,换个书名就行了,比如换成《鸟城方言辨正》,也毫不违和。

眼看着夜幕拉下,鸡蛋花女孩要回来了,我只好从《L城方言志》中摘抄出两段凑数。

"L城方言属于中原官话,因与X城关系密切,所以与X城的共同点多于京城。声母方面尖团分明、微母仍带唇擦。照二知二念法是有规律性的。开口呼读如精组、合口呼转为卷舌。"

"L城方言的声母包括零声母在内共计二十三个,单字音韵母三十六个,不包括儿化韵母和合音韵母。L城方言的轻声是调值的弱化,有时也引起韵母变化。两个字连读有时读合音。"

鸡蛋花女孩顶着夜色归来,身上散发着清新的水汽。她一进门便乐呵呵地说:"逛了一天L城博物馆,回来时顺便欣赏了历史悠久的护城河。"

"你倒好,自己去旅游,让我面对发霉的故纸堆。"

"你在L城生活过十年,可以说每个犄角旮旯都逛遍了,没必要再逛一遍。我可是第一次来L城,甚至第一次来北方。我去了博物馆,感受几千年的中华文化气息,摘录古碑上的残编断简,对论文写作大有裨益。"鸡蛋花女孩操着一口书面语气息浓郁的口语,权威得令我无可辩驳。

"文献整理得怎么样了?"

我把写有摘抄笔记的本子递给她。

她轻轻扫视了一眼,便把本子丢到床上,用眼角的余光轻蔑地瞅着我。

"谁让你这样写？这样写我也会。东摘西抄，拼拼凑凑，每一个文学专业的学生都会。如果埋头故纸堆就能做出这个课题的话，我们也不用大老远来到L城实地考察了。"

"那该怎么样？"

"我要的是鲜活的L城方言。你要是真想帮我，就写自己在L城生活期间遇到的方言，最好用小说的笔法来写，这样更能辅助我理解方言词汇的真实语境，这也是应用语言学的学科要求。记得听你说过，十八岁的你刚下火车，来到L城，打上一辆出租车去L城大学报到。你发现出租车沿着一片城区绕来绕去，接近一个小时还没到地图上只有十一公里的大学。你怯生生地提醒司机走错路了。司机友好地称呼你'信球'。我一下子就理解了这一方言词汇的奥义。"

有整整两年的时间，我没有写小说，当然是因为鸡蛋花女孩。那是一个炎热的夏日中午，在那家我们常常光临的粤菜馆里，她浏览了一遍杂志公众号上刚刚推送的我的一篇小说，以毋庸置疑的语气说道："我不允许你写小说，因为你笔下的女人都有我的影子，都会使得别人联想到我。并且，自从我们在一起，你不再用才华和想象力写作，而是照搬现实，就像一名该死的记者。"在这两年内，我有过几次写小说的冲动，但是一想到鸡蛋花女孩的话便随即打消了这个念头。这两年间，我一边与鸡蛋花女孩约会，一边专注学业，认真读书写论文，在CSSCI期刊发表了五篇小说研究论文，成了一名让导师骄傲的学生，导师对我的"改邪归正"深表赞许，多次在公开场合大肆表扬。当然，我的积极"转向"确实让我在学院"名利双收"，因为那几篇论文，我顺利获得鸟城大学最高奖学金——由著名校友马化腾先生设立的"企鹅奖学金",其金额之可观,比我捣鼓几篇烂小说赢来的稿费美得多。可是,现在,鸡蛋花女孩竟然极力怂恿我用小说的笔法解释L城方言词汇,最好调用自己的亲身经历。她一口咬定,那些常见的方言词汇肯定在我十年间的L城生活中出现过,并且频繁出现过。

第二章 异乡的河畔

"俺日他day啊"中第四个语音找不到合适的汉语,只好用发音相似的英文单词代替。这个短语其实不是骂人的话,虽然有个不大文雅的动词。在我的理解和经验中,这个短语的意思接近于"oh,my god",表示惊叹或者感叹,甚至什么意义也没有,只是不让嘴巴闲着,就像有人嘴里叼着根火柴棍一样。

曹哥是我认识的L城本地人中最频繁地使用这一短语的人。事实上,我在L城读大学的四年,寒暑假从来没回过老家。对于我这个"天选打工人"来说,假期意味着各种各样的兼职,美其名曰"勤工俭学"。大一的寒假,我在一家补习班当英语老师。曹哥是我的同事,年纪比我大十三岁。曹哥自称毕业于本省某著名大学的英美文学专业,对于这一点,我始终不大相信。他把我当作小兄弟。我们很快成了朋友,"厮跟"在一起。

傍晚时分,鸡蛋花女孩一回来就检查我的"作业",看到我一整天就写了这么两段就气不打一处来:"怎么啦?缪斯不再光顾你啦?写得又短又枯燥。要不,你明天也出门逛逛,到一些老地方看看,激活一下回忆?你上午闲逛,下午写作好了。"就这样,我习惯性地对鸡蛋花女孩言听计从。

第二天上午，我去了母校L城大学，又在护城河边徘徊良久。在河边的时候，我想起了自己的初恋女友。那时候，我们常常并肩躺在河畔的草丛里仰望天空，偶尔交叠在一起。当然，我打算隐藏掉这段回忆，不，我打算隐藏掉很多回忆。为了使得叙事显得真实，我刻意添加了一些真实的经历和场景。为了拉开作者与主人公的距离，避免鸡蛋花女孩将我对号入座，我采取第二人称叙事。开头的背景叙述可能没有方言，但随着叙事的伸展，L城本地人的出现，方言词汇将"花枝招展"。

大学生活开始了，家里每月初一汇来少得可怜的生活费，根本不够花，连在食堂吃饭都不够。那张金黄色的邮政储蓄卡上雕着一匹马，一名峨冠博带怪模怪样的古人骑在那匹马上，似乎在出门远行，无奈粮草难觅，前路凶险。

囊中无银，生活圈子必定小得可怜，你除了上课、睡觉，就是钻进图书馆的报刊阅览室。泡图书馆不用花钱，还能给老师同学留下勤奋好学的印象，你顺利当选班里的学习委员。其实，你看到同学们结伴去校门口的超越网吧打游戏，看到青年男女勾肩搭背去唱K，看到舍友阿金脖子上挂着个被称为MP3的电匣子，心里羡慕得要死。那小子不仅有MP3、索尼随身听，牛仔裤口袋里还别着一部波导手机，他常说那是手机中的战斗机。阿金刚开始买了部小灵通，那玩意儿要高高举起才能发出一条信息。在马克思主义公选课上，他频频举手，引得那位口吐莲花滔滔不绝的中年女教师让他回答问题，他红着脸说自己举手是为了发信息。我们都知道他是在谈生意。女教师当时就火了，严令禁止在课堂上玩手机，你们这些蠢货在我的课堂上不跟我一起畅想物质极大丰富、人人全面发展的共产主义理想社会，竟然玩手机，活该一毕业就失业。"一毕业就失业"在人群中引起一阵骚动，招生简章上不是明明写着"我校上承L城太学之余绪，有三千多年历史，建校以来毕业生就业率一直保持百分之百"吗？图书馆广场的石碑上不是镌刻着"史溯L城之宗源，脉系文明之祖根。荣列世界之名校，声扬天下之不群"吗？

在二十一世纪初当贫下中农子弟一点也不光荣，物资匮乏带来的自卑深入骨髓，你比谁都渴望堕落，而堕落需要金钱。周末的时候，你骑上那辆吱嘎作响的二手自行车，离开大学所在的郊区，穿过那条名震汉唐的护城河，到市区做家教。L城大学众多，而你就读的是最烂的一所，专业是英语，做两个小时家教只能挣到十五块钱，经常是十五个钢镚儿。这家教工作也是好不容易找到的。你像其他寻求家教工作的学生一样，站在王城公园人员密集之地，胸前挂着个用毛笔字写着"家教"两个字的纸箱残片，任人挑选，如同奴隶市场上待价而沽的黑奴。你感觉作为一名三流大学的学生，能被给孩子找家教的阿姨们的目光戳死。广场示众了三天都没找到家教工作，倒是有几个问的，但是一报上校名人家扭头就走了。那个夏日的夜晚，你把脖子上带来无尽羞耻的家教牌子撕碎丢进了垃圾桶，倚在周文王雕像大理石底座上号啕大哭，慢慢地滑蹲到地上。那晚天气晴好，月光照在文王波浪一样翻卷的长袖上，勾勒出它冷峻的侧面像，周围的天地安详而静默。它如此高大宏伟，你踮起脚尖也高不过它的底座。它则脸也不转，遥望远方，无视蝼蚁的悲哭。

奇怪的是，阿金不仅做生意挣钱，做家教也挣了不少钱，就像他的名字一样日进斗金。他在宿舍把那部举手才能发出信息的小灵通卖给了另一位室友，挥舞着自己新买的波导彩屏手机。看到没，这是手机中的战斗机，比杰哥的诺基亚都高级。他得意扬扬地炫耀。可不是吗？杰哥的黑白屏诺基亚在阿金的波导面前，就像瓦片放在汉砖旁一样，就像孙子跪在爷爷面前一样，光是块头就不是一个量级。有次一起去食堂吃午饭，你请阿金吃鸡腿喝可乐，向他请教寻找家教工作的奥秘。他呵呵一笑，从公文包里掏出四五个学生证，啪地一声甩在食堂餐桌上。你逐一翻看，顿时惊呆，乖乖！真是不得了，不仅有本城最好大学的学生证，还有北大清华的学生证，都有阿金本人的照片，照片上压着钢印，盖着公章。

本城的学生证平时用，北大清华的寒暑假用，就说自己家在本城，为了减轻父母负担，趁着假期出来做做家教。这样既显得自己水平高，又显得有孝心；别说做家教，就是到培训机构当高级讲师都不在话下。阿金野狗一样撕咬着你平时不舍得吃的鸡腿，用口水音说道。

这样，看在我们是舍友平时交情又不错的份上，你给我一百块钱，加上一张标准证件照，我找校外的朋友给你办个新的学生证，够你用的了。阿金见我瞠目结舌，接着说。

虽然很是不舍，你还是给了阿金一百块钱，算是前期投资吧。果然，下星期上马克思主义公选课课间休息的时候，阿金把你拉到卫生间，递过来一本新的学生证。

那个漫天大雪的L城冬天，寒假期间你没有回家，依然待在停了暖气冷冰冰的宿舍。那时候，你在一家名为老东方的培训机构当英语老师，给中小学生补习英语，当然多亏了那本学生证。老板老王是L城本地人，个头不高，小眼睛一眨一眨，分外精明，操着一口地道的L城方言，见到你就亲切地问："看你一身骨头架子，穿得怎少，低脑冷不？"大概是要显示比俞敏洪的"新东方"还要有文化底蕴，他给这个只有几十名补习生的培训班起了个"老东方"的名字。

就在那个补习班，你认识了同样当英语老师的老曹。老曹当时三十来岁，你便称呼他曹哥，背地里叫他老曹。老曹抽烟很凶，讲一会儿课就去过道里抽支烟，可是他很受欢迎，说一口流利的中式英语，夸张的表情和古怪的姿势经常把学生逗笑，跟疯子似的，师法李阳。你讲课就照本宣科，支支吾吾，古板无趣，他让你学习他的"Body Language"（肢体语言），所谓的"Crazy English"（疯狂英语）。他有他的小算盘，有次他把你喊到楼下的米粉店，请你吃了碗牛肉米粉。他说你们每月只有那么点工资，钱都让老王吃独食了，不如开个新的补习班单干，顺便把生源带过去，如今开补习班可吃香。

老曹的想法惊得你目瞪口呆。

"算了，咱俩厮跟着，自己招生，不带这里的生源。这样做人地道些。挖墙脚毕竟不好嘛。"老曹补充说，胳膊肘支在木桌上，食指和中指之间夹着一根小浪底香烟。

"那岂不是背叛了老板？"

"背叛？你这样能办成啥事？现在是市场经济时代，这叫自主创业。"

老曹对着你的眉心吐了个挑衅的烟圈，呛得你咳嗽了好一阵子。他咧着两片肥厚的嘴唇笑了，嘲笑你的无知。他的嘴唇中间部分是烟灰白色，大概是长期抽烟的罪证。

你不知道说什么好，只好低头吸溜着牛肉米粉。你疑惑，多么精湛的刀功，才能把牛肉切得比纸片还薄，真是地道啊。

"老哥也是为你着想，你算算，一月工资八百块。你小子毕业后只配住城中村，吃猪食。"老曹乐呵呵地说。

"还有就是，你也该找个女朋友耍耍嘛！撸管伤身体。"老曹又笑了。

"我哪有？"你立刻涨得头脑发热。

老曹看到你的窘样，哈哈大笑起来，眼睛眯成一条缝。

"补习班里的林红就不错嘛！那妮子长得可体面，真不赖，配你绰绰有余。用不用老哥牵线搭桥？"

"什么呀？她是高中生。"你支支吾吾。

"现在的城市女孩，早熟嘛，比你懂得都多。俺觉得她对你有意思。你不要别人可要下手了。俺日他day啊，我看你是有贼心没贼胆。"老曹继续调笑你，可你怎么都不相信他的鬼话。你眼前还是立刻浮现出林红的模样来，轮廓分明的细高个，漆黑的长发整齐地拢在脑后扎起来，总是一脸恬静美丽的笑容，见到你就要跟你比个子。

"来，小张老师咱们比比个子。"说完，林红就拉住你的手腕跑向过道里的大镜子。镜子里有美丽又自信的她，胸部挺得老高，个头已经赶上你了，穿着干净的衣裙，洁白的耐克运动鞋。她的旁边，站着一脸窘迫的你。

"其实你还是比我矮一点。"你半天憋出一句话。

"才不是呢。人家的脖子还没伸直。"林红清脆地反驳。

果然，她下巴一抬，伸直了洁白的天鹅颈，一下子就比你高了。

"想不到你竟然留了一手。不对，女孩比男孩显高。"你盯着她扬起的下巴，心慌意乱又哭笑不得。

林红哈哈大笑起来，甩着头发跑进补习室，留下一脸呆蒙的你，站在大镜子前无所适从。你这才注意到，大镜子顶端有一行红色水笔写的小字："小张老师，其实我们一样高。"

在你就读的英文系，自然不乏美丽的女孩。那年寒假，班里没有回家的同学不止你一个，还有阿樱。班里的男生本来就屈指可数，都喜欢她，都追求过她。你追求阿樱唯一的尝试是约她赏雪。

那年寒假的冬雪异常盛大，南方已经落雪成灾。阿樱坐在电单车后座上，戴着毛线手套的双手环住你的腰。你竭力把控车把，让电单车在雪地上保持平衡。电单车是老曹借给你的，他再三叮嘱停车时记得落锁，车轮锁与电池锁都要锁上，L城遍地小偷。电单车沿着狭长的河畔公园行进，你盼望着那条路永无尽头。

你一直小心翼翼，在一个并不怎么陡峭的下坡，还是摔倒了，连人带车滚进洼地里。你顾不上车子，上前扶起阿樱，刚弓起身子，脚下一滑，两人又摔到雪中，索性就躺在那儿，嘻嘻哈哈地打闹。不知怎的就纠缠在一起，你尝试着亲吻她的唇，品味着她温暖的鼻息。她清脆欢快的笑声一下子停止了，四周一片沉寂。

她会不会生气呢？你心中忐忑不安。

"有东西硌疼了我的手腕。"她沉默了一会儿说。

你赶紧兔子一样扒拉着她手腕底下的雪，不一会儿便露出半截灰黑的牡丹花藤，竟然已生出浅绿色的嫩芽。原来你们躺在牡丹花圃里。初春时节，这里便是一片花海。

你们依旧在雪地上躺着，却没有再靠近彼此。

"你现在还单身吗？"你终于鼓起勇气问。

"跟老家的男友分手了，异地恋太辛苦。"她说。

"哦。"

"我现在跟中文系的一名已有家室的讲师在一起。我可不想让自己的青春太寂寞。等毕业回了老家，说不定还会与前男友复合。"她沉默了一会儿补充道。

面对她的坦诚，你心中雪夜般凄凉，不由得打起寒战来。

"我对英语兴趣不大，有一天，我也转到中文系去……中文系更适合我……"你喃喃呐呐，似乎在自言自语。你知道，说什么都没有意义。

许多年后，你依然会经常回忆起那个漫天大雪的冬天。寒假的一天，你骑着一辆电单车穿越河畔公园，后车座上是你暗恋的女孩，双臂环着你的腰。

老曹骑着那辆电单车，专程从家里赶过来探望你这个为情所伤的小老弟，带来了一瓶竹叶青白酒和两袋酒鬼花生。

"这算个啥鸡巴蛋事，就把你愁成这样？什么爱情啊，女人啊，不过是精虫上脑，荷尔蒙作怪，你到俺这个年纪就明白了。"老曹举起一次性纸杯，在你眼前晃了晃喝了一口，发出一声畅快的呻吟。

竹叶青烧喉，五六块钱就能买一大瓶，估计是酒精勾兑的。

"这酒很辣。"你像小猫舔水那样尝了尝，随即眉头拧成一团，表情痛苦。

"辣才过瘾！俺看你是少爷的身子跑堂的命。俺这杯都喝光了，你还剩一多半，女里女气的。"老曹两眼放光，乐得眼角皱出了鱼尾纹。

接下来，你憋住气，咕咚咕咚把那一纸杯白酒倒进喉咙。

"这还差不多。"老曹得意地笑了。

"来，抽上。这烟可地道。"老曹递过来一支小浪底，用火机点燃。看着你被呛得咳嗽的样子，他又哈哈大笑起来。

"老弟，你还嫩得很哪！真男人就要调情有意，穿衣无情！"老曹抽着烟，晃着夹烟的粗手指，一副老气横秋过来人的派头。他看到你给自己的纸杯又倒满了酒，脸上露出心满意足的神色。

"男人要以事业为重！像你这样儿女情长，早晚死在女人的腿缝子里。俺在你这个年纪的时候也遭过女人的罪。对了，俺跟你说的厮跟着办补习班的事，你考虑得怎样了？"老曹终于切入了正题。

"哦，辞职……我再想想……"你支支吾吾。

"俺日他day啊！你不舍得八百块钱工资？"老曹恨铁不成钢。

"好，那就辞职吧。跟老板当面说不出口，发短信行吗？"你不情愿地说。

"这有什么说不出口的，一些事只能当面说！你明天跟我一起去趟老东方。"老曹胸有成竹地说。

大桥上，路灯昏黄却明亮，人行道上有三三两两悠闲散步的人。你坐在老曹的电单车后座上，第一次感到L城的夜色如此温柔。他说得没错，酒是男人的朋友。这会儿，你感觉身体像风筝一样轻盈，飘过长河，飘到河对岸的河神洗浴中心里。

你们跟着经理穿过那道霓虹彩门，来到一个类似客厅的大房间，坐在沙发上。经理招呼来的十几位身着唐装手摇团扇的年轻姑娘，围成弧形站在他们面前，各自摆出撩人的姿势。

"选一个吧！俺请客。看到了吧，L城美女全在这儿。看到了吧，这就是盛唐气象。今晚，哥就让你当一次唐明皇！"老曹跷着二郎腿，肚腩微微挺起，嘴角叼着一根烟，一副大老板的派头。

"忘记一个女人最好的办法是再找一个女人。"老曹见你窘迫不安，循循善诱。

你忽然意识到这里是自己不该来的地方，便起身离开。

你没有回头，但是感觉到老曹跟在身后。

"你自己怎么不选女人？"到了老曹锁车的地方，你回过头问。洗浴中心的霓虹已被远远抛在身后。

"俺不需要啊。俺快结婚了。主要是给你小子去去火。"老曹乐呵呵地说。

"这！"你有种被骗的感觉，旋即又为之感动，你想到老曹也不是手头宽裕的人，三十来岁的人了，还要筹备结婚，哪有闲钱胡搞。

老曹的未婚妻，你在她去培训班找他要电单车钥匙的时候见过，一位两颊有些微雀斑的女人，看起来是那种贤惠持家的类型。

老曹的"远大前程英语补习班"开在创业路家宝菜市场的楼上。一楼是家宝菜市场，老曹的爸妈在里面摆摊卖菜。二楼本是住宅，老曹用实惠的价格租了套两室一厅。在客厅里摆上七八张小桌子，立起一块简易的白板，布置成教室的样子。

老曹和你一起在培训班附近的创业路散发招生传单，一看见城管就赶紧把传单塞进双肩包里。发传单的效果并不好，招不来学生。你们便在公交车上的把手上下付费广告。这是老曹在乘坐公交车时突然迸发的灵感，他说把手比传单更吸引人们的目光，只是要付费。L城的公交车上浑身都是广告，连报站也是广告，比如："L城牡丹女子医院提醒您，L城男性专科医院到啦！"

老曹怪异的把手理论果然为培训班招来了最初的三名补习生，而且他们是从别的城区大老远赶来补课的。

"俺日他day啊，新生活开始了！"老曹欢呼。

鸡蛋花女孩拿起我白天的手写稿的时候，我内心升起一阵古老的恐惧，那是写下的文字被审查的恐惧，似乎写作是一种根深蒂固的原罪，无论写下的是虚构还是真实，是真人实事还是胡编乱造。

"与昨天相比，有进步，融入了一些真情实感，有了若干方言词汇，写出了一点点L城风情，但是农民子弟进城，苦大仇深，一点都不好玩。林红那几段，还有点看头，可惜没有展开。我虽然不是严格意义上的文学专业的学生，但我感觉，还是爱情故事好看。"鸡蛋花女孩轻轻地把稿纸放在床头柜上。

"你希望我写L城爱情故事？"我试探性地问。

"当然。只是别忘记描写一下本地风物，教科书上说了，民族的，也是世界的。那么L城的，也是全国的。"

"我写到其他女人，你不会吃醋？"我问。

"哈哈，哪会，看把你嘚瑟的。小说都是虚构的嘛！"鸡蛋花女孩说。

"你不是说我不是靠才华和想象力写作，而是照搬现实，像个该死的记者吗？我都两年没写小说了，只写小说研究论文，只搞理论的理论符号的符号。"

"此一时彼一时呀！你阔别L城多年，哪怕照搬现实，也肯定掺杂了许多想象，变成小说啦。"鸡蛋花女孩沉默了片刻说。

"有道理！对了，你说明天要去拜访L城大学的一位语言学教授，要不要我陪你去？如今的教授也可能是禽兽啊。"

"哎呀！你想到哪里去了。这位H教授是我导师的师兄，提前联系好的。你就放一百个心吧。你乖乖待在宾馆完成老婆布置的作业。"鸡蛋花女孩抚摸着我的头顶，就像抚摸一名中小学生。

"可是我翻看了H教授的《L城方言辨正》，跟L城方言毫无关系。"

"H教授还有一本专著，书名是《L城方言辞典》，那才是货真价实的学术研究。《L城方言辨正》是他当年晋升教授时的急就章。"

"哦。我错怪他了。"

"看人要全面，不可妄议。"鸡蛋花女孩的表情越来越像一名中学语文教师了。

第三章　林花谢了春红

林红是远大前程英语培训中心最初的三位学生之一，用老曹的话说，她是奔着你来的，她仅仅比你小三岁。你不信，也不敢相信，但又压抑不住心中对她的好奇。

讲课的时候，你的目光无意中碰触到她的目光。你赶紧移开了，远没有她大方。她的脸上依然挂着甜美的笑容，似乎有意捕捉你的目光。你的目光越是躲藏，她越是来劲。你们用目光玩着捉迷藏游戏。

你和林红唯一的约会在王城广场。

那是一个秋日的周末下午，你约她一起去广场分发招生传单，她竟然答应了。

傍晚时分，传单已经发完。你觉得发传单这样的粗活委屈了那位天使一般的都市女孩，便提出请她吃饭。你在广场附近找了一家看起来干净的饭馆，同时担心口袋里的钱不够。

那是一个靠墙的卡座，形成一个相对封闭的空间。

她放下了扎起来的长发，分披在肩上，更加光彩照人。

你迟疑地伸出手，用食指和大拇指捻着她的一缕头发，赞叹它们又黑又直。

"我从来没把你当老师。再说了，你也没有老师的样儿。"她笑着说。

你没有说话，不知道怎么搭话。

饭后在广场散步，你用口袋里仅剩的两个钢镚儿给她买了一瓶果粒橙。她要回老城，而你要回郊区的大学，便分开了。

花光了最后两个钢镚儿，你无法搭乘公交车，便步行回大学。

步行很远，穿过牡丹大桥，还有很长的路程。

你觉得马路上汽车尾气散发着牡丹花的香味，幽深的河水甘洌怡人。

那是一条漫长的路，也是一条幸福的路。

你午夜时分才回到宿舍，可一点也不觉得累。

两指捻着她的长发，这是你们在L城最亲密的一次接触。许多年后，你才明白，女人现场改变发型是为了唤起男人的注意。

接下来的两个月，林红依然在远大前程英语补习班补习。你依然去人流密集的地段分发招生传单。只是你发传单时不再叫她，觉得委屈了她。

有一天，老曹对你说，林红没有续课，她交了男朋友。

你心里一震，问她男朋友是谁。

"小黑，你教过的，也是老东方的学生。"

你头脑嗡嗡直响。你大致了解小黑，还跟那个皮肤黝黑、唇边过早长出一层黑毛的男孩说过话。

当时你靠在老东方教室门口的护栏上，望着前面的马路。

小黑凑了上来，指着马路斜对面一座带围墙的小楼，说他老爸是里面的大boss。

你眯着眼睛，试图看清门牌，恍惚是什么工务段，他爸就是他说的什么段长。

你当时第一次听说还有这么一个官职。

随即，小黑拧开一瓶娃哈哈营养快线，说他从来不喝开水，家里别人送的饮料永远喝不完。

你经常碰见小黑和不同的女孩躲在楼梯间打闹或窃窃私语，你不明白林红为什么接受小黑，又不是不知道小黑两个月前还跟另一位学生的姐姐混在一起。

"她是觉得你对她没意思才离开的。送到嘴边都不要，你个信球。俺早就告诉过你，女人到了年龄就会找男人。"老曹说。

你不敢想象小黑怎样像一条黑狗一样占有了她。你更不敢问她多久之后被小黑抛弃。但你的脑海中还是无数次浮现出小黑糟蹋她的场景。

一个好端端的都市女孩，不可能轻易作践自己。你努力回忆着最后见到林红的情景。

那是一个临近过年的冬夜，大学宿舍楼上了锁，你不愿意回老家过年，只好住进老曹开补习班租来的房子里。那是你第一次在异乡的城市度过一个完整的冬天。那是一套两房一厅的毛坯房，两个小房间摆着几张二手市场淘来的桌椅。老曹买来毛毡毯，盖在客厅布满尘土的粗糙的水泥地上，又在客厅靠窗一侧拉上一道布帘。布帘的后面有一张小木床和一些炊具。老曹平时在小床上午休，用电磁炉做点简单的饭食。年关将近，老曹回家了，把客厅让给你住。

一天深夜，你被一阵急切的狗吠惊醒。你拿起手电筒，循着叫声沿着楼梯来到楼顶，看见楼顶一两平方米大小的砖垒的狗窝。楼顶和狗窝顶都积了薄薄的一层雪，狗盆里也是雪，一阵冰雪的寒气直入你的鼻孔，涌进你的心底。那条黑背黄毛的大狼狗站在窝前，摇着尾巴，目光炯炯地望着你，时不时地抖抖身子，甩掉雪花。大概那畜生发现下雪了，不见主人的踪影，才大叫起来。你觉得自己像那条狗一样孤独，不，你比那条狗更孤独。狗盆里的食物残渣表明主人经常来喂狗。你在这个世界上像一片雪花那样微不足道，即便今后毕业了，也是做一份补习班教员之类微不足道的工作。而你对这补习班，又没有什么信心，学生人数忽多忽少，迟早要倒闭。

年三十的夜晚，你用老曹的电磁炉煮了一袋从量贩买来的速冻水饺，吃过之后，没有洗碗便爬到楼顶遥望河畔公园的烟花，又跑去看了一眼大狗。那畜生正龇牙撕扯狗盆里的一只热气腾腾的白煮大鸡，嘴里发出满意的享受的呜呜声。大概那是狗子的年夜饭。你竟然喉头抽动着，不自觉地咽了几次口水。你鄙视自己，便匆匆下楼，躲进冰凉的被窝，靠在床头的墙上，借着悬吊着的蒜头灯泡的光亮，读一本旧书摊买来的小说。

忽然，你听到轻轻的敲门声，起初轻轻地敲了三下，见没有回应，敲门的力度和频率加大加快了一些。可能有人在敲隔壁的门。可那声音分明离你很近，伴着皮鞋踩踏楼板的嗒嗒声，似乎来客在跺脚。

你的半只脚不情愿地钻进鞋里，用脚掌踩着，趿拉着去开门。大概上楼顶时鞋子沾了雪水，这会儿变得冰凉。

门口站着林红，依然一脸恬美的无邪的笑容。她穿着一件粉色的长及膝盖的羽绒服，戴着一顶粉色的毛线帽子，长发披散在肩上和背上。她的手套跟帽子是同样的毛线织出来的，两只手套之间连着一条毛线。大概她穿了长筒保暖皮靴的缘故，你感觉她比你高出许多。

"给你送好吃的来了。"说着，林红把手里的塑料袋递给你。

你把林红让进没有暖气没有火炉的房子，让她坐在客厅的方凳上，靠着一张单人课桌。

"大过年的，你怎么出来了？"你问。

"那还不简单。我跟我妈说和闺密一起去河畔公园看烟花。"林红欢快地说着，唇边吐出白雾，有芳香温暖的气息。你确信古代文人骚客描写佳人"吐气如兰"的精准，不像你将来见识过的半老徐娘，张口就是下水道的气味。

"真野。"你微笑着说。

她的轻松欢快衬托着你的自卑窘迫，聊了几句你便找不到话题，尴尬地沉默着。

"怎么，不看看我给你带了什么好吃的？"林红说。

你慌忙解开打了活结的塑料袋，里面还有几个塑料袋，分开装着一些东西，有当地出名的年货炸咸食、一只榆树园烧鸡、一小堆锅贴，还有两瓶海碧牌汽水。

"天哪，大冬天还买汽水？"

"我想和你一起喝汽水，当香槟，哈哈。"

"当香槟？纪念什么？"

"纪念我们的第一次……一起吃饭。"

你去布帘后面，找不到开瓶器，或许压根儿没有开瓶器。你灵机一动，把瓶口塞进铁窗棂的空隙，开了瓶。

你们碰了瓶子，喝着冰凉的汽水。

"过瘾吧？"她依然嘻嘻哈哈。

"过瘾，过瘾。"你频频点头。

"想不想来点更过瘾的？"林红用明亮的眼神望着你。

"什么？"你嗫嚅着。

"做我男朋友，我把我给你。"她忽然严肃地说，一改嘻嘻哈哈。

"这……这不行吧。我们是师生……你的亲戚朋友会看不起我……我就是一个乡下来的小乞丐……"你边说脑海里边浮现出布帘后面肮脏的床铺，乌黑油腻的枕头，窗上的灰尘，没有热水的毛坯房卫生间……

时间似乎停止了，每一秒都十分漫长，又十分迅速。

终于，林红抿抿果冻般的嘴唇，狠狠地带上门，走了。金属防盗门撞击门框，更撞击你的心。你似乎听到什么东西破碎了，永久地破碎了。

过了一会儿，你似乎明白过来了什么，抓起枕头下的二手手机，一遍遍地拨打她的电话，已经接不通了。

"没夁就好！这里是神圣的学堂。干了那事晦气。"老曹叼着一根烟说道。那根嘴角的烟随着他的话语上下窜动，就像衔着一根活泥鳅。

这时候，老曹坐在一张二手家具市场淘来的老板椅上，跷着二郎腿，轻轻地旋转着身子，旋到一定限度再转回来，似乎在测试椅子轴承的灵活度。老曹不久前配了一副金框平底眼镜，置办了一套西装，看起来文质彬彬，和蔼可亲，更像一名教师或者老板了。可是，学生人数却不见长进，总是稀稀落落，开不成小班课，大多数时候都是一对一。就连老曹本人，也经常去别人开的补习班代课。

"俺日他day啊，培训班不好开。怪只怪俺们太实在。这世道，太实在就赚不到钱。"老曹说。

"你的意思是？"你轻声问道。

"当初就该挖墙脚，把老东方我们教过的一些学生带过来。"老曹仰着头，眯着眼睛，似乎在运筹帷幄。

"其实俺已经做了一些工作。按照当初整理的通迅录联系了部分学生家长，并提出优惠方案，还真有家长愿意孩子转学到俺们这里来。"老曹说。

你倚在门框上，虽然这事不是你做的，但也感到窘迫不安。

"对了，有位家长提出上门教学，你去吧。那位学生家庭条件确实不错，除了课酬，还可能会有一些奖金，一个发财的好机会。"老曹说。

"那我该分成多少？"你轻声问道。

"全归你。俺日他day啊，你竟然问这样的问题。俺一直把你当作亲弟弟。"老曹说着，递给你一张便签，上面写着地址和电话。

"只是你要早做打算，找一份正式工作。咱们的补习班维持不了多久。一个槽拴不住俩叫驴，总是住在客厅也不是事，俺得鼓励你走出去。"老曹沉默了一会儿说道。

你心头涌起一阵寄人篱下的失落，眼前模糊起来。

老曹似乎看透了你的心思，安慰道："弟弟啊，俺不是赶你走。你一个正儿八经的大学生，理应有一份更好的工作。让你出去闯荡是为了你好。"

周末下午，你按照约定的时间去做老曹挖墙脚得来的"上门教学"。老城区低矮的单层瓦房看起来年久日深，枯黄的瓦楞草在屋脊上轻轻摇曳。你踏着青石板路，望着满街锯齿形状的店铺旗帜，恍惚走进L城的历史深处。那似乎是一座跟新区的高楼广厦截然不同的城市，一座看不见却真实存在的城市。那古老的门楼，钟鼓响起，声音悠长，久久回荡。

低矮的瓦房和钟楼丛林中也有高楼拔地而起。那栋附近片区唯一的老楼，便是你的目的地。你走到高楼之下仰望，觉得那栋住宅楼十分孤独，或者说，俯视一切，十分傲慢。

楼下大门口的保安问你啥事，你说做家教，保安要求你联系业主下楼引你上去。

过了足足半个小时，一个身材粗短、脸庞黝黑的男孩一路小跑来到门口，嬉皮笑脸地对你说："对不起了，小张老师，你打电话时我正玩《罪恶都市》，刚打完那一局。"

那男孩正是小黑。

你跟随小黑进入电梯。电梯升起令你感到一阵轻微的眩晕。那时候，你出入的场所，包括就读的大学，都没有电梯。

小黑望着你，生着黑须的嘴角挑起一抹得意的微笑。

小黑打开防盗门和房门，带你走进一座巨大的迷宫，那就是他的家。当然，进入迷宫之前，你按照他的要求换上了拖鞋。

小黑带你逛了几个房间后便一屁股坐在电脑旁，又开始玩《罪恶都市》。

"先补习数学吧？"你站在小黑身后说。

"小张老师，你开什么国际玩笑！我用得着学习吗？"小黑头也不回，眼睛紧紧盯着屏幕。屏幕上，他操控的穿夏威夷衫的男子用棒球棍打爆了一名路人的头，又敲碎了一辆小汽车的前车窗，将司机拽了出来，驾车一路狂奔，撞倒了很多行人，撞翻了很多摊位。

你只好双手抓握电脑椅靠背上沿，观看小黑打游戏。

大概有了观众的缘故，小黑打得更起劲了，还兴高采烈地解说，如果突然攻击路边穿裙子的女人，她们倒地时会露出底裤，竟然有没穿底裤的，哈哈哈。

你觉得这样下去对不起小黑的家长，也对不起那些报酬，便又小声提醒他补习功课。

"明年就高考了，难道你不想就读一所好大学？"

"哈哈哈，小张老师，我用得着读好大学吗？无论我读什么大学，哪怕没考上大学，我老爸都会给我安排好的工作，那种别人读了好大学也得不到的工作。我老爸有的是资源。"小黑说。

你稍微明白了，你和小黑活在同一个世界，但是世界在你们眼里显现出的是截然不同的面貌。

"那我们一起读书。书读好了可以写出动人的情书。"你试着挑起小黑学习的兴趣。

"那我更没必要读。我如果需要情书，出点钱请你写不就行了。再说了，现在泡马子，哪里还用得着情书。哎！你想不想看我泡过的马子？"小黑也许游戏打烦了，把电脑椅转过来，面对着你。你恍然大悟，刚才没有唤起小黑学习的兴趣，倒是唤起了其他兴趣。

小黑摆弄着一部当时新款的诺基亚滑盖彩屏手机，让你看相册里的照片，多是女孩们的生活照和大头贴。你揪着心，害怕看到林红的照片又渴望看到。奇怪的是，翻到最后一张，也没看到林红的照片。

"这些马子，都是被我开过苞的，嘿嘿嘿。"小黑收回了手机，从椅子上坐起来，将手机随手丢到玻璃茶几上，走进其他房间。

回来的时候，小黑一手提着一瓶娃哈哈营养快线，丢给你一瓶，自己拧开一瓶喝了起来。

"靠门的房间堆满了别人送的饮料，我永远喝不完。你来了就随便喝。"小黑说。

喝了一口饮料，你莫名其妙地想起那天晚上给林红用最后的两个钢镚儿买了一瓶果粒橙，或许是差不多的味道。

"对了，小张老师，用完马桶记得冲水。"小黑说。

"小便也冲水？"你问。

小黑笑得前仰后合惊天动地，嘴里喷出刚刚喝下的乳白色的液体。

你到卫生间找来拖把，把小黑喷到地上的东西拖干净，将拖把送回卫生间。你盯了一会儿马桶盖子，在上面撒了一泡黄尿，便离开了。

你明白了，这份可以发财的工作，自己干不了。

那天下午，你没有给小黑上课。小黑倒是给你上了一堂课。

鸡蛋花女孩顶着夜色归来，顺手把双肩书包丢到床上。沉闷的响声显示出书包的重量，看来她的拜访H教授之行收获颇丰，获赠了不少图书和文献资料。接着，她把手里的塑料袋递给我，说是H教授十分慷慨，不仅赠送了许多资料，还请她吃了一顿名扬四海的L城水席。两个人哪里吃得了那么多菜，她便打包了一些回来。

"L城水席汤汤水水太多，我给你挑了一些干货。"鸡蛋花女孩说着，拿起了我白天写满的几页纸。

我接过塑料袋，把里面码得整整齐齐的塑料饭盒摆到桌上，心中一面为她能给我带回晚餐感到欣慰，一面感到隐隐的不安，不禁寻思，H教授这人，会不会别有企图？但是很快，不安被另一小段记忆所覆盖：几年前的一个傍晚，鸡蛋花女孩趁着我的舍友不在，来到我寄居的双人间研究生宿舍，递给我一个塑料袋，里面用更小的塑料袋包裹着什么东西。我层层剥开，露出一只河虾大小的小龙虾。当时本科还没完全毕业的鸡蛋花女孩说，白天去了会展中心看展，碰到一个汉服展位，关注公众号可获赠两只小龙虾。她已经吃了一只，很香，这只留给师兄。我故意慢条斯理地剥着那只小龙虾，小螯中也要啃出肉块，细腿中也要挑出肉丝，似乎正在享用一只澳大利亚龙虾。

鸡蛋花女孩的眉梢掠过一丝喜悦，她应该在为我今天的洋洋洒洒数千言倍感欣慰。

"林红到底有没有跟小黑在一起？你明天接着写下去，我要知道。"鸡蛋花女孩小心翼翼地把稿纸用一只小巧精致的粉色燕尾夹跟前些日子写的夹在一起。就像她之前说过的那样，等回到鸟城，就替我整理成电子文档。

"我也不知道，并且我不打算再写到林红。"我说。

"小黑的手机相册里没有林红的照片，这分明是埋下的伏笔，预示着你与林红的重逢。为什么不继续写下去？因为她是你心中永远的痛？你至今都忘不了她？"鸡蛋花女孩嘟着嘴，眉心升腾起一股怒气。

"哪有的事！这不过是小说！你的专业语言学也属于文学大类，你应该知道小说都是虚构的。"我赶紧解释，试图灭火。

"我当然知道小说是虚构的，但我凭借女人的直觉，断定林红确有其人。"鸡蛋花女孩说。

"没有的事！林红的故事是我瞎编的，林红这个名字来自欧阳修的一句词，林花谢了春红，首尾各取一字。再说了，这个名字太普遍了，全世界不知道有多少人叫林红。"我辩解道。

"你不要转移话题，你明白我说的不是林红这个名字的能指，而是所指，也就是林红这个名字指代的那个L城女孩，那个有血有肉的L城老城区女孩。"鸡蛋花女孩说。

"这样玩就没意思了，我不打算写下去了。我就担心你对号入座，去吃一个不存在的女孩的醋。"我说。

"你承诺过会写下一些鲜活的故事帮助我进入L城方言语境，协助我完成论文。如果延毕的这一年还无法毕业，我真不知道该怎么活下去了。"鸡蛋花女孩委屈地说。

"可是我的故事里并没有涉及多少方言。"我说。

"不必涉及多少方言，像今天这样写下去就行。"鸡蛋花女孩语气缓和了许多，看起来已经消气了。

"可是我不打算再写到林红。"我说。

"随便你。只要接着写下去，写出你在L城的后续经历。"鸡蛋花女孩说。

"不是我在L城的后续经历，是主人公的故事。我写的时候，采取了第二人称叙事，别把我跟主人公混为一谈。"我说。

第四章　望着黑沉沉的水面

大学的附近有条著名的长河。

那条河与你有着莫名的联系。

你似乎听到冥冥中的召唤，总时不时地独自沿着河畔步行很远。

那条河太长了，总也走不到头，正好可以排解你的落寞与苦闷。

确定联系不上林红之后，你坐在河边的一块石头上，望着黑沉沉的水面，听着对岸隐约的人声，第一次感觉到世界的不可理喻，第一次意识到活着的虚无。你甚至冒出这样的念头：打破河水的边界，一头钻进河里，看看水下的世界。水底说不定真的有一只万年老龟，龟壳上刻满人世兴衰的奥秘。水下也应有衣袂飘飘的神女，等着网罗客死他乡的游魂，继续赞颂她千年不变的美丽。不知怎的，你总觉得，神女该是林红的样子。

那晚之后，你似乎变了一个人。

你跟着舍友阿金去了校门口的超越网吧。在那之前，当阿金约你去网吧时，你总推脱要去图书馆或者去自习室。每次约你去网吧的时候，阿金总是轻轻地拍一拍牛仔裤的口袋，说他请客。你跟着阿金去了网吧，你第一次接触学校机房之外的电脑，有点手足无措。坐在你右手边的阿金帮你申请了一个企鹅号，他说那玩意儿太棒了，简直是泡妞神器。不一会儿，他跟一位网友开始打字聊天，开着视频。望着阿金电脑屏幕上面容俏丽的女孩，以及不断跳动的企鹅图标，你不能不羡慕，可是，你的企鹅上只有阿金一个好友。"你小子加好友啊，随便加。"阿金扭头看了你一眼说。

你约到的第一个女孩企鹅名叫蝴蝶。

你和蝴蝶沿着河畔的公园散步，天空中雪花飘飘洒洒，你和蝴蝶有说有笑。蝴蝶的眼睛黝黑灵动，很是可爱。河边有些薄冰，河面上游弋着成群结队的水鸭子，似乎它们一点也不怕凉。

你平日里不大爱说话，朋友很少。今天加了一个网友，便把心里的委屈和失落对蝴蝶倾洒而出。蝴蝶的安慰如春天里的小雨，滋润着你的心境。你凄凉的心一点点温暖起来。

从网上相识的那天起，你每天晚上都会收到一条来自蝴蝶的或安慰或祝福的短信。短信总在你刚躺在床上，准备睡觉的那一刻收到。伴随着手机一阵欢快的铃声，你的心神也摇荡成一叶随波沉浮的小舟。冰寒的冬夜，你用蝴蝶的短信取暖。

你牵着蝴蝶纤细娇嫩的小手沿着不远处的那条大河奔跑，花草树木飞快地后退，天空里的雪花飘飘洒洒。天色渐渐明亮起来，你始终紧紧牵着蝴蝶的小手，在雪花飘飘洒洒的那一天。当闹钟急促地吵闹起来的时候，你揉了揉惺忪的眼睛，才知道昨晚做了个美梦。

你一整天都若有所失，那天晚上，你睡得很早，试图早点进入梦境，可是翻来覆去总睡不着。你用手机拨通了蝴蝶的号码。手机里传来甜甜的女声。安慰祝福的话语柔柔地传来，令你如痴如醉。不知不觉已经聊了将近一小时，你还是没有结束谈话的意思。就这样聊着，直到手机突然欠费停机。那晚，你失眠了。

你第二天上网的时候碰到了蝴蝶。蝴蝶说她在网吧。你说，蝴蝶，我们视频吧。你原以为她会拒绝，蝴蝶却说，好吧。过了一小会儿，你看见了蝴蝶头顶的蝴蝶发夹，只看见了那个淡紫色的蝴蝶发夹。你说，我想看看你的脸。蝴蝶说，嘿嘿，我到时间了，走了。

"蝴蝶，你说过，你喜欢下雪天，那么我们约定，下雪的那天见面好吗？"

"好呀！我要做一只在雪花中飞舞的蝴蝶。"

"一言为定，牡丹大桥旁边，不见不散！"

"嗯，你打字的速度真快，呵呵！"

今天终于下雪了，你和蝴蝶沿着河畔的公园散步，天空中雪花飘飘洒洒，你和蝴蝶有说有笑。蝴蝶的眼睛黝黑灵动，很是可爱。

"蝴蝶，你真聪明，穿得那么厚实，戴着护耳，还戴着那么大的白口罩，多冷的天气也冻不着你啊。"

"呵呵，是呀，谁像你那么傻呀，只要风度，不要温度，冻坏自己没人赔。"

"你看，那么冷的天，水鸭子照样在河里游泳，它们是真正的勇士。"

"哎呀，你看，那边，还有漂亮的天鹅，它们漫步的姿势真是优雅。"

"是呀，一只棕灰色的，两只纯白色的。"

"哎呀，你看河边，怎么漂着一只死鸭子呀，真可怜，我猜它是殉情而死，它们是那么痴情。"

你不知被这女孩的什么打动，变得激动起来，雪花粘在你的脸上，立刻融化成水，又蒸发成水汽。

你突然清醒过来，原来这股冲动是想看一看蝴蝶口罩下的那张脸。

"蝴蝶，既然我们有缘相识，总该让我看看你吧，免得以后在大街上碰到认不出来。"

"好呀。"

蝴蝶欢快地摘下那只纯白色口罩。

在蝴蝶摘下口罩的一刹那，你清醒地意识到，自己又失恋了。

鸡蛋花女孩坦言不喜欢这一章节，读起来有种文艺青年的虚假与矫情。

在没有瘟疫的情况下，一个女孩总是戴着口罩，让人一下子就猜到了是个丑八怪，一点也不好玩。

忽然，鸡蛋花女孩似乎意识到了什么，她坐到床边，依偎着我，还像领导那样拍拍我的肩膀，轻声问道："是不是因为昨晚的吵架让你不敢直面内心的真实？"

"不是。我的状态很不稳定，有时候写起来有感觉，有时候没感觉。"我把鸡蛋花女孩依然留在我肩上的手掌推掉。有一只手掌在我肩上，令我很不舒服。

"这个章节根本无法体现你的写作水平。你写得没感觉，我读起来更没感觉，不能帮助我进入L城语境，恐怕对我的论文写作毫无裨益。读了开头，你站在河边，望着黑沉沉的河面，我还以为会凝视记忆的深渊，发生某种心灵突变，结果没有。并且，开头和后半部分不匹配，显得虎头蛇尾，或者说是狗尾续貂。"鸡蛋花女孩说着，竟然把第二页纸撕碎了。第一页纸撕去了下半截，只留下一个开头。

"希望你明天重写下面的内容。"鸡蛋花女孩用中学语文教师要求学生的语气说道。

"好吧。"我叹了一口气。我盼着鸡蛋花女孩早点完成论文，拿到学位顺利毕业，实现她的职业理想：成为一名中学语文教师。

第四章　望着黑沉沉的水面（重写）

大学的附近有条著名的长河。

那条河与你有着莫名的联系。

你似乎听到冥冥中的召唤，总时不时地独自沿着河畔步行很远。

那条河太长了，总也走不到头，正好可以排解你的落寞与苦闷。

确定联系不上林红之后，你坐在河边的一块石头上，望着黑沉沉的水面，听着对岸隐约的人声，第一次感觉到世界的不可理喻，第一次意识到活着的虚无。你甚至冒出这样的念头：打破河水的边界，一头钻进河里，看看水下的世界。水底说不定真的有一只万年老龟，龟壳上刻满人世兴衰的奥秘。水下也应有衣袂飘飘的神女，等着网罗客死他乡的游魂，继续赞颂她千年不变的美丽。不知怎的，你总觉得，神女该是林红的样子。

那晚之后，你似乎变了一个人。

你跟着舍友阿金去了校门口的网吧。在那之前，当阿金约你去网吧时，你总推脱要去图书馆或者去自习室。每次约你去网吧的时候，阿金总是轻轻地拍一拍牛仔裤的口袋，说他请客。你跟着阿金去了"超越"网吧，你第一次接触学校机房之外的电脑，有点手足无措。坐在你右手边的阿金帮你申请了一个企鹅号，他说那玩意儿太棒了，简直是泡妞神器。不一会儿，他跟一位网友开始打字聊天，开着视频。望着阿金电脑屏幕上面容俏丽的女孩，以及不断跳动的企鹅图标，你不能不羡慕，可是，你的企鹅上只有阿金一个好友。"你小子加好友啊，随便加。"阿金扭头看了你一眼说。

你的生活圈子原本很小，一下子多了很多女网友。

打字聊天太慢，我们见面聊吧。河畔公园和牡丹大桥交叉的地方见。你总这样说，显得漫不经心，俨然风月老手。

对方装模作样推脱一下，很快就答应了。

你变得莫名其妙地大胆，刚沿着河边的公园散了一会儿步，就去牵女孩们的手。她们有的是本地女孩，有的是外地女孩，跟你一样在L城读大学或技校，跟你一样苦闷与寂寞。当然，你也不是每次都能得逞，有些女孩如受惊的小鹿一般逃走了，从此消失在生活的密林中。总有一些女孩，留下来和你打情骂俏，有的幻想着一见钟情的爱情，有的单纯因为好奇或寂寞，有的由于刚刚结束一段恋情。

大学周边很多拆迁安置房，搬进新房的郊区农民开起了家庭式的小旅馆。夜幕拉下，他们便到马路边招徕顾客，看见一对男女青年劈头便问：帅哥（锅音）靓妹（梅音），开房吗？十五块（平声）。有时候碰见一对男孩或两个女孩，甚至老夫老妻，也这样问。一位临近退休的英文教授在课堂上抱怨：我现在都不敢跟老伴一起在学校周边的路上散步了，老是有人问开不开房，世风日下啊！

请女孩们吃完校门口的新疆大盘鸡，你故意走那条路，竟然成了小旅馆的熟客，一些农民也认识你了，交换了手机号码。你常常去一家名为"南方风情"的小旅馆，经常给那位四十来岁的小老板发短信订房。每次见你带不同的女孩来，那位长着一双精明小眼睛的瘦削汉子抿着嘴笑笑，对你使一个眼色。所谓南方风情，不过是房间靠床头的墙上有张沙滩椰子树的塑料贴纸。

有一天，直到日上三竿你才从温柔乡里醒来，那汉子趁你在公共卫生间洗漱，神秘兮兮地递给你一张包着两颗白煮鸡蛋的报纸，说道："小老弟，真是潇洒，老哥老羡慕你喽！那些女孩，日不死也得被你揉死，恁爽哩，嘻嘻。但要注意身体噢。"

"你有老婆啊，我见过。"你说。

"早就没有感觉喽。宁愿打手铳。"他神秘地笑着。

"对了，小老弟，你要不要考虑包月，优惠价，早晨送两颗鸡蛋。"他提议道。

"好！"你飞快地计算了一下。这样对大家都好，你不必每次忧虑能不能找到房间，他不必天天去街头拉客。

你总是闭着眼睛做爱，头脑中浮现的却是林红的面孔与想象出的她的身体。

"我们不适合。"你对那些约会过一两次就打算甩掉的女孩说。

可是，你错了，你不该玩弄那位对你动了真情的懵懂女孩。反正都是成年人，都是自愿，但你不该在她遭受厄运的时候甩掉她。

你们一走进小旅馆，你就粗暴地占有了她的初夜。她甚至没来得及洗澡。

那位瘦削的女孩，却有着柔软丰满的乳房和婴儿般的臀部。在你手中，她似乎是一件随意摆弄的玩具。

从你占有她的那天起，她从医院下班后，在家洗好澡，服下避孕药，搭乘公交车来找你，欢会之后，搭乘十点一刻的公交车回家。她说她不能在外过夜，父母看得很紧。她说她家在一个叫作关林的地方。那地方你跟同学一起去过，只记得那里有一座香火很盛的关帝庙。

也许是贪恋她的身体，你没有很快地摊牌，坦白自己不是认真的。

做爱之后，她躺在你的前臂上，诉说着工作中的烦恼。

她说她们科室的主任，一个四十来岁有家室的男人，总是莫名其妙地堵她。有一次，临近傍晚的时候，科室里只剩下他们两个。主任把她堵在了墙角，说喜欢她，想要她。如果她跟了他，做他的情人，就帮他转正，安排编制。主任说了，医院的院长是他的师兄，也是把兄弟，关系铁得很。

"那你为什么不从了他？人人都梦想入编。"你轻描淡写地说，手指依然环绕着她的乳头。

"一个有家室的中年男人？我没有那么下贱。我想把自己的第一次给真心喜欢的人。"她说着，朝你怀里拱了拱。

"我？可我未必值得你爱。"你无所谓地说。

"世界真的好丑恶，爱情或许是唯一美好的东西。"她说。

你开始意识到她跟别的女孩不一样，但已经晚了。一些女孩不过是装满寂寞的躯体，大家各取所需，根本不需要你负责任，而她，有着对生活的感知和对你的爱。

当你返回久违的集体宿舍，发现自己的铺位成了舍友堆放行李箱的货架子。反正马上毕业离校了，你无所谓，该丢掉的东西全丢掉。你收拾了几本地摊小说，顾不上跟舍友们打招呼吃散伙饭，就匆匆离开了。

不久之后，你有了一份新工作，在一家机关单位办公室写材料，置办了一身职业装，看起来人模狗样，其实只是合同工，也没编制。得知你找到了一份正经工作，她表现得比你还开心。

有一次，在"南方风情"，你和她做完爱，聊了一会儿天。趁她起身去了卫生间，你拿起床头柜上她的手机，随手翻着。她的手机通讯录里除了七姑八姨亲戚们的电话，就是你的电话。你的名字前加了一个大写字母"A"，这样你的号码总是排在最前面。你的脑袋嗡嗡作响，意识到她是一位感情认真的女孩，把你当作她生活中最重要的部分，而你，在这场青春游戏中拖延太久，恐怕很难脱身。一抹邪恶的微笑在你的嘴角挑起。

下一次约会的时候，她破天荒地迟到了。那时候，你们已经省去了吃饭散步的程序，在"南方风情"直奔主题。你们用她打包来的食物当晚餐。她总是不断变换着食物的花样，有时候带来医院食堂的饭菜，有时候是一些路上小店买的特产小吃，俨然一只勤劳贴心的喜鹊，叼来各种食物，喂养一个鸠占鹊巢的怪鸟。

"今天怎么那么晚，我都等你半个多小时了！"你没好气地说。

"对不起。今天在单位出了点事故，耽搁了。"她怯生生地说道。

这时候，你才发现她走路有点不正常，总是踮起一只脚。

她说今天在科室，同事们都不在，要取一个铁皮文件柜上的药箱，便踩在一个方凳上，没想到药箱太沉，连人带药箱摔在地上。等主任回来，才把我抱去检查。

"没事吧？"你语气缓和了一些。

"没事。照了X光，髋骨有一点移位。"她回答。

"这下主任终于占到你便宜了，上下其手。"你阴阳怪气地说。

"没有。他很惊慌，一路小跑赶到X光室，根本顾不上占便宜。"她说。

"上班时间的意外，算工伤吧？怎么解决？"你问。

"主任提出两种方案，一是赔一笔钱，二是优先入编。我选择了后者。"她说。

"入编的时间表要出来。有些家伙总拿编制吊着年轻人，从不兑现承诺。我在的单位都是领导的亲戚先入编，玩的都是裙带关系。"你轻描淡写地说。

"你什么时候入编？将来如果我们俩都入了编，就可以买房结婚过好日子了。"她说。

"哈哈哈,人们都说,宇宙的尽头是编制,但是,编制是一顶花环,更是一副枷锁。"你仰头笑着,笑得相当变态。但是,你的所言即所想,刚入职的时候,你期待编制,甚至昼思夜想,后来,你唾弃编制,甚至多次因为自己没编制而沾沾自喜,尤其是在发工资和过节费的时候。你至今都没想明白,为什么当时看到别人游手好闲,待遇是自己的好几倍,竟然感到沾沾自喜、自鸣得意。

"我不明白。"她说。

"我也不明白。那么,干点彼此都明白的?"说着,你揽住她的腰,把她推倒在床上。

"不要,今天不方便。摔着的部位还疼着。"她恳求道。

你已经打定主意甩掉她,最好的方式莫过于伤她的心。于是,你还是占有了她。临走时你送她去公交车站,丢下一句冷冰冰的话:"你现在变成了一个瘸子。等你恢复正常再来找我吧。"

她回头望了你一眼,你永远忘不了那两道绝望的目光。

你知道她再也不会来找你了,带着她的伤痛和自尊永远地离去了。

你返回旅馆,兀自躺在依然温热的床上,脸颊贴在她刚才枕过的枕头凹痕上,再也忍不住眼泪。过了不知道多久,你翻转了一下身子,双手托腮久久盯着床头墙上的贴纸,这时候你才看清海滩的椰树下,影影绰绰坐着两个人,应该是一对情侣。

你忽然冒出远走高飞的念头。

那时候,你除了跟女孩们约会,还在追一部名为《斯巴达克斯》的美剧,用索尼MP3没日没夜地听泰勒·斯威夫特的歌曲。你感觉自己像斯巴达克斯一样受困于斗兽场，又幻想着遥远的南方异国风情的女孩。

鸡蛋花女孩读完这几页纸，小心翼翼地跟其他稿纸夹到一起。从她飞速眨动的睫毛和紧紧抿起的嘴唇来看，新写的这几页通过了她的考验，毕竟没像昨天那样当场撕得粉碎。

"今天写出了一点真东西，甚至可以说找到了自己的叙事话语。"鸡蛋花女孩说。

可是，说完这句话，鸡蛋花女孩沉默了好大一会儿。

"对了，我算不算你当初幻想的遥远的南方异国风情的女孩？"鸡蛋花女孩忽然说。

"当然算啦！你说粤语嘛！不！你老毛病又犯啦？说好了，绝对不对号入座。小说就是小说！"我说。

"关于你当年离开L城南下鸟城的动机，我搜集了一些文献资料。其中最具代表性的是这篇你发表在《中国青年报》上的散文，你将这一过程描述成'逃亡'。"说着，鸡蛋花女孩从双肩包里掏出一张皱巴巴的报纸，竟然是当时的样报。在样报不起眼的中间版面，刊载着那篇名为《逃亡书》的千字小文：

辞职那天的天气真好，冬日的阳光铺洒在马路上，连我的手指都显得沉静而光滑。我要去远方追求自己的生活了，而不是老死在单位高耸的围墙里。

工作时工资微薄，没有存款，辞职后没了收入，但我顾不上担心。我已逃离命运安排的荒谬生活。我的理想早就瘦成了一根骨头，这根骨头让我决定离开北方的L城，到南方的鸟城去，听说那里有自由，还有文学。

那一天终于到来，除了一个帆布双肩包，没有多余的行李。

双肩包里有两本小说，一本是奈保尔的《半生》，一本是莫迪亚诺的《青春咖啡馆》，都是关于逃亡的故事。那次我没有搭乘公交车，顶着茫茫夜色，步行去火车站。火车站熙熙攘攘，密布着旅客、售货员、逃亡者和骗子。

辞职之前，我在一个基层机关单位当合同工，虽说大大小小的稿子都出自我手，但我算不上刀笔吏，只是一名穿着制服的小丑，过着唯唯诺诺的打工生活，每天要写的各种汇报材料让我厌烦。我不甘心那种生活，一想到在那样一个地方上班，看着别人的脸色，日复一日，年复一年，我就心惊胆战。

整个冬天，我都在谋划一场逃亡。年底时，主任催交工作总结，我交的却是一纸辞呈。主任暗下脸来，站在我的办公桌旁，酝酿着什么。同事们知道有好戏看，围拢过来，几个胆小的没离开自己的办公桌，只是伸长脖子，斜着眼睛，偷偷观看。这次主任没有批评，只是问我以后怎样生活，我辞职后单位的稿子没人能写，不如留下来，待遇好商量，有转正的机会。

转正？多么美丽的骗局。单位里的老王、老陈，那些辛苦工作二三十年的合同工，也没见转正。我早已不相信。主任又说，过两年老庄一退休，办公室副主任的位置……哈哈，他总是善于编织从来不会实现的乌托邦。我说我决定要走了。主任很清楚，辞职意味着奴役关系的解除，口气由命令变成了商量。

我收拾了办公桌上的几本小说，背着双肩包离开了。那几本小说曾惹过不少领导的批评，无非是要求别看与工作无关的书，要把青春献给单位之类。可我不想把青春献给任何单位，也对骗术毫无兴趣，我只想把青春献给自己，要紧的是生活。我不想再写什么假大空的公文，只想写自己的文字，写点诗歌，或许尝试写点小说。我不想再坐在会议桌前，记录他们开一整天的会就为讨论要不要买一支铅笔。

……

我大致阅读了一遍自己当初写下的熟悉又陌生的文字，没有说话，似乎在无意中等待鸡蛋花女孩的判决。

"我不想住市区的连锁商务酒店了，我想住郊区你笔下的小旅馆，最好是那个南方风情旅馆，牡丹大桥与河畔公园交叉口附近的那家。"鸡蛋花女孩说着，开始将衣柜里的衣服叠好放进旅行箱。她总是心血来潮，无法阻止。

出于某种本能，我依然试图阻止，说道："现在哪还有那种小旅馆。即便是真的，十年的时间早就面目全非了。"

"再说了，现在是晚上。这个点退宿很不划算。"我接着说。

"晚上不更好。你去小旅馆不也是晚上？"鸡蛋花女孩扫了我一眼，把我吓出一身冷汗。因为鸡蛋花女孩的目光像极了当年"她"的目光。

"不是我，是'你'，是主人公。人和事都是我胡编的。你想想，即便是十年前，旅店也不可能那么便宜。如今物价涨得多快。"

可是，鸡蛋花女孩已经拉上了行李箱的拉链，手握着拉杆的把手，前脚已经踏出。

"师傅，牡丹桥，别捣鸡毛胡球绕。"鸡蛋花女孩一坐上出租车就对那位胖乎乎的中年男司机说。她语言的粗鲁令我震惊，随即又感到欣慰，看来她的方言研究进展顺利。

下了车，鸡蛋花女孩沿着红砖步道拉着行李箱走在前面，似乎比我还熟门熟路。

"十年啦！早大变样啦！"我在后面喊。

"帅哥（锅音）靓妹（梅音），开房吗？十五块（平声）。"一名不知道从哪里冒出来的包着花头巾的中年妇女劈头就问。

我这才看清，路边树篱的阴影下，站着三三两两的妇女，看见成对的男女，就走出来询问。

鸡蛋花女孩没有理会那名妇女，继续向前走，她要找的，是那家"南方风情"。

"嘿！在那儿！"鸡蛋花女孩突然欢呼道，把我吓了一跳。

我顺着鸡蛋花女孩手臂的方向望去，看见路边一栋楼的墙面上有一个简易的长方形电子广告屏，上面正滚动播放着：南方风情家庭旅馆，订房电话……

鸡蛋花女孩收回手臂，开始拨弄手机，拨通之后放在耳边问道："还有空房吗？"

"有的有的，房间美哩很，啥时候来……"手机听筒里传来女人的声音。我松了一口气。

防盗门打开的时候，我顿时傻了眼。一名眯缝着一对小眼睛的瘦猴男子站在门口。

"小老弟？老房间？老规矩？"瘦猴神秘地笑着。

不可能，不可能，我狠狠地掐了一把自己的大腿，掐出一阵放射状的生疼。我分明都是胡编的，怎么都变成了真的。真实和虚构的边界在哪里？这场景和疼痛，都是如此真实，容不得我辩解。

"什么'小老弟''老房间''老规矩'？我压根儿不认识你。我是鸟城人！"我答非所问。

"小老弟，俺一眼就认出你来喽。你成长了，富态了，说不定当上领导了，可是有些东西是不变的。"瘦猴嘴角依然挂着神秘的微笑。

一打开房间的门，我看到房间墙上那张沙滩椰子树的塑料贴纸，更是迷惑不已。

我轻轻地关上了木门，对鸡蛋花女孩说："你不是有洁癖吗？我们还是去住商务酒店吧，你看这床单，不知道在多少人的体液中浸渍过。"

"也包括你吧。"鸡蛋花女孩冷嘲热讽道。

"跟我没有半毛钱关系。"我说。

"你当初是怎样对待那些女孩的，你就怎样对待我，现在，马上！"鸡蛋花女孩用命令的口吻说道。

"你这是胡闹！太荒唐了！"我小声说。

"怎么，好汉不复当年勇了？"鸡蛋花女孩说。

"是啊，痿了。"我嬉皮笑脸地说，竭力压制情绪，缓和气氛。

"哼！"鸡蛋花女孩开始收拾床铺，抚平床单上的褶皱。

"对了，师妹，要不，我给你讲个好玩的故事吧。你以前经常让我给你讲故事的。年轻的卢梭在威尼斯担任外交助理时，获赠一位高级妓女朱丽叶。卢梭一下子被那位清新脱俗的威尼斯美人吸引住了，他迫不及待地想采摘这朵玫瑰。随即，一阵致命的寒意袭击了他。他的双腿直打战，开始像个孩子那样号啕大哭。后来，他才注意到朱丽叶的不完美之处：缺少一个乳头。终于，他给阳痿找到了理由。朱丽叶重新穿好衣服，在房间里踱步很久之后，摇着扇子蔑视地说：放过我们女人吧，小屁孩，回家做算数吧。"我尽可能地讲得绘声绘色。

听完故事，鸡蛋花女孩并没有被逗笑，而是冷冷地说："哼！照搬卢梭的《忏悔录》，一点都不好玩。反正睡不着了，我们去河边走走吧。"

河畔便是公园，比十年前多了稀稀落落的路灯。不远处的牡丹大桥，灯光明亮，汽车穿行。

夜还未深，公园里还有三三两两的行人，多是约会的青年男女。红砖步道上，时不时有一身短打的跑步爱好者经过。

"到下面去，应该更好玩。"鸡蛋花女孩说。

长河的边缘有一道水泥矮墙，一侧是公园，另一侧才是真正的河边。鸡蛋花女孩说的"到下面去"，就是穿过矮墙缺口，踏着简陋的阶梯下去，到达真正的河边。

"那里危险，滑到河里可不是闹着玩的。这条大河，每年都淹死人。"我说。

可是她已经找到一个缺口，下去了。我没有选择，只好尾随其后。

正处旱季，河边并不凶险，到达河水之前，还有一块长满杂草的平地。

"我觉得林红应该再次出现。"鸡蛋花女孩说。

"不会出现了。有些错过是永久地错过。赫拉克利特不是说过，人不能两次踏进同一条河流。"我说。

"但人可以脚踏两只船啊！"鸡蛋花女孩瞥了我一眼，接着说，"林红就在鸟城，她高考考上了鸟城的大学，你尾随其后，也去了鸟城。你这个鸟人！能引起你生活巨大变动的，一定是女人。"

"胡思乱想什么！"

"你每个月都会消失一两天，说是跟同学聚会，其实就是与林红约会。"鸡蛋花女孩说。

"越说越离谱了！如果你认为这样才合理。我也可以这样写。反正写小说就是瞎编。即便写日记，也未必是真的。卡夫卡的日记像小说，小说像日记。"我说。

"那什么才是真实的？"

"我也不知道。大到国族历史，小到个人经历，全是胡编乱造。有时候看见的是假的，梦见的才是真的。有时候清醒的时候说的是假话，喝醉后说的才是真的。有时候正常人没一句实话，疯子口吐真言。"

"那我们上学读书有什么意义？"

"意义在于知道什么是假的。"

"虚假的东西那么多，我们活着还有什么意义？"

"也有真东西，比如这对宝贝。"我的双手从鸡蛋花女孩的背后爬行到前面，握住那对小巧精致的乳房，轻轻地揉捏着。

争执是从午夜开始的，就在这河边。起初我们还能理性地交流，后来就白热化了。鸡蛋花女孩要求回到鸟城后要与林红见面，还说不远处躺在河边草丛里勾着手指仰望星空的小情侣就是当年的我和林红。

最终，我是背着鸡蛋花女孩回旅馆的。她仿佛喝了迷魂汤，已经神志不清了。在回去的路上，我意识到，过多的回忆是一种病，任何回忆都是一种病。

第五章　海边的椰树下

鸡蛋花女孩和我回到鸟城没几天，就在网上看到了一名女研究生对H教授性骚扰的指控。先是一个公众号发出了一封那名女生的举报信，详细讲述了H教授对其骚扰的过程，紧接着便是铺天盖地的新闻报道。举报信里的一个成语分外刺眼——上下其手。

当鸡蛋花女孩也注意到这条新闻的时候，H教授已被调到学报编辑室，暂停了研究生招生资格。

"怎么会呢？那么老实本分的一名学者。"鸡蛋花女孩注视着手机屏幕，像对我诉说，又像自言自语。

"怎么不会呢？知人知面不知心。对了，你不是说他还请你吃了一顿丰盛的L城水席。饭桌上有没有上下其手？"我故意说。

"什么上下其手，这个成语不是你想的那个意思。我倒是没发现什么异常，除了他看人老是眯缝着眼睛。"鸡蛋花女孩边回忆边说。

"也许是业余研究晚清侠邪小说给害的，毕竟语言学太枯燥了。"鸡蛋花女孩接着说。

我愣了半天，才搞清鸡蛋花女孩这句话的逻辑关系，因为语言学太枯燥，所以H教授业余研究侠邪小说，然而侠邪小说是不健康的东西，把他带上了邪路，所以小说会毒害人心。这不正是大多数学院人士对小说的偏见吗？

L城之行是一场噩梦。

现在，我已经从噩梦中解脱。

好吧，我承认，我就是你，你就是我。

你继续留在L城生活，以某种无形的意识的形式，我则远走高飞去了南方的鸟城。人不能两次踏进同一条河流，却可以同时过着两种生活。

本来你我生活在互不相干的平行世界，因为鸡蛋花女孩L城方言研究的实地考察，使得你我迎面相撞，又互不融合。

鸡蛋花女孩终于完成了《L城方言研究》的论文，顺利拿到了学位，成为一名在编的中学语文教师，同时跟我结了婚。与其说她当时从事的是方言研究，不如说是知识考古，或者说婚前考察，对我青春时代小心掩埋起来的荒唐爱情做了一次彻底的清算。你我暂时融为一体，但是平静的水面下依然潜藏着某种魔鬼般的骚动。

初秋的一个黄昏，你欢快地对刚从中学下班回家的鸡蛋花女孩说："老婆，我去参加同学聚会了，晚点回来。"

你背上双肩包，走出门去。

你知道林红会在海滩的椰树下等你。多年来，她从不失约，因为她并不存在，或者说她只存在于你的想象中，却又如此真实。

夜幕降临之后，鸟城的一处沙滩上，你侧躺在一棵果实累累的椰树下，脸颊靠着林红的大腿，倾听着隐隐的涛声。她垂首凝眸，依旧吐气如兰。

不知道何时开始下雨，雨打椰叶，沙沙作响，但你们都没有离开的意思。

"在我看来，逃亡到鸟城的人，无非两种，一种是淘金，赚个盆满钵满；一种是逃避情债……"你喃喃呐呐，似乎自言自语。

"如果我们结婚了，就不能像现在这样如此相爱。"你继续说。

"你知道我永远不会离开鸡蛋花女孩。我常常想起跟她约会时碰见的那只校园虎纹猫。"

"鸟城女人要的是钱，L城女人要的是爱。"你接着说。

"对了，当初小黑到底有没有占有你？"你问。

"占有了怎样？没占有又如何？"林红反问。

你不知道如何回答，兀自沉默。

过了一会儿，林红抬头望了望椰子，忽然问道："会不会两颗椰子同时坠落，把我们砸死？那样就可以永远在一起了。"

"要永远的女人比要钱的女人更可怕。"你笑着说。

"我要的也不是永远。"林红说。

（《鄂尔多斯》2023年第5期）

山　鬼

1

　　一年暑假，沈枫出门远行。他坐的是火车，K开头的班次。K大概是快的意思，那车却晃晃悠悠，俨然旱地蜗牛。他这才想起还有T开头的，大概是特快的意思，也快不了哪儿去，都不过是一些词不达意的文字游戏。慢车也好，反正有的是时间，可以在火车上考虑哪一站下。那时候，他急于逃离单调的校园生活，想去领略新的风景，自己也不知道去哪里，只是随便跳上一列火车，想上就上，想下就下，全凭一时兴致。在宿舍待久了，感觉要疯掉。大学毕业后，在社会上游荡几年，又重新考了研究生躲进校园也是逃避，过一种预定好的生活总是心有不甘。他一想到自己躲在教室和书斋，头发日渐稀疏肚皮慢慢隆起就不寒而栗。那火车的硬座上铺着一块污迹斑斑的白布，索性扯掉，露出墨绿色的人造革。坐在硬邦邦的座位上，他才摊开皱巴巴的地图，看这趟火车途经的县城和大山。暑假并非年关，客运量不多，有些空座，有人干脆躺在长座位上睡觉，售货员无精打采地推着铁货车兜售那些劣质的小玩意儿。只有车厢里人挤人的时候才能点燃他们销售的激情，人越多，叫卖越欢，把那些买了无座票蹲在地上的人们撵鸡一样赶起来。许多年来，他曾无数次挤在这样的车厢里，怀揣一张半价的学生票，出门远行，四处游荡。

沈枫这次幸运，坐在一个靠窗的位置，想看看窗外的风景，可那厚实的玻璃窗蒙着一层老灰，怎么也擦不掉，便把那窗户死命推上去。一名矮胖的女列车员经过，说这是空调车，不准开窗，冷气会跑掉。他接着看地图，莲花尖、架子山、野猪湖、狍子坡、鬼山……地名一个比一个美好，可旅费有限，只能选择一处。左右为难之际，看见鬼山后面括号里有一行蝇头小字"国家自然保护区"，便打定主意去那里了。这些年，人人都想赚钱，砍伐山林，污染河流，大概只有在保护区内，还有些原始蛮荒的味道。他喜欢那些有灵气的地名，它们好像不属于人间似的，总有出人意料的东西。旁边的姑娘也许睡着了，一歪头靠在他肩膀上，他就让她靠着，不打扰。但还是忍不住看她。她剪着整齐的刘海，小巧精致的五官，虽然坐着，还是可以看出个头不高，像南方女孩。若在前几年，他二十出头的年纪，准会把这当成一场艳遇，跟她搭讪，说些自己都感觉无聊的废话，说什么人生就像这火车的旅程，遇见就是缘分啦，千方百计把自己塑造成宿命论的痴情种。然后瞅准时机要电话号码，看看有没有上床的可能。但他从来不说彼此其实都是过客，只是时间长短的问题。都说三十岁是个坎，沈枫突然发现自己正经了起来，大概是该经历的都经历了，也领教过女人，那种少年时代狂热的向往也已消退。这次出行，选择荒无人迹的深山，除了逃避枯燥乏味的学术论文，也是在逃避女人。窝在宿舍里，无论是看书写字，还是抄论文打游戏，那些经历过的女人总会幽灵一样围绕着他，让他寝食难安。少年时代欠下太多风流债，过了三十大概就是偿还的时候。索债的不是曾经的恋人，而是自己的记忆。山里没女人，难道不能照样活着？

沈枫轻柔地拍拍她的肩膀，说自己快到站了。那个叫丰水镇的小站离他要去的鬼山最近。她睡眼惺忪地抬起手背揉揉眉心，不情愿地坐直，又斜眼看他。她眼神里有种让他心碎的单纯，差点把他惹哭。他想起有位老诗人说过诗人看见什么都想哭，难道自己有诗人的潜质？可他始终没哭出来，还强努出一抹笑，说自己要去鬼山，快到站了。他常在镜子中自恋狂般不厌其烦地观察自己，知道自己的那种笑看起来很猥琐，还有点玩世不恭，不笑的时候倒很像一本正经的学者。在镜子里看见自己一本正经的表情，总忍不住笑，讪笑，苦笑？笑别人，笑自己？谁知道呢！

"你要去鬼山？山上真有鬼？"她声音细软，微微翘着饱满湿润的唇。

"是啊，有鬼，有黑山老妖，不然怎么叫鬼山呢？"他站起身，把行李架上的帆布双肩包拿下来放在脚边，等着火车停稳就背上。

"那你还要去？"她眼神里有几分惋惜，扫了扫修长的眼睫毛。

"我会捉鬼呢。"他笑了。

"你是植物学家？去科学考察？"她大概是看到了他鼻梁上的黑框眼镜和文质彬彬的外表，那是他平时表现出来的学者样。平时在校园里装正经装习惯了，那副面具就挂在脸上，与皮肉交融在一起，摘不掉了。很多同学说他适合当老师，正所谓为人师表。

"不是，我只是游山玩水。暑假总该出去走走。"

"你是老师？"

"我是学生。"

"哪有你这么老的学生？鬼才信。哦哦，怪不得你去鬼山。"

对面坐着的老汉朝沈枫挥了挥粗糙开裂的大手，一副欲言又止的样子，大概是看不下去他跟这姑娘漫无边际的交谈了。

"年轻人，鬼山真的有鬼，山鬼，厉害着哪！"老汉一双炯炯有神的眼睛紧盯着他，让他一时觉得他是女孩的父亲。他仔细观察，老汉长着鹰钩鼻、雷公嘴、铜铃一样的圆眼睛，看起来像一只猫头鹰，跟那娇小精致的姑娘毫无共同之处，他才肯定他也不过是路人。火车上，有的是路人，跟《滕王阁序》里说的那样，"萍水相逢，尽是他乡之客"。跟邻座聊聊天吹吹牛，下车就谁也不认识谁，这是规矩。

那老汉站起身来，伸出满是筋疙瘩的双臂搬下行李架上一只泛黄的蛇皮袋，解开上面的麻绳，掏出一个碗口大的杂粮馒头自顾自地啃起来。

"年轻人，真的有山鬼，不骗你。"老汉的圆眼睛死命盯着他，他头皮发麻，觉得老汉在居高临下地审判自己，带着让他平时厌烦的道德评判的味道。

"山鬼？《淮南子》注解里有关于它的记述：'山精也。人形，长大，面黑色，身有毛，足反踵，见人则笑。'不过是传说罢了。"沈枫大概是在反抗老汉目光的压制，有意卖弄点学院里的学问。但他在这个走南闯北的人面前还是心虚，书本上得来的毕竟肤浅，终日待在学院视野毕竟狭窄。

老汉轻蔑地笑了，鼻孔嘶地喷出一口气，种马似的，再也不答话，啃完那个大馒头就死命搓着那双糙手，发出秋风吹落叶的唰唰声。

　　沈枫也失去了继续跟别人交谈的兴致，心里想着山鬼的事。看那老汉言之凿凿，或许真有吧，谁知道呢？辽阔的中国大地上，什么稀奇古怪事没有呢！

　　一到丰水镇小站，沈枫就背上双肩包下了车。他不敢转身，害怕看到那姑娘依恋的眼神，连挥手作别都免了。他什么都不能给她们啊，遇见的每一个。他只是一个四处游荡不负责任的家伙。走在丰水镇的街上，看着到处乱钻的摩托车和陌生的路人，他心里又凄凉起来。在这个初秋的午后，他这是又到了哪里？怎么又是孤孤单单赶路？还要去一座名不见经传的鬼山！小时候他就老往外跑，穿过故乡的河，越过大片大片的高粱地，跑得无影踪。那时候头顶悬着一轮硕大的月亮，里面住着人，还长着一棵树，他跑它也跑，你追我赶的，真带劲。他追着月亮跑的时候，听见月光在响，流过树梢，流到大地上，水流的声音。他再也没见过那么大又会响的月亮。流浪少年好孤单，却又不想长时间待在一个地方，像在寻找什么，又不知在寻找什么。也不能老待在一个地方啊，难道一辈子做身份卑微让人瞧不起的农民？还有像爹说的那样，老老实实打个工，跟村里的好青年一样，别整天流里流气地乱跑。沈枫在城市里见过那些青年，他少年时代的玩伴，在天桥底下，在小巷子里，睡在垃圾堆旁边，支着个脏兮兮的小铁锅熬粥喝，城管、环卫、警察见了他们就赶，跟赶流浪狗似的。流浪狗还有动物保护人士设立的流浪狗收容站，他们没有。即使有，也不是提供食物和帮助，而是毒打一顿加以遣返。他们也是男人啊，也想要个女人，可没有女人愿意跟他们。他们去小巷深处找最廉价的妓女，染上花柳病，便再也没回过家，失踪了，谁也不知道去了哪里。许多年后，沈枫感觉到爹娘已经对他失望了，还有爱过他又离去的女人，他们都常善意地指责他，那么大人了，咋就不能现实点。他有什么办法，村庄荒芜，从一座城到另一座城，哪有可心的落脚之地，又不甘心将就。他就读的鸟城大学也不会在他毕业的时候收留他，让他当一名梦寐以求的大学老师，一星期讲上几堂课，有大把的空闲时间属于自己。可是不行啊，人事处只招收名牌大学毕业的博士，好像他们的水平真的跟母校和学历一致似的，奉行的不过是另一种出身论。他又受不了每天去坐班，受人使唤，看别人脸色。一个经常想要像山鹰一样飞翔的人，哪里能受得了那种束缚？那年回家的时候，几个人模狗样打着鲜红领带的家伙选中了村里的那块地，说是搞什么新农村建设，他家的老屋拆迁了，院子里的槐树、杨树也被砍了，竖起一座座冒浓烟的化工厂。乡亲们被赶进集中营一样规划过的劣质楼房里，牛啊羊啊狗啊鸡啊没地方住，只好吃掉卖掉了。村里的老人们捶胸顿足，谁他娘的愿意离开自己舒坦的泥窝窝，搬进不接地气鸽笼一样的楼房里？那帮厮好事不干，净干些让人背井离乡贻害子孙的事。可是谁能挡得住轰轰隆隆开进村子的铲车呢？老人们那跟婆娘亲热厮打了大半辈子的土炕，一下子就给推平了，他们还想死在这炕上呢。沈枫也没有家了，除了东游西荡，还能怎样？

　　丰水镇的房子一律是瓦房，并不追逐太阳的方向，而是依着地势朝向四面八方，零零散散点缀在山腰上。房顶斜坡上的瓦片在风雨侵蚀下变得乌黑，瓦片间伸着瓦楞草，随风轻轻抖动。偶尔有一两只白鹭，从水田里飞到屋脊上，静静张望。墙体一律刷了石灰，经过雨淋，破抹布一般。院子都是出奇地小，有的甚至没有院子，更没有院墙，不像北方乡村家家户户深宅大院，高耸的院墙上竖着防贼的玻璃片。门前都拉着一根铁条，上面晾晒衣服，男人的裤衩、女人的胸罩都搭在上面随风飘动。这样的生活真好，住在城市一个个狭小的单间里，跟关在笼子里的鸡似的，还是吃饲料的鸡，不是走地鸡，一个劲儿地在罗网中挣扎。沈枫早就想离开那个污迹斑斑的地方，过这种实实在在的生活。多想可以在这小镇上出生，长大后就娶个质朴贤惠油光水滑的村姑，男耕女织，安安稳稳过一辈子。这个小镇过于偏远，才不像他的故乡那样被拆迁和工厂污染。这里不是沿海的江浙一带，却也算是江南，水汽充沛，树木繁茂。走着走着，蓦然闪出一个飞檐挑角的凉亭，油漆斑驳，看着有些年月了。廊柱上竟然刻着禅宗偈语"自隐浮屠真极乐，已归彼岸更逍遥"。沈枫仔细玩味，却又像墓志铭。还是我们都死了，只不过是自己没意识到。这生与死的界限，有时候也难以分清。

2

　　沈枫到街边商店买了瓶水，发现每一种饮料都只有一瓶，售货员说卖完一瓶再进货，他才恍然大悟已逃离据说物质极大丰富的鸟城。他问她鬼山怎么走。那鬼地方，又不是旅游景点，不远处有井冈山，革命圣地，可好看了。她斜视了他一眼。她远没有火车上坐在沈枫旁边的女孩好看，长着又细又长秃鹫一样的脖子、鹦鹉一样的嘴巴，就像毕加索立体主义的画。沈枫现在有点后悔没要火车上那姑娘的电话号码了。沈枫说自己才不去那种地方凑热闹，到处都是人，空气里全是人骚味。再问，她便朝一条乡道侧侧脸，说就是那个方向，不再搭话了，只顾低头摆弄触屏手机，手指飞快滑动，大概是在玩一款叫切水果的游戏。虽然立了秋，空气依然闷热，衣服粘在身上，沈枫感觉自己成了一只湿漉漉的牛蛙。来南方后的这几年，他早已养成了每天洗澡的习惯，又忽然怀念起北方冬天的澡堂子来。他这人想起啥就想干啥，听到风就想起雨，便背着帆布双肩包在丰水镇东游西逛找起澡堂子来。过后又觉得自己傻，南方哪有什么澡堂子，有的不过是洗脚城按摩店。

　　街边一把印着啤酒广告的大伞下有个五十来岁的黑脸汉子在兜售麒麟瓜，沈枫才意识到舌头冒烟、嗓子发痒。走过去招呼他挑个熟的，现吃。汉子笑呵呵地说他可来对地方了，俺这瓜都是自家种的，瓜地就在后面。汉子挑了一个，一刀劈开，却是个白脸，顺手把那瓜丢进了身后的旱沟里，几只咕咕叫的芦花鸡跑过去伸脖子就啄。汉子不好意思地笑笑，说再给他挑一个。第二个倒是熟透的好瓜。沈枫当场吃了个饱。卖瓜汉子挺实诚，只收了他一个西瓜的钱。沈枫刚想走，汉子指着沟边吃西瓜的那一群鸡问他买不买鸡。汉子说他的鸡只吃西瓜，是西瓜鸡，味道比打野食的走地鸡好，比城里喂添加剂的鸡更健康。汉子大概是看沈枫戴着蛤蟆墨镜，背着双肩包，穿着双登山鞋，觉得他是有钱的城里人。沈枫说自己只是来游玩的，买了鸡没法带。"对了，大哥，这镇上有没有澡堂子？"那个汉子顿时脸涨得通红，咬牙切齿阴阳怪气地说前边第一个十字路口往左拐，走到巷尾就是，保证能洗得爽死你。沈枫想大概是没买他的鸡他有点失落。刚走出几步远，就听见身后那汉子骂骂咧咧地说："这王八羔子，叫鸡不买鸡。"

　　走到巷尾，果然有家门面简陋的澡堂，一张抹过桐油的简易桌子当前台，台前一个穿着紧绷绷牛仔短裤的姑娘袅袅婷婷。他问沈枫是一个人洗还是两个人洗。沈枫说自己一个人当然是一个人洗。

　　"不需要个搓背的？"她勾起眉眼朝他笑。她笑的时候，眉眼纤细，潮润半张的嘴唇微微翘起。沈枫明白她的意思。

　　"我是来正经洗澡的，天闷热得厉害。"沈枫一本正经地说。

　　"哈哈。"她笑得前仰后合，"读书人装起正经来真可爱。"

　　"你咋知道我是读书人？"

　　"戴个眼镜，爱装正经，不是读书人是什么？"她笑得更厉害了，露出两颗雪白的虎牙。她脸上没有抹粉，身上也没有那种场所的劣质香水味，跟鸟城批量生产的常年熬夜眼袋下垂的女人不一样。她们无望的眼神，假装的热情，真是让人怜悯又讨厌。在鸟城讨夜生活的女人特别多，听说那样挣钱容易又轻松快活，不用读书，不要学识，钻研好房中术就行。封建社会的风尘女子还能填词谱曲长袖善舞，新时代也不需要了，赫胥黎的进化论值得怀疑。可面前这个女人，跟她们不一样，怎么看都不像风尘女子，倒像调皮可爱、喜欢说笑的邻家妹妹。沈枫想她若是跟自己一起走进里面的洗澡间，会忽然露出一根毛茸茸的狐狸尾巴，坦白自己不是人，而是狐妖，接着是一段狐妖与书生的浪漫爱情。想象是危险的，想着想着沈枫真有点动心了，不那么单纯地想洗澡了。

　　"你可不像那几个山上来的，进门就脱裤子。"她递给沈枫一个拴着钥匙的木牌。

"山上来的？你说的可是鬼山？"沈枫来了兴致。

"是啊，山上有个野生动物保护站。保护站里的那几个男人，一个月下一次山，每次都跟饿狼似的，折腾起来没完，总也不知足。"

"听说山上有山鬼？"沈枫觉得自己真是无聊，在火车上听到别人说山鬼的事就兴致勃勃跑来了。

一听到山鬼，她肩膀一颤，大眼睛左右转动，一脸惊恐。这让沈枫觉得奇怪，他这个人就爱找刺激，胆儿也大，才不管什么山鬼不山鬼，大概是狗熊或者猴子呢，小时候就听村里的老人讲过黑瞎子掰棒子的故事，有个莽撞后生在玉米田里碰见掰棒子的黑瞎子，以为是披着大氅的小偷，上前制止，被黑瞎子一巴掌扇到地上，半天醒不过来，醒过来后还迷瞪了几天，连爹娘都认不出来，喝了青山庙上求得的神水才好。还有那贴在土墙上吓唬人的活鸡嘎子，用铁锨铲掉一层又一层，怎么铲还是那副骇人的鬼样，诡异得很。直到现在他还没见过黑瞎子，也没搞清楚活鸡嘎子到底是啥玩意儿，村里的老人谈起来却个个言之凿凿，有几个还声称亲眼见过。反正不会是国产鬼片那样，动不动就插播一段呜呜吼吼的闹鬼音乐，夹杂着一群男女的鬼喊鬼叫，那都是吓唬胆小鬼的。恐怖片也不像恐怖片，倒像搞笑剧。

沈枫捏着木牌上的钥匙打开单间的门，走了进去。锁有点毛病，不能反锁，插销又没有插头，只能虚掩。单间里靠墙摆着一个椭圆形的杉木浴盆，沈枫放了多半盆水，舒舒服服地躺进去，闻着树木的清香，比城市宾馆里的陶瓷浴盆舒服多了。他有点睡意蒙眬，觉得这浴盆飞了起来，飘飘荡荡穿过片片白云，不远处的云上还有古装的仙女翩翩起舞。这时，他听到了敲门声。是她，前台的女子，这澡堂子好像就她一个人。她笑嘻嘻地问："哥，你确定不要个搓背的？"沈枫知道自己心里少得可怜的正经已经用完。她见他不吭声，就推门进来，大大方方脱了罩衫露出洁白的奶子，扑进浴盆，水溢得到处都是。

"你叫什么？"走时沈枫还有些留恋，看身段、看脸庞，真是个不错的女人。在那事上，妖媚又单纯，真是人间尤物。在沈枫的经验里，一个女人，妖媚就不单纯，单纯就不妖媚。

"小倩。"她披上罩衫，背对着沈枫，肩胛骨白嫩的肌肤上有一块黑乎乎的烫伤，让沈枫心头一紧，唤起了解她的欲望。而立之年的他，更喜欢有故事的女人，潜入她们的内心，让她们经历的哀伤和苦难煎熬自己，带着一种不可自拔的受虐倾向。尼采说："你要到女人那里去吗？别忘记带上你的鞭子。"尼采不是让你拿鞭子管教女人，而是把鞭子交到女人手里，让她们抽打你。

"《倩女幽魂》里的小倩吗？"沈枫知道自己又犯了爱和女人搭讪的毛病，接下来他还能谈谈哪个电影版本里的聂小倩最可爱，还能谈谈他喜欢的女鬼演员王祖贤，搭讪起来他总是滔滔不绝。他真的有点怀疑是不是越读书越流氓，不能再这样了。

"那你叫什么？"

"我叫宁采臣。"沈枫也不知道为何自己一开口就说了谎，还是那么容易被识破的谎。

她乐得咯咯笑，没有生气。本就是游戏，她懂得不当真。

沈枫知道自己不能再跟她闲扯，否则自己会陷进去，麻烦会接踵而来。他渴望女人，更怕麻烦。这样才好，一竿子交易，不用拿感情做伪装，很适合他这种怕麻烦的人。如果他有足够的钱，肯定成了大嫖客。沈枫觉得不宜耽搁，得赶到山上去。

走在小镇的路上，沈枫感觉自己的身体出奇的洁净，好像刚才的那盆水，洗去了一身城市的尘埃。刚才那姑娘，也洁净得一尘不染，梦境一样美好，甚至美好得有点不真实，让他怀疑到底有没有过，甚至想下山时再重温一下。他本来还以为等他洗完，就会突然冒出两个光膀子大汉说他非礼他媳妇或者妹妹，敲诈一笔。结果没有，澡堂里就她一个人，一个孤零零的姑娘，价钱也公道。听她的口音，不是本地人。不知她为什么在这里，生活又有怎样的遭际。在这异乡开店，没有本地人护着是不行的。沈枫知道，在自己曾经生活的村子，田园荒芜，很多人远走他乡，背着锅碗瓢盆。她在沈枫心里，成了一个隐秘的存在。但他不能多想，他怕自己会爱上她。爱这东西，魅惑又危险。他尝过了爱的苦涩就千方百计想逃避新的恋情，可难逃心中那份隐秘的欲望。

这小镇到处都有摩托车穿来穿去，可是不载客。倒是有个摩托三轮车主看沈枫四处询问凑过来说可以带他去鬼山，不过要收一百块，平时他是不载客的，恰好要给山上的野生动物保护站送菜，顺路捎他一程。沈枫看了看那名脸色红黑生着一张紫乎乎方形大嘴的中年汉子，讨价还价了一番，谈拢到了地方给他五十块。沈枫坐在摩托三轮上，跟一车萝卜、黄瓜混在一起。路不好，坐在上面硌得屁股疼，只好站着，双手抓住车座后面的铁架子，好在这样有风，凉爽而舒服，有飞的感觉，好像自己真的成了一只自由自在的山鹰，却不知道要飞到哪里去，也不知道到底要寻找什么，只是飞。山鬼，不过是进山的一个幌子，沈枫自己都不信，到别的世界去看看，才是真的。

那是一段悠长的盘山公路，一侧是山，另一侧是山涧。沈枫进到那山里，忽然就听到一种声响，不是耳边的风，不是林中的鸟，而是从心底升起，杳然缥缈又真真切切，像重现一段记忆。沈枫想追踪它，它却跌落进幽黑的山影树丛里，不知所终了。沈枫能握住的唯有手中摩托三轮车斗前冰凉的铁架子。

"大叔，这山里真的有山鬼？"沈枫开口了，想跟送菜的大叔套点近乎，和这些山里人融成一片。在城市里没有家的感觉，在这荒烟蔓草之地却有，就像这里便是故乡，他仍然是追逐月亮的少年，穿过故乡的河，越过大片大片的高粱地，跑得无影无踪。那时候头顶着一轮硕大的月亮，月亮好大，里面住着人，还长着一棵大树，沈枫跑它也跑，你追我赶的，真带劲。他追着月亮跑的时候，听见月光在响，流过树梢，流到大地上，水流的声音。他再也没见过那么大又会响的月亮。流浪少年好孤单，却又不想长时间待在一个地方，像在寻找什么，又不知在寻找什么。孩提时代，哪里有现在的诸多烦恼。

"山鬼听说是有，可俺没见过，俺一个月才到保护站送一次菜，当天就返回山下。猴子倒不少。坏猴子，精得很……"那汉子很热情，话也多，有些话痨。在沈枫的经验里，这样的人好打交道。

"坏猴子？"沈枫提出疑问，想引出更多的话题。

"是啊，猕猴。在这山上一群一群的，个头不大，净干坏事。有年冬天，俺拉着一车萝卜白菜进山，走到半路竟然下起大雪。在俺们这儿，下雪都是稀罕事，何况是大雪。天有异象，怕是妖怪要下山了。俺怕下雪天开车打滑，就熄了火。连人带车滑到山涧里那还有个好？保护站上的巡山员李唐就是下雪天骑摩托连人带车摔到山涧里，好在被树枝挡住了，捡回了一条命，但也被树枝戳瞎了一只眼。他一个月才下山一次，急着去镇上会他的小妖精。他比你大不了几岁，你到了山上可以找他，他也是个热心人。年轻人，火气盛，一个月不下山，不碰娘们儿，哪个能受得了？可汪站长说他疯疯癫癫的，得了精神病，小妖精给害的，俺看他倒是挺正常。你看，俺扯远了，书归正传，书归正传。下了车，俺就近找了个山洞把棉大衣裹在身上睡了。到了后半夜，听见窸窸窣窣，俺以为是刮风或者什么灰毛兔、穿山甲之类的小动物，没在意。到了天亮，到车边一看傻了眼，一车的萝卜、白菜全没了。瞅见一只红屁股小猴握着根萝卜蹲在树杈上朝俺抓耳挠腮嘻嘻笑才明白咋回事。那小猴估计是猴王派来的，专门等着俺醒了嘲笑俺一番。偷了别人的东西还要嘲笑别人不小心……"这红脸膛大叔说起来真是滔滔不绝，乡间说书人一样，比课堂上的教授能侃多了，语言也更有表现力。

"猴子还会笑？"沈枫瞪大了眼睛，以前他只在动物园见过猴子，病恹恹的，一脸忧郁地蹲在光秃秃的树杈上。

"是啊，本事大着呢！俺这里有的猴子被抓进城里的动物园，见了娘们儿就扑上去脱衣服摸奶子，野得很。"

汉子说得沈枫一愣一愣的，更加激起他对这鬼山的兴趣，觉得自己来对了地方。在他就读的学院里，可没有这些妙趣横生的东西。

野生动物保护站是一个三层红砖小楼，里面住着包括站长、副站长、巡山员在内的十来个男人。沈枫帮着那汉子把蔬菜搬到保护站的厨房。那汉子介绍沈枫跟巡山员李唐认识，说他是城里的大学生，想来实习实习，不要工资，管吃管住就行。李唐三十来岁，留着精干的平头，五官俊朗，棱角分明，穿条旧军装裤子，迷彩背心，虽然眼睛摔坏了一只，也算得上帅哥了。沈枫按照来时的承诺掏出五十块钱给汉子，他说啥也不收，大概是一路上的交谈拉近了距离。李唐喊那汉子鸡婆，说他的舌头比平常人长了三寸，疯疯癫癫的，就是能侃，口无遮拦啥都说。后来沈枫跟李唐混熟了，向他提起鸡婆没收他路费的事，李唐说只要有人愿意听他瞎说，他倒找钱都行，不然咋叫鸡婆哩。沈枫暗暗惊叹，鸡婆讲述的欲望还真是强烈，大概作家写作也是受到这样一种驱动。

3

"你确定要跟俺去巡山？"李唐又问了沈枫一遍，好像是方丈在问一个六根未净的俗人是否打定主意出家。李唐斜楞着眼，右眼皮张得特别大，还打了个褶子，眼珠子像随时会掉出来。那是他大雪天骑摩托下山摔坏的。沈枫见到坏了一只眼的人就倍感亲切。他家乡有个大个子叔叔，提溜着装满黑火药的瓶子到河汊子炸鱼，点燃了引信，丢得晚了，炸瞎了一只眼。村里老人说他是被黑鱼精捏住了手脖子，摸鱼、网鱼都不为过，炸鱼那可是大鱼小鱼王八虾米全给炸死啦，声音又吵，惊动了河底打坐修行的黑鱼精。大个子叔叔爱打麻将，输得多了眼眶里的那颗假眼就会滚到地上。大个子叔叔拾起假眼，吹吹上面的土，塞回眼眶里。他在村里有个响亮的绰号，叫"狗眼"。

不就巡个山嘛，至于这样再三盘问吗？沈枫心里这样抱怨，但嘴上没说。

"是啊，巡山，看看山上的野物。"沈枫说。

李唐把一双长筒皮靴丢过来让沈枫穿上，说是山上毒蛇多，眼镜蛇、磨盘蛇、五步蛇、蝮蛇之类的，咬住就麻烦了，还有旱地水蛭，平时直愣愣地立在地上，有人经过就跳到人身上吸血，用鞋底抽才肯下来。那靴子长可及膝，沈枫刚穿上一会儿，就感觉脚掌闷热，汗拉拉的，走起路来也费劲。可李唐脚上却什么也没穿，光着脚走路，在他抬脚的时候，沈枫发现那对脚底板上的茧子有半尺厚。

"唐哥，山上那么危险，你咋不穿防护靴？"沈枫关切地问。

"山路走多了，穿不穿无所谓。再说了，俺带了蛇药。你这娇生惯养的大学生，国家的栋梁之材，温室里的花朵，才要穿啊。"李唐乐呵呵地说。

"栋梁之材可算不上？不学无术还差不多。得跟您巡巡山，见见世面。"沈枫猜不出李唐对大学生的看法，只能用这样谦逊的言辞来回答。

"不瞒你说，我是在城里混不下去了，交不起房租才又考的学，好歹当学生有间宿舍住。"沈枫说。

"为了有间宿舍住才考的学？不为中华之崛起？不为四个现代化啊？"李唐一脸疑惑。

"我只管自己的生活。那些虚无缥缈的东西离我太遥远了。连自己都顾不住，哪有心情搞别的。"沈枫乐呵呵地说。

他们一人背着一个双肩包，里面装着馒头、榨菜、水，右手各握着一把木柄柴刀就上路了。李唐说了，柴刀可以开路，也可以防狼。在他说这话的时候，沈枫才发现他还背着一杆三尺来长的猎枪。李唐这身装扮，活脱脱一个英姿飒爽山大王。

"俺就不明白，你好好的大城市不待，干吗到这山里来？"李唐边走边拿那颗坏掉的眼珠瞅沈枫，沈枫怀疑那颗眼珠到底能不能看得见。那颗黑眼珠有点发白，长霉的秋枣一样，迸发的目光里没有恶意，只是有些带着关心的疑惑罢了。

"城里吵得人难受，想找个地方静一静。"沈枫说。

"年轻人，能耐得住山里的寂寞？这旮旯一年到头见不到一个娘们儿，看见山缝都会想起她们来。"李唐大概是看沈枫小自己几岁，摆出一副老气横秋的样子，可是一说这样的荤话，语气就有点不自然。

"唐哥，你结婚了吗？"沈枫问。

"没有，不过有个相好的。这巡山的工作，一个月才能下山一次，娶了老婆也说不定会偷汉子。"一提起相好的，李唐有些羞涩和紧张。他那颗坏眼珠就放出光泽来，整个人不像条三十来岁的汉子，倒像一名羞答答的大姑娘。这山里人的感情，跟城市里节奏真是不一样，据说这是慢生活和快生活的差别。

"你呢，在学校没谈恋爱？"李唐也问沈枫一个感情方面的问题，这样就扯平了。能交谈一些感情问题，两个陌生人之间就熟络起来了。

"谈过，分了。"

"好好的，干吗分呢？"

"心凉呗。心一凉就想离开。"

"要是俺，心凉了也不离开，爱情需要一竿子到底，就看决心大不大。"李唐的那颗坏眼珠放出光芒来，那是一种青春的光泽，只有对爱情充满美好憧憬的人才有。这让沈枫羡慕，沈枫年纪比他小，却过早地耗掉了爱情的热情。沈枫离开家乡四处漂泊的这十来年，所见所闻和领受的苦难改变了他，让他常常感到莫名焦虑和恐惧，才受过惊吓的兔子一般有个风吹草动就选择离开，像永远也找不到一个可以安顿下来的草窝了。

沈枫和李唐顺着麻条石级往上攀登，山涧里的水声在风中飘荡，青蛙、知了、飞鸟的鸣叫交织在一起。可是走着走着，石级没了，甚至连路也没有了，沈枫只得跟在李唐身后穿过杂树和乱石的缝隙。沈枫觉得已经走了很远，脚后跟都走疼了，脚上的长筒靴也变得愈加沉重起来。李唐嘴一歪笑了，说早着哩，刚走了十分之一的路程，到了昙花尖，再从另一条路回站里。李唐总是这样，觉得沈枫这个学生是温室里的花朵，一脸不屑，可沈枫知道他的软肋，便跟他谈女人。

"唐哥，你相好的咋样？"

"嘿嘿，她叫小倩，就在山下的丰水镇上。每到月底放假我就去找她哩。"他嘴上挂着幸福的笑，眉头却皱着。

"漂亮吗？"

"漂亮着哩，天底下没有比她更漂亮的了。还是大学毕业，有文化着呢。"李唐充满了自豪感。提起她，李唐一点也没有刚才那种说大学生是温室花朵的意思。

"那跟你谈过恋爱的那名女生好吗？"李唐问沈枫。

"好着呢，一双杏眼，总是穿白裙子，还会写诗呢。不过写的诗更像顺口溜。"在李唐面前，沈枫不能说自己的前女友是在酒吧认识的，妖艳、不贞，但很迷人，平时只穿一条一丁点的三角裤，在他们同居的出租房里走来走去，喜欢骑在男人身上。他也不知道自己是她的第多少任男朋友。当然沈枫也有着不光彩的过去，多情又脆弱，就像一条急于性交的公狗。爱情这东西真是要命哟，那些夺命鸳鸯隐藏在人群里，看起来跟普通人没什么两样，一旦遇上，那才叫肝肠寸断，非死即伤。不过沈枫侥幸逃过了那一劫，但仍心有余悸，不敢轻易开始一份感情，才躲到这山里，藏起来遗忘或者舔伤。当然沈枫也遇见过可心的姑娘，有的甚至携手走到了婚姻的门槛上，可他一想起今后的生活，有个女人整天管着他，让他去干各种各样违心的事情挣钱养家就胆战心惊，被生活打败的可怜虫一样逃掉了。久而久之，逃跑就成了一种习惯。他渴望和女人待在两个人的温暖小窝里，又害怕，想重返一个人游荡的日子，落魄点也无所谓。如果可以选择命运，沈枫想做一只山鹰，自由自在，独自飞翔。

看得出来，李唐爱着这位姑娘，搞不好还是初恋，不然怎么紧张又羞涩呢。沈枫觉得李唐好像不属于这个时代似的，那么大一个人了提起女人就脸红。在这方面，自己完全可以当他老师了，便教唆犯一样开导他："怎么不让她来山上陪你？姑娘长大了，需要男人陪，不然会随时跟上别人的。"

"她大学一毕业就来这站里工作。谁也搞不懂，一个漂亮闺女非要来这不沾亲不带故的山里。站里就她一个姑娘。她一来，俺就喜欢上她了。那双眼睛盯着谁谁都会爱上她呢。站里的老同志都结婚了，只俺一个光棍汉。大家都督促俺抓住机会。大家都很照顾她，不让她巡山，只让她留在站里择菜。炒菜要抢起那死沉的铁锅，也不舍得让她做哩。"一提起她，李唐双颊就红通通的，仿佛他才是大姑娘。

"后来才知道。她是喜欢山上的树，枫树、桐树、杉树、翠柏、银杏、乌桕……每天都跑去拿着个小皮卷尺量树周，在网格本上记录下来。她给周边的每一棵树都挂上了一个写着毛笔字的木牌，上面注明树名和科属。俺见她第一次走进这山里，眯起眼睛呼吸着空气，说自己生命的意义就是弄清楚这些花草树木的名字。有次她拿着两枝叶子回来，说，看，这是叶互生，也是叶对生。她说她大学快毕业的时候才找到自己到底喜欢什么，就逃开课堂读书自学。俺们都说她是植物学家。"听李唐这样说，沈枫眼前真的浮现出这样一名有梦想有追求的姑娘来。在这个处处讲究实用主义的时代，孤注一掷追求自己的喜好是一种珍贵的质素，跟沈枫在学校见过的那些女生不同。在沈枫就读的鸟城大学中文系，若你问一名学生毕业后去做什么，十之八九会说考公务员。如果你有所疑问，他们会回答，我们学中文的，有得天独厚的考试条件，不考公务员那就是可惜了。如果在文学课堂上你说你想写诗，其他同学会发出一阵哄笑，就好像他们都比你高尚似的。快毕业了，同学们都忙着考公务员的事。很多已经毕业的学长身穿呆板的制服，成了公务员，在城市里被奉若神明。他们能够在很短的时间内有房有车，过上体面的生活，一下子飞黄腾达，并且对收入的进项秘而不宣。沈枫发现那种预定好的生活不是自己想过的生活。他知道是自己心里那只叛逆的山鹰在作祟。在官府里，有的只是唯唯诺诺狗一样的奴才生活，那种生活，在他考进鸟城大学中文系之前就领受过了，并且发誓再也不去那种单位上班，甚至什么班也不想上。他想逃离那种生活，才选了一条山路。那天沈枫凌晨起身，在夜色中赶往火车站，并没想好要去哪里。他越来越感受到学院课堂空虚无聊，文学课也不像文学课，倒像政治教育。有个教授让他们课上抄她的笔记，要抄得一字不差，期末考试会涉及，她说那些珍贵的笔记是她上大学时她的老师讲的。所有人都在埋头抄笔记，这让沈枫觉得可怕。他只能假装去上课，假装听讲，忍受这种煎熬。

"多好的姑娘。你得抓紧啊。"沈枫循循善诱。

"俺小学毕业就来这山里，顶俺爸的职。一个山上的野汉子，哪里能配得上人家。还好，她并不讨厌俺。汪站长是过来人，他说得送花。俺就在山上采了满满的一捧，黄菊花、蓝喇叭、紫蔷薇、红映山、野百合，什么花都有。她收下了，还挺高兴。第二天，她跟俺一起去巡山，俺们遇见一株刚长熟的野生猕猴桃，味道酸甜可口，好吃得很。要知道，在这山里，人哪里能抢得过猴子。可那株熟透的猕猴桃，猴子还没发现，却被俺们找到了。俺想大概是和她在一起的缘故。她真是女神哩。"说到这里，李唐面朝远山，眼神漫漶。他什么也没看，沉浸在美好的回忆中。

"这深山老林，见不到人影，很适合谈情说爱，没必要躲躲闪闪。你们一起巡山都没干点什么？可有的是机会噢。"沈枫想着他们曾经肯定在这山野里追逐欢闹，一幅男欢女爱的美景。

"俺们只偷偷牵过一次手，触电一样，刚牵上，就又松开了，都很不好意思。都怪俺，有天晚上喝醉了，没保护好她。山鬼来了，把她背走糟蹋了。后来，她说什么也不肯上山了，只住在山下。"

李唐转身望着山下丰水镇的方向，当他回过身来，沈枫才发现他的双眼蒙着一层泪，嘴唇嗫嚅着。

"还真的有山鬼？"沈枫打了个激灵，身上的疲惫也消退了。

"真有。俺亲眼见过。生着一对巨大的黑翅膀，浑身是毛，喜欢吃山珍海味，喜欢干那事，那玩意儿大得吓人。眼睛跟两只红灯笼似的，被它盯上的猎物，都驮在背上带走了，那还有个好？"李唐英俊的脸上升起一团严肃和无奈。

"你手里有柴刀，背上还有枪。"沈枫挥舞了一下手中的柴刀。柴刀的锋刃经过树木的磨砺闪着寒光。

"那哪行，你太小看山鬼的本事了，道行深着哪，还会法术哩。刀枪都不行，谁都拿它没办法。它有时候来到站里，都得好生侍奉着。它跑进鸡窝就吃鸡，冲进羊圈就吃羊。青面獠牙，血淋淋的，没人敢管，汪站长还得给它递烟哩。"他越说越玄乎，民间传说似的，从小在学校受马列主义无神论教化的沈枫哪里肯信，觉得李唐在讲封建迷信，有点神神叨叨的，山上哪会有什么妖魔鬼怪？但是看着李唐无奈又愤怒的表情，又不像在瞎编。沈枫相信李唐在面临强大的对手时，就像小鸡雏面对巨大的狮子，弱小到无法反抗。

沈枫心里猛然一颤，李唐口中的小倩难道就是自己在山下的丰水镇遇见的那个妓女？这时，沈枫不敢正视李唐的眼睛，望着旁边的一棵乌桕树。山风正吹得油绿的树叶哗哗响，丛林深处影影绰绰。

"你嫌弃小倩了？如果真的爱她，有没有初次倒也无所谓。"沈枫说。

"哪里会嫌弃，俺还向她提过婚呢，只是她不愿意，一个劲儿地咿咿呀呀地哭喊，谁都不知道她喊的啥，光着身子满山上跑，谁喊都叫不住。她的身子真白，两条腿真长，长发让山风一吹，跟一匹小野马似的，别提有多美了。站里的男人们都追着看，龇着牙笑，就连厨师老王，五十好几的人了，也歪着头笑眯眯直瞅。俺也追着看，但是笑不出来。后来不哭也不疯了，却在镇上干起出卖身体的行当来。"李唐声音哽咽，嘴角颤动，眼睛蒙上了一层泪，包括那颗下雪天下山找小倩摔坏的眼睛。沈枫不知道说什么好，眼前却浮现出小倩光着身子满山上跑的身影来，像伊甸园里的夏娃，美丽而赤裸，身子是妖娆的野花和甜蜜的浆果做成的。

"俺去山下找她，她不哭了，只是笑，还在俺面前脱了个精光，让俺要她，免费哩。她身上全是伤，被折磨得不成样子了，都是山鬼给祸害的。山鬼除了干那事，还拿着木头橛子捅，拿着烟窝子烫哩。被山鬼糟蹋过的姑娘，哪还能做得成良家妇女？"

沈枫疑惑不已，一个模样英俊、肌肉结实、在大山里奔走的汉子，竟被似真似幻的山鬼抢了女人。还有那小倩，到底有什么样的遭际，才变成另一副模样，完全变了个人似的。沈枫分明感受到一种强烈的爱恨交织在李唐心中。他理解这种感受。跟前女友分手后的很长一段时间，沈枫把自己关在屋里，怀揣一颗冰冷的心，抽烟喝酒，沉迷在阅读中，有意回避感情，过着一种无人问津的单身汉生活。李唐在这深山中与鸟兽为伴，也尝过了孤独的滋味。作为远道而来的局外人，沈枫不可能完全搞清楚这个深山老林里的野生动物保护站到底发生过什么。总有一些事情，也许永远都不会知道。

可惜得很，对于李唐来说，都无法挽回了。小倩不再属于他一个人。小倩不是说了，野生动物保护站里的那几个男人，每次下山都跟饿狼似的，折腾起来没完没了。甚至连镇上最丑陋邋遢的单身汉都能染指呢。沈枫觉得李唐真该再找个女人，开始新的生活，毕竟还年轻，可他发现，李唐对自己现在的生活很满意，满足于每月一次的下山，并不想改变什么。

上山的树林里各种树木交叠在一起，有的百年老树茎干粗大，直插云霄。有的大树一半干枯寥落，一半生机盎然。蓦然窜进眼帘一片火红的野杜鹃，纠缠在大树枝丫上，美得丰盛，让人仿佛陷入幻觉之中，除了眼前的美景，忘怀一切。还有一种巨大的白花，李唐也叫不出它的名字。它旁边没有枝叶，兀地独自绽放在峥嵘怪石上。那样的时光真好，沈枫跌跌撞撞环视四周，陷进原始森林里，心中陡然升起对高山大地的敬畏，觉得提出天人合一的古代先贤真是伟大。李唐气喘吁吁地跑过来，责备沈枫不该乱跑，要是跟他走散了，回不到保护站，山上生活的本领又不足，非死在这里不可。

李唐忽然拉住沈枫，示意他不要出声。顺着李唐手指的方向，沈枫看见一群野山羊在十来米远的坡上吃草。虽然凝神屏息，野山羊还是竖起了机警的尖耳朵，停止了咀嚼，一齐仰着脸看着他俩，嘴边还挂着几滴鲜嫩的草汁。沈枫碰触到它们单纯的眼神，心生久违的感动。他少年时代就在故乡的草坡上放羊，看羊悠闲地吃草，看羊蹦跳撒欢，看一只羊跳到另一只羊身上。他觉得世界上再也没有什么比羊的眼神更单纯的了。

天色暗了下来，他们还没走到昙花尖，据说那是这片山脉的最高峰，是巡山的中点，到了那里，就可以下山了。四围黑暗弥漫，响着各种野兽的怪叫，潜伏着危险和骚乱，好像随时会有一匹狼或一只豹扑上来。沈枫紧紧握住柴刀，贴着李唐的脚步，生怕迷失在这山中的黑夜里。李唐恢复了平时的机警，眉头上套着一盏探照灯，柴刀左挥右摆，是个行家里手。

到达山顶已经是深夜，抬头望见满天繁星，又大又亮，激起沈枫号叫的原始欲望。沈枫双手在嘴巴上拢成喇叭状，朝着天空号叫了几声，觉得自己也成了这深山中的豺狼虎豹，自在得很。

这棵是槭树，这棵是椴树，这棵是桐树，山里最多的杉树和毛竹，这是乌桕，那是霹雳。李唐说着山顶上的树种，是个山乡里自学成才的植物学家，可他说他的植物学知识都是小倩教他的。沈枫朝旁边的那些树木望了一眼，灯光掩映之下，树干上缠满藤条，枝干盘根错节，游龙走蛇一般，没有人工痕迹，这才是真的原生态。沈枫离开鸟城的时候，鸟城正把海边的沙子运输到市中心，在造什么原生态沙滩。

"赶不回去了，得在山洞里睡一晚。天亮再回去。"李唐从站着的那块大石头上下来，朝山下走了百来步，找到一个山洞，里面还铺着一条露着丝绵的破被子。这棉被跟沈枫刚进大学时学生会兜售的棉被一个材质，等外面的衬布烂了，才露出丝绵来，白丝绵黑丝绵交织在一起，都不是棉花，而是散发着有害物质的化工产品。

"平时俺们巡山时就在这里休息。"他们钻到那洞里。洞不深，是个天然形成的窝棚。李唐把洞里的几颗南瓜大的石头摆在洞口，说是防野兽和蛇。

在那山洞里，两个男人裹在一条棉被里，继续交谈。沈枫从第一眼看到李唐，就知道他是实在人，从棱角分明的面庞和眼神里可以看得出。山下秋老虎还没走，山顶却冷得像冬天。他们不由得靠在一起取暖，沈枫感受到了李唐结实的胸肌和均匀有力的呼吸。当然，他们谁也没有同性恋的倾向，都正常得很，都渴望女人。沈枫很欣赏李唐，羡慕他心中的纯真，还有这种大山里游荡夜宿山洞的生活，这样贴近大地和星空，踏踏实实，一点也不虚妄。沈枫在城里，见到的虚妄之人已不少，追求着虚无荒谬的东西，一帮人闹哄哄开半天会就为研究是不是要买块橡皮。夜幕下秋虫叫声响亮，纷乱错杂，沸腾了深山乐园，像在讲述一个永远没有结局的故事。在这样静谧又喧闹的夜中，沈枫不舍得入眠，想着自己在鸟城辗转反侧的日子。沈枫转过脸来看李唐，分明感觉到李唐的目光越过他的头顶，穿过洞口望向更遥远的星空，那颗坏眼珠也变得神采奕奕。沈枫顺着李唐目光的方向，看见满天明亮的星子移动交叠，如同故乡冬天灯光下飘零的雪花。

一眨眼，天亮了，到处都是生机勃勃。山顶的大树也分外茂盛，枝叶繁密，不像北方，山顶大都秃了顶，忧劳过度、心思过盛的中年男人似的。

李唐从背包里掏出两个碗口大的白面馒头来，沈枫以为他要给自己一个，结果李唐左手一个，右手一个，左右开弓旁若无人地大嚼起来。对沈枫来说，那么大的馒头，吃一个就饱了。好在沈枫背包里也背了馒头，掏出一个，夹上榨菜，吃得香甜，比在城里酒店吃的大餐还有味道。

李唐看沈枫吃馒头榨菜，一个劲儿地嘿嘿笑。沈枫问他笑什么。他说他有个表哥在县城榨菜厂上班，有一次他去榨菜厂找表哥，到了车间，看见工人正穿着靴子站在臭烘烘的榨菜搅拌池里，绿头苍蝇乱飞。沈枫说："你干吗说这么恶心人的话，榨菜我都吃了好几年了，是我忠实的旅行伴侣。"沈枫把没吃完的那袋榨菜用野草梗扎住口，放回背包，准备回到站里丢进垃圾桶。李唐从脚边采了几枝油绿的蕨类，山羊一样有滋有味吱吱唧唧地吃起来。沈枫也摘了几个细长的叶片，试探着尝了尝，满口涩涩的苦、微微的酸，让他想起鸟城某个女人自酿的葡萄酒。

"有一次巡山赶上暴雨，耽搁了，带的干粮吃完了。饿得俺两腿发软，头也晕乎乎的，看见石头蛋子都觉得是白面馒头哩。钻进一片竹林，找了根棍子就忙不迭地挖笋吃。没用开水泡过的生春笋，苦得舌头发麻，当时也是美味哩。"

"真是靠山吃山，靠水吃水啊！你看你还学羊吃草呢！"沈枫赞叹道。

"山里很多草可以吃，这叫虎杖草，做成蜜饯，也好吃得很。咱们得向羊学习呢，羊能吃的，人都能吃。保护站就养着几只黑山羊。那山羊可了不得，白天跑到几公里外的深山里吃草，还跟野鹿鬼混，晚上按时回来钻进羊圈。"李唐得意扬扬地说。

"可站里只见到一只黑山羊，难道是跑出去吃草了？"沈枫问。

"前阵子山鬼来了，叼去了几只。"李唐神情蓦然严肃起来，眉宇之间夹起一道深深的竖纹。

"又是山鬼。这山鬼本事还真大。"沈枫口头上赞叹山鬼，心里却不以为意，想着大概是云豹狗熊之类的野兽。这山区还真是闭塞，手机没了信号，想查点这片山区的资料都难。保护站的房间里连个电视机也没有，没有也好，沈枫宁愿相信真的有山鬼，也不相信那玩意儿。

"是啊。这荒山野岭，啥邪门歪道没有，都是不安分的野物干的。后来，站里再也没有女人敢来了。山鬼在山里待烦了，下到镇上，背个俊俏姑娘扑棱扑棱就飞了。镇上有个失踪了两三年的姑娘跑回来，没多久，竟然生出一只妖怪，血红的眼睛大得出奇，屁股上翘着一根驴尾巴。这些年，在山下的镇上，常有未过门的大姑娘生出稀奇古怪的东西来。"李唐瞪圆了眼睛说。

一只青头小鸟飞来，落在几步远之外的岩石上。那只鸟体形很小，头部湛蓝，身上碧绿，从容自在地左顾右盼。李唐掰下一粒馒头，朝它丢过去。它也不怕人，衔起馒头粒一仰脖吞进肚子，蹦蹦跳跳过来，飞到李唐的肩膀上。

下山路上，依然是杂草乱树交叠，弥漫着蛮荒的激情，忽然刮起了强劲的山风，树枝像张牙舞爪的妖魔鬼怪，要毁灭世界似的。一阵阵云雾掩埋了阴森森的林海，四周陷入幽冥，让沈枫心生恐惧，紧紧跟在李唐身后。荒烟蔓草之中，蓦然竖起两尊石碑，沈枫还以为是墓碑，吓得心头一紧，仔细看时，原来是记事碑。一块斑斑驳驳看起来年代久远的碑上记载：明朝隆庆年间，歹人杨大力在此揭竿而起，落草为寇，辗转会集八万余人，官府多次调军剿匪镇压。平叛后，皇帝下旨将这一带列为禁山，不准平头百姓出入。旁边那块新碑记载的也是此事，不过是另一种口吻，大致说明朝隆庆年间农民起义领袖杨大力揭竿而起，召集基层群众八万多人，掀起了反封建主义革命的新高潮。这明朝的杨大力，到底是歹人寇族还是革命领袖，真是无从分辨。

终于又看到了石条台阶，山风裹挟着雨点，到处都是湿漉漉的。即便是带了伞，估计也拿不住。不知过了多久，渐渐看到了盘山公路，再往前走，野生动物保护站就在眼前了。

"唐哥，尽快忘记她吧，开始新的生活，也不能在一棵树上吊死。爱情可以不止一次。"快到站时，沈枫又在情场高手一样开导李唐了。沈枫相信他们之间已经有了友谊，才试图帮他解开心结。

"爱情只能一次。"李唐坚定地说。沈枫倒是觉得自己理亏了。想起自己前几年谈过的那些浮光掠影的恋爱，多是露水情缘，不禁生出些许愧疚来，那时的自己幼稚而狂妄。还是这大山里的人们紧贴大地，时光缓慢，一辈子只愿爱一个人。

4

野生动物保护站群山环碧，站旁有一道清凌凌的山涧，还竖着一块水文监测站的牌子，但看不到任何监测仪器。午后沈枫和李唐一起脱个精光，一个猛子钻进那深涧里，清凉又畅快，跟城里泛着消毒剂味的游泳池不是一回事。城里的游泳池拥挤得像下饺子，还总有几个怪叔叔有意无意往年轻姑娘身上蹭。

"连条裤衩都不穿，小心怪鱼咬住鸟。"厨师老王背着一捆干柴从旁边走过。

"你以为俺们都跟你一样，裤裆里耷拉着一条钓鱼的死蚯蚓。"李唐朝着老王喊。

"俺当年比你硬多了。这山里没有俺爬不上去的树。"老王不服气地说。

沈枫听李唐说过，站里的厨师老王，年轻时是个爬树好手，绰号"赛猕猴"。镇上有个漂亮姑娘嫁给了他，不因为别的，就因为他爬树厉害，猕猴似的。那姑娘本来可以嫁给条件更好的干部或学校教师，却偏偏跟上他一个厨师，差点没把爹娘气死。感情这档子事，说简单也简单，说复杂也复杂。

他们游泳的时候，汪站长就坐在山涧旁边那棵枝叶低垂半死不活的老柏树下。他是个长着国字脸脖子细长的中年人，话不多，总是笑眯眯的，整天握着一只记载着某次重要会议的铁皮茶杯，没有官架子，常常跟巡山员一起在厨房做饭吃。

站里养着几条狗，大都瘸腿，走起路来旋转木马似的高低不平。汪站长说是踩住了偷猎者下的野猪夹子，虽说是把哀嚎的狗救了回来，敷了山草药，腿还是废了。还有几条狗早就死了，碰见了野猪。野猪的獠牙有七八寸长，轻轻一挑，狗子的肠子就出来了。现在偷猎的人，虽说是下的野猪夹子，但什么都能夹住，国家重点保护动物也能夹住，夹断了腿，不能觅食，也得死。现在的人心真是贪婪啊！我们每个星期都派人巡山，那些偷猎的还是防不胜防。这山里有一种鸟，叫白颈长尾雉，全国都没几只了。偷猎的也想打下来，卖到大城市的饭桌上跟毒蛇一起做什么龙凤餐，真是作孽啊！

"这条狗聪明，在这山里从来不乱跑，才保住了腿。花豹花豹，过来……"汪站长朝那条杂毛狗喊。

那条站里唯一不瘸腿的土狗屁颠屁颠地跑了过来，低眉顺眼地伸着头。汪站长的手掌按在狗头上轻轻摩挲。

"野猪夹子也夹住过狼。狼跟狗可是不一样，被夹住了腿就狠狠心张嘴把自己的腿咬掉逃跑了。狗只知道嗷嗷惨叫，等主人来。"见花豹跟在汪站长屁股后面去散步李唐愤愤不平地说。

"偷猎的缺德啊！不光下野猪夹子，还下毒，把浸泡过毒药的死猪肉搭在树杈上。有只云豹就被毒死了。巡山路上发现的。"李唐愁眉苦脸地说。

"是啊！都是为了钱！那只云豹怎么处理的？"沈枫问。

"肉吃了，皮上交了。"李唐说。

"不怕中毒？"沈枫问。

"人比动物皮实。那么好的肉，哪舍得埋掉。"李唐答。

"豹皮可是好东西，不知道有没有变成某位佳丽的包包。"

"谁知道呢？"

"前年一只云豹连夜叼走了羊圈里八只羊，花豹一声没敢吭。"李唐大概是对花豹不满，又提起那条杂毛狗来。

"哦，我明白了。你说的山鬼就是云豹吧。上次巡山，你说山鬼也叼走几只羊。"沈枫恍然大悟地说。

李唐顿时紧张起来，那颗坏眼珠也像要冲破眼皮的束缚，玻璃珠一样滚出来。他摆摆颤抖的手臂，忙不迭地连连否认："不不不，山鬼是山鬼，云豹是云豹。这山上原本住着一位山神，法力高强，能镇住群妖，眼看着保护区外的山林被砍伐得差不多了，动物也被杀得差不多了，自己的领地越来越小，待不住了，有天忽然化作一团青烟腾空而起，飞到别处去了。山神没了，山鬼就嚣张起来了。"

沈枫不敢再问，免得给他更大的刺激，索性去逗那群站上饲养的土鸡。

"看到没，那只红冠子公鸡，是皇上，那一群母鸡都是他媳妇哩。"看沈枫攥着一把从厨房里拿来的剩米饭喂鸡，李唐乐呵呵地说。

果然，一把米撒下去，皇上先吃，皇上吃饱了，其他的鸡才围上来捡食剩下的米粒，跟人似的。沈枫见鸡群中有两只鸡，冠子比皇帝的小，又比母鸡的大。李唐说那两只鸡是太监，阉过了，早晨也打鸣，只是不能跟母鸡干好事了。

沈枫津津有味地看着那群鸡觅食追逐，想起小时候奶奶家也喂着这样一群鸡。一放学，他就蹦蹦跳跳跑到奶奶家去，把一只毛色鲜亮的芦花鸡抱在怀里。那只鸡柔滑温顺，溜圆的灰眼睛盯得人心醉。那只鸡一直不舍得杀，喂到寿终正寝，埋在院子里的老槐树下。

李唐喊他拧开自来水管。不知什么时候,李唐在自来水管上套上了一根蛇纹皮管子,皮管子的另一头对着横在山涧边树荫下的半截枯木。沈枫一拧开水管,清凌凌的水就朝着枯木浇下来。沈枫问这水怎么这么清,李唐说这是半山腰渗下来的山泉水,收集起来,用管子通到站里用。"快,让我喝点。"沈枫侧着脸张着口,李唐就把管子口朝着他的嘴。"真是又甘甜又清冽。"沈枫一阵猛灌后赞叹道。"我在城里上班那会儿,有次喝桶装的纯净水,竟然发现桶里漂着一只带翅的蟑螂,他妈的。"沈枫说。

"这山里有生命中最重要的东西,空气和水。"沈枫说。

李唐笑笑,说:"那还那么多人往城里跑?"

"无非是为了名利,包括我自己。对了,你闲着没事给木头浇水干吗?"沈枫问。

李唐说:"看到木头上的眼没有,里面种了菌种,浇水长木耳啊!这木头也讲究,不同的木头,结出的木耳风味也不一样。这是一截香樟木,结得木耳有股清香。"

沈枫仔细观看,果然见木头上整整齐齐的小眼,他想大概不久以后一簇簇的木耳就能从里面钻出来,开成朵朵黑牡丹。暗自惭愧在书斋画地为牢,见识太少。古代书生重视游学,大概就为了长见识,多识鸟兽虫鱼之名。现在学生禁闭在学校,考试为大,难免坐井观天,视野褊狭,还有学生会那样五花八门的行政组织提前让学生变得官本位。学生会主席、各部部长端坐台上拿腔拿调训起话来跟领导讲话并无二致,把新生腿都吓软了,赶忙从生活费里挤出钱来请客吃饭拉关系。沈枫想着会不会有一天,自己找来一把剪刀,剪断城市里的所有牵绊,到这深山里来住,养养土鸡,种种木耳。可现在他心里还有太多的欲望,其中的很多只能在城市中实现。走到天涯海角，心里也有一座舍不掉的城池。

那条明哲保身的狗一天到晚都趴在老柏树阴凉下昏昏欲睡，除了汪站长，谁喊都爱搭不理。到了晚上七点，花豹就准时用嘴拉扯汪站长的裤腿角，催促他去散步，比闹钟还准。不知怎的，沈枫想找来根光滑笔直的杉树棒，趁它睡熟给它一闷棍。

5

山里无事，巡山一星期一次，有大把的空闲时间，晚饭后就去散步，沿着山道走出很远。

有一次晚饭后又去散步，天还没黑，走着走着，路边猛然窜出一条黄条纹的大蛇，吓了沈枫一跳。李唐倒是不慌不忙，一把攥住蛇头，将那蛇凌空抖了几下，另一只手从裤子口袋揪出一条半透明的布袋，塞了进去。

"抓蛇，一定得抓住头或者死命扣住脖子，有一寸余地它就会扭头就咬。不用怕，这是菜花蛇，不是毒蛇。这山里毒蛇也不少，眼镜蛇、磨盘蛇、五步蛇，最多的是蝮蛇，泥乎乎灰不溜秋的跟路面一个颜色，长着三角形的尖脑袋，被它咬住可不是闹着玩的，再硬的汉子也受不住。"李唐边用枯草梗扎住袋口边说。

那黄灿灿的大蛇在袋子里上下翻滚，不服气似的。"这袋子也讲究啊！"沈枫赞叹道。

"是啊，这是专门装蛇的袋子，透气又结实，巡山人出门口袋里都揣一个。抓到蛇，下山时拿到镇上，能卖个好价钱。"李唐提着那条蛇，满意地端详着。

"山下常有人偷偷跑到山上来抓蛇，对这菜花蛇看不上眼，碰见也不抓。他们抓的是毒蛇，卖到城里的大酒店里，价钱比菜花蛇高得多。"李唐说。

沈枫在鸟城的大酒店里跟着领导吃饭确实见过毒蛇羹，一节一节的，看起来像带鱼，说是能祛湿散热，壮阳滋阴。领导还嘱咐厨师留下蛇胆。领导把蛇胆用镊子夹碎，将那些绿色的汁液滴进玻璃酒壶里。来来来，喝喝喝，这蛇胆功用可大着呢，晚上多叫几个妞。说着，领导给沈枫倒了满满一杯蛇胆酒。那次吃饭桌上的菜肴还有穿山甲、娃娃鱼，都是特殊渠道得来的稀罕物。

"碰上逮毒蛇的，俺们一般不管。都是苦命的乡里乡亲，蛇又不是保护动物。有一次俺亲眼看见一个逮蛇的老乡被毒蛇咬了。他抓住一条五步蛇，攥在手里，正往蛇袋子这边走，一只脚陷进泥窝里，打了个趔趄，手没握紧，手腕被蛇咬了一口。他强忍着痛，把蛇装进口袋，扎上口。脸变成青灰，死人一样。他掏出五颗蛇药，三颗塞进伤口，两颗口服，坐了好大一会儿才恢复过来。看得出来他是老手，被蛇咬了还能把蛇装进口袋，若无其事地跟俺聊天。就怕那些不知天高地厚的驴友，跑进这深山里，蛇药也不带，野外生存的本领又不咋地。那年有个大个子被蛇咬了，同伴跑到保护站来求救。俺们去了几个人，看到他口吐白沫，脸也青了，把他送下山，赶到镇上的医院，好歹保住了一条命。后来那人就再也没出现过，救命恩人也忘了。"李唐说。

沈枫在学校里早就学过柳宗元那篇著名的《捕蛇者说》，讲的是苛政猛于虎。那时候抓捕毒蛇，是官府的命令，毒蛇可以抵税。现在抓蛇，不过是为了钱。只要能赚钱，啥事不干呢。深入想想，本质上也没多大区别，都是为了讨生存。

离保护站几公里的地方，竟然藏着一座古堡，山涧叮咚，雾霭中亭台楼阁若隐若现，俨然桃花源。入口处竖着一方牌坊，牌坊两侧的廊柱上刻着一副对仗不怎么工整的对联，什么"曲径通幽神仙地，小桥流水道德家"。院子里有家丁和恶犬，沈枫和李唐不敢靠近。那些家丁一律戴墨镜，留平头，黑西装，看起来都是身手不凡的狠角，让人想起港片里的黑社会。这城堡的主人在当地有"全能神"之称。有一次，沈枫和李唐拿着一盒中华香烟买通一名黑衣家丁，趁着城堡主人不在，进入那城堡。据家丁介绍，主人很少来，主人在沿海大城市里，甚至海外都有豪宅，这里只能算是个行宫。真是狡兔三窟啊，沈枫暗暗惊叹。里面装修奢华，跟鸟城的海边别墅相比毫不逊色。大厅正中有一尊巨大的沉香木茶台，茶台旁边摆着一张大红酸枝的龙椅，想必主人平时就坐在这龙椅上坐北朝南品茶。诗人说得好，皇帝没了，龙袍还在。墙上罗列着活神仙与诸多当红女星、高官显贵的合影。家丁说，那些女星都称呼主人干爹哩。沈枫见过不少年轻人，是墙上那些女星的铁杆粉丝，宿舍的墙壁上贴满那些女星搔首弄姿的招贴画，殊不知她们干爹无数，私生活实在好不到哪里去。现在这世道，五彩斑斓得很哪，嫖客也不叫嫖客了，叫干爹。媳妇也不叫媳妇了，叫秘书。妓院也不叫妓院了，叫休闲会所。那照片上的"全能神"，是个富态的老头，唇边总弯起一抹狡黠的笑，一对小眼睛眯成两条细缝，千年王八似的，满头乌发油光闪亮，大概染过发焗过油。沈枫很是疑惑，这个老家伙真是本领通天，轻轻动动手指，就能在国家自然保护区里圈出一块山林，盖上一栋西方样式的别墅来，连以好事著称的相关部门也不敢前来打扰。

家丁见沈枫脸上的震惊神色，大概觉得主人能衬托自己的身价，绘声绘色讲述起活神仙的丰功伟绩来："俺这主人可是'全能神'哩，能通阴阳，还会瞬间移位、隐形遁术、阴阳风水、五雷指法、相面摸骨，治好过某国大总统的病。大总统去过全世界的大医院，都没治好他顽固的皮肤病。来到这里，主人围着他转了三圈，当场从大总统脖颈上抓出一条蛇来，病立马就好了。大总统赠给他钻石链子、金手表等一堆宝贝表示感谢，还派手下提来一箱箱的现钱。就连那些当红女星，都来找他揉揉乳、通通阴，谋个演艺圈好前程。主人想喝酒便拿出个空杯子，喊声酒，酒就来了，有时候是茅台，有时候是人头马，想喝啥酒喝啥酒。俺亲眼见过，真是'全能神'哩！"

沈枫惊叹，这深山密林竟有如此高人。惊叹过后又觉得不过是混世魔王装神弄鬼，不足为信。大概那"全能神"练过一些魔术戏法，又善弄权术，借机敛财罢了。

回去的路上，李唐说这"全能神"是深山里修行多年的王八精，幻化成了人形。李唐述说时语气平淡，沈枫断定这活神仙不是山鬼。

"什么王八精'全能神'，不过是装神弄鬼。"沈枫愤愤不平地说。

"可不敢乱说。别人说啥，他都会知道。他能掐会算哩。"李唐严肃制止了沈枫。

"汪站长有一次背地里说过他不该占用山林用地，被他知道了，就设坛施法，结果汪站长生了全身毒疙瘩，痒得打滚，把皮肤都抓烂了，嚼了多半年山上的苦草根才好。"李唐说。

"既然这'全能神'如此厉害，咋不让他把那作恶多端的山鬼降服了？"沈枫问。

"'全能神'与山鬼称兄道弟哩。有一次在站里远远看到这古堡灯火通明，原来是'全能神'搞聚会，把山上有法力有威望的野物全请去了，山鬼也在里面，乐呵呵地坐在活神仙旁边，叼着一杆碗口大的烟袋窝子。一帮女妖精裸着上身，露着两只奶子，下身就缠着个窄布条，故意用水把身上打湿，围着一堆篝火蹦啊跳啊，摇脑袋扭屁股。站里的兄弟都赶来躲在树林里偷看几眼，又不敢靠近。"李唐脸上又蒙上一片阴云，郁郁不乐地说。

6

快到中秋的那几天，整个保护站的人都在忙活。汪站长亲自出马，扛着猎枪去山上伏击野兔了，当然依然握着他那只铁皮茶杯。李唐喊沈枫去菜地摘南瓜花，他说南瓜花是一道好菜，平时不舍得吃，平时炒的是南瓜梗。硕大的南瓜坠在纤细的绿茎上，绿里透红，弥漫着果实成熟的气息，新一茬的花又开放了。这山里真是风水宝地，南瓜都能结上好几茬。山上没有的菜，才让鸡婆从山下送来。沈枫挎着菜篮子，李唐又摘了茄子苞片，茄子上覆着的那带刺的一层，都是稀罕物，好菜品。

"有贵客要来吗？"沈枫疑惑地问。

"山鬼要来了，还会带上一群胡吃海喝的女妖精，个个胃口大得出奇。"李唐郁郁不乐地说。看得出来，他很不情愿伺候这山鬼，但又毫无办法。

"山鬼？犯得着弄这么多稀罕菜？"沈枫问。

"得好生伺候着。有一次山鬼来，站里张罗了二十道菜，都是野味，山鬼还嫌菜少哩。有一次山鬼点名要吃白颈长尾雉，那可是国家一级保护动物啊！全国都没几只了。俺们的职责就是保护野生动物，跟偷猎做斗争，哪能监守自盗啊！"李唐的声音里透着悲哀和无奈。

"我倒要会会这山鬼到底是什么鬼东西。"沈枫心里升起一股义愤填膺的豪气来。想找来那把巡山的柴刀，磨刀霍霍向猪羊，但终归是想想，在弄清楚山鬼是什么之前，也不能轻易动手。这天煞的鬼东西，竟然把李唐兄弟折磨成这样。还有这李唐，一个虎背熊腰敢斗豺狼的壮汉，咋就胆子跟米粒似的，提起山鬼就吓个半死，沈枫真有点恨铁不成钢了。这都二十一世纪了，难道还真的有鬼？

还有谁能降伏这嗜血的山鬼？人们正忙着为它张罗山珍和祭品呢。古代典籍中说生前做了坏事，死后要下油锅，可这山鬼，竟然不怕遭报应。再说了，现在人早就把老祖宗那一套敬畏天地的操守抛掷一边了，说是什么封建迷信，要破旧除新。

"趁山鬼还没来，你赶紧走吧。"李唐望着沈枫，一脸忧虑地说。

"为啥？我才不怕什么山鬼。就是阎王老子，也想会会。"沈枫豪气冲天地说。

李唐脸上忧虑依旧："这几年山鬼胃口变了，不仅喜欢俊俏娘们儿，还喜欢英俊男人。你这样的小白脸留在这里可是不保险啊。"

"山鬼若敢找我麻烦，我就把这玩意儿塞到它屁股里去。"沈枫举着根刚摘的刺黄瓜。

李唐没有被沈枫的低俗笑话逗乐，他站起身来，面朝丰水镇的方向，陷入痛苦又甜蜜的回忆中。这山里的憨汉子，孤独习惯了，感情变得深沉起来，已经不能用世俗的眼光去看他了。

那天晚饭的时候，李唐喝了不少榛子酒。喝酒之前，李唐先倒了一小杯，跑到山涧边，歪着酒杯画了个弧，洒在地上，说是先敬敬水神。"这山上，虽然是保护区，盗猎偷砍防不胜防，山神看不下去，走了，山鬼才猖獗起来。水神还在，这水才清凌凌，没被污染。"李唐念念叨叨地说，周围响着漫山遍野的虫吟。沈枫觉得，还没喝酒，李唐就已经醉了，开始巫师一样言语模糊了。

那坛酒是山下运来的高度高粱酒，泡上半坛子榛子，劲儿真是大，一小杯就能把沈枫搞得晕乎乎的。平时沈枫还是有点酒量，可没料到这榛子酒那么厉害。李唐摇摇晃晃地走出厨房，脱个精光，一头栽进深不可测的山涧里。沈枫朝老柏树下纳凉的汪站长大喊李唐喝醉了，不宜游泳，快阻止他。汪站长正拿着一段野蒺藜仰着脸剔牙，他白了沈枫一眼，若无其事地说："由他去，他这人就这脾气，说干啥就干啥，别人拦不住。这小子疯疯癫癫的，就喜欢作践自己。"

汪站长把剔牙的野蒺藜丢进草丛，接着说："他在大山里待惯了，平时跟一棵树似的，闷声不响，很少说话，倒是和你能聊得来。"

出于好奇，沈枫向汪站长问起古堡的事："古堡主人是何方神圣，听说你说了他坏话生了一身毒疙瘩？"

"别听李唐那小子瞎胡说，我那年生的是湿疹，跟古堡有鸟关系？小李整天神神叨叨的，大概是这里坏了。"汪站长伸出食指，在自己四四方方的脑壳上敲了敲，然后背起手，大概要去沿着山路散步了，花豹紧紧跟在他屁股后面。他们的生活都规律，对时间和空间的概念也跟沈枫不一样。

沈枫小跑几步跟上去："最近张罗那么多菜，还不是招待山鬼的？"

"什么山鬼？真是扯淡！保准又是李唐那小子胡说。不过我们这个保护站虽小，接待任务还是蛮重的。"汪站长有些不耐烦地说。看得出来，他不愿意透露太多，交谈起来，也没有李唐那么随意。

路边山涧中李唐游过的水面还荡漾着波纹，他早就不知道游到哪里去了。天空升起一轮好大的月亮，跟沈枫童年的一样大，鱼虾开始朝着月亮跳来跳去。山涧里也升起一轮月亮，更显得幽深冷寂，别有洞天似的。

李唐回来的时候，沈枫借着月光，看到他提着个渔网，他说渔网是早晨拉好的，晚上拉上来收鱼。走近了，沈枫看见渔网上缀满柳叶状的小鱼，在月光下银灿灿得直晃眼。

"嘿嘿，明天咱俩再喝点榛子酒。油炸小鱼是很好的下酒菜。"李唐边摘鱼边说。

7

可沈枫终于没等到山鬼来。他不是一只山鹰，而是一叶风筝，线一头拴着他的锁骨，一头牵在别人手里，开学就得回到学校去，超过时限不报到注册就做退学处理了。

李唐握住沈枫的手，说学还是要上的，那年省里调来一个大学毕业生当副站长，听说是考上的林业部门的公务员，碗也不会洗，饭也不会做，山也不能巡，整天戴着个蛤蟆镜，脖子上挂着个电匣子听歌，工资比俺高许多哩。

沈枫笑笑，说自己在高校多年，知道那些是啥货色。有时候学历越高，视野越狭窄呢。

李唐让沈枫等等。他钻进站里，手里拎着两个灯笼大的塑料桶，一个盛着虎杖草，一个盛着杨梅干，塞到蛇皮袋里，让沈枫背到学校去慢慢吃。香甜的山野味道从蛇皮袋里溢出来，弥漫得到处都是。

趁着"鸡婆"给站里送菜，沈枫坐上他的那辆摩托三轮，赶往山下。沈枫知道，一天之后，自己就会回到鸟城，一个巨大的人类巢穴，重新行走在繁华的街道上，混迹在人流中，看那跳动的霓虹、拥挤的车辆。那里物质极大丰富，却又是一片荒漠，时常让人感到心慌意乱，喉咙干渴，在夜幕下流浪，找不到归宿。

这次沈枫像站里人那样喊送菜大叔的绰号"鸡婆"，他也不生气，仿佛更高兴了，好像沈枫喊的是他的乳名。还是这样切近的交谈好，在鸟城，人们疏于见面，天天对着手机玩微信，一点意思都没有。

沈枫提起李唐的事。鸡婆说李唐是个帅小伙，人又实诚，镇上不少姑娘常送他点手帕、鞋垫之类的小东西，可他脚上长了倔筋，只喜欢那小倩。可那姑娘，在镇上……

"真的有山鬼？"沈枫又向他问起山鬼的事。

"咋没有？可怕着呢！山鬼在山上玩烦了，干脆下了山，变成人的模样，穿着白衬衣，兜里竖着个签字笔。这次送菜，比平时多了十斤上好的牛腱肉，想必就是招待山鬼的。"

沈枫正坐在摩托三轮车上，忽然身边闪过一个英姿飒爽的身影，正是李唐。他骑着一辆摩托车在山道上疾驰，没戴安全帽，短发笔挺，就像一头下山的云豹，又像一阵穿过溪涧的风。沈枫喊他，他不应，朝着山下丰水镇的方向奔去。落日的余晖映在环山公路的峭壁上，赤红得像一团烈火。

沈枫知道，李唐是去找他心爱的小倩了。

暮色正从幽深的山涧里弥漫开来，寒气直往脖颈里钻，秋天真的到来了。低下头，红红绿绿的落叶追逐翻滚，这简陋的三轮车，竟像乘风破浪的汽艇。除了鸡婆三轮车发动机的突突声，整个山道是幽寂的，没有蛙鸣，没有鸟叫，什么声音也没有了，沈枫却又忽然听到一种声响，不是耳边的风，不是林中的鸟，而是从心底升起，杳然缥缈又真真切切，像重现一段记忆。沈枫想追踪它，它却跌落进幽黑的山影树丛里，不知所终了。沈枫能握住的唯有手中摩托三轮车斗前冰凉的铁架子。

沈枫到了山下的小镇，走在街巷里，夜色中回荡着一种游丝般的声音，细听像女人的歌声。这里有一名洁净的姑娘，曾唤起他许多遐想，就在他经过的巷尾，可是他不能再去，只能匆匆离开，觉得这个世界也离自己过于遥远。此时，他不再怀疑山鬼的事，相信了这世界上真的有鬼。

（《中国作家》2017年第4期）

独　舞

1　新鲜姑娘

陈欣真是个美好的姑娘。十七八岁的年纪，刚上大学。笑容盛开在精致的脸上，满眼爱情的憧憬。那天她画了淡妆，嘴唇上的玫红油彩涂得太多，雪白的牙齿也沾上了淡红，一个爱美又尚未学会化妆的新鲜姑娘。她站在舞蹈课的木地板上，身穿一条黑色弹力裤，露着白皙的脚踝，牛仔单裙系在腰间，示范着拉丁舞的动作，透着清纯与不羁。面对一群愚钝的高年级学员，她一遍遍地旋转身体，单裙飞起，偶尔露出美好的臀部，像一只不知疲倦的百灵鸟，挥洒着生命和青春的热情。

张潮试着招惹她，故意装作不会跳，让她扶他的肩膀，弄他的手臂，他则用心感受她衣服里温暖的身体，可她的指尖是冰凉的，透心凉。

对不起，教练老师，我动作笨拙，把拉丁舞跳成了广场舞。张潮不好意思地笑笑。

多练几遍就会了。她眨眨眼睛。张潮这才看清，她戴了假睫毛，眼影画得太黑，跟她清水一样的气质不搭配。也许青春忽如其来，让她有些手忙脚乱，才胡乱地装扮自己。

别的学员举手提问，陈欣步履轻巧地跑去，像一阵风。张潮扭头望她，周围的空气中还弥漫着她的味道，那种不知是洗发水还是洗衣液，或是她身体散发的味道，说不清道不明，却让他留恋。

张潮真的不善于跳舞。一个动作僵硬的家伙混在舞队里滥竽充数，就像平滑丝绸上的一根银针，尖锐又刺眼。眼睛明亮的陈欣肯定发现了这个不和谐的音符，她偶尔投来含笑的一瞥。她旁边的细瘦男孩是她的舞伴，那节舞蹈课的男教练。跳舞的时候，她手掌搭在他肩上，他搂着她的腰。张潮边跟着跳边猜测陈欣身边的男孩是不是她的男朋友。应该是吧，像她这样清新明亮的姑娘，肯定有不少男生追。他们大概是结伴来舞蹈课做教练的。张潮满怀醋意地想。

那节舞蹈课教的是拉丁和爵士的混搭，张潮步伐和旋转都没记住，唯一记住的，就是那个漂亮新鲜的姑娘。可是，这个周末晚上的舞蹈班，每次的教练都是学校的舞蹈俱乐部指派来的，不知还有没有机会再见到她。

张潮在鸟城大学待了七年，眼看着学业到了终点，心中不免惊慌。走在校园的小径上，或徘徊在湖边，这座大学能遇见的最迷人的女生，总是那些穿着黑色弹力裤的舞蹈队姑娘。她们不仅身材好，气质也别样迷人，眼神里有种蔑视一切的不屑。等到他一个偶然的机会报了业余舞蹈班，已经是他在大学的最后一年秋天。

曼岛咖啡馆有一方小隔间，里面有两张单人沙发，中间有一张小木桌，一扇象征性的栅栏木门可以关住。张潮点上一杯奶盖咖啡，把自己关在里面，翻读几本小说。或许可以请陈欣来喝杯咖啡，就在这个小隔间里。这个倏然冒出的念头让他不知所措。一个即将被校园抛弃的而立之年的男人竟然想着一名十七八岁的大一姑娘，他自己都觉得荒唐。每隔几分钟，咖啡馆里就啪的一声脆响，像捣蛋鬼放了一只鞭炮，那是可怜的蚊虫飞进了电蚊箱里。他想念一名小自己十来岁的姑娘，似乎是同样的命运。

张潮坐在沙发上，上身穿着格子衫，眼神有些疲惫，跷腿的姿势有花花公子的派头。他不知道自己对她是不是爱，跟他经历过的所有女人一样，那种说不清道不明的感觉迷惑了他。

2　前路漫漫

从咖啡馆出来，张潮不由得裹了裹衬衫，这个时节鸟城也有了秋意，偶尔路边的大叶榕也会撒下一两片阔大的黄叶。爱美的姑娘还露着光洁的白腿，上身裹着羽绒服，下身穿着短得不可思议的牛仔热裤，这身装扮是今年鸟城姑娘的时尚。回宿舍的路上碰见同学，大家都在谋求毕业后的出路，难觅高校教职的缘故，大多数同学在考公务员，有的在考事业单位，求的是旱涝保收。有一次，张潮碰见一名去年毕业考上公务员的学长，上前讨教即将面临的上班生活。学长说上班不忙，主要负责贴发票，领导称赞他发票贴得很整齐，有这方面的天赋。

忙着考公务员的同学越来越多，张潮去曼岛咖啡馆越来越频繁，坐在小隔间里，关上那扇栅栏门，好像它可以把无聊可怕的世界阻挡在外。他在这所大学里待得太久，读到不能再读，明年夏天，学校就会取消他的宿舍，发给他两张废纸打发他卷铺盖滚蛋。到那时，除了在鸟城的街头游荡，还能怎样？火烧眉毛的现在还想着跟年轻姑娘谈恋爱，真是不识时务。

那天中午，张潮久久面对着小隔间木桌上摊开的那本书，一个字也读不进去。他开始像他瞧不起的那些人一样百无聊赖地把玩手机，想着是不是该约陈欣来这里喝杯咖啡。好在那节舞蹈课结束时加了微信。不知道她今天有没有课，大一总是课多得吓人。踟蹰了半天，信息发了出去，没想到陈欣竟然答应前来，只是不知道咖啡馆在哪儿。

张潮踏上松软的水泥路，也不知穿了运动鞋或许是别的缘故，水泥路充满弹力，他像要飞起来。桂花巷秋阳下楼房的阴影不知藏到哪里去了，巷子里的凤凰树生出毛茸茸的嫩叶，好像忘记了季节时令。

曼岛咖啡馆在桂花巷的尽头，位置有点偏僻。张潮和陈欣并排走着。

"你不出来接我，我还真找不到。"陈欣脸上依然带着那晚舞蹈课上明亮的笑容。

"我在鸟城大学待了好多年，到过学校旁边的每一个角落。"张潮有些得意地说，不知怎的，他忍不住故意炫耀点什么。

"哇，你是老师吗？"陈欣惊叹地问。她忽然转过头，做了个拉丁舞里的转颈动作，几绺长发掠过张潮的脖子，散发着那种不知是洗发水还是洗衣液，或是她身体散发的迷人味道。

"不是，我是学生，老学生。"张潮继续炫耀着什么。

陈欣坐在小隔间的沙发上，背靠沙发，头微微有点右倾，像准备聆听，特别惹人注目。

咖啡馆的老板钟强不失时机地端上了两杯招牌咖啡，顺手关上了隔间的木栅栏门。

陈欣把小巧的褐色咖啡杯举在嘴边，眯起眼睛品了一小口，放下杯子的时候，眼睛里分明含着笑。

"店老板秃顶。"陈欣小声说。

"因为时光老人把毛发多赏给兽类，给人补给才智。强哥可是聪明人，在鸟城开了多家分店呢。"

"你说的话跟格言似的。"

"不是我说的，是莎士比亚说的。"

"莎士比亚还说什么了？"

"他还说女人是长着双峰的怪兽。"

"对了，舞蹈课上的男教练是你男朋友吗？"为了掩饰尴尬，张潮立刻转换了话题。

"你说的是小卓啊。"

舞蹈课上那个一说话就害羞的细瘦男孩。

"对，他是我男朋友。"她倒是回答得干净利落。

"怎么认识的？"

"两个月前的迎新晚会上。"

"噢。"张潮确证了自己最担心的事情，陷入沉默。

"迎新晚会上小卓突然冒出来给我送花，我们就稀里糊涂在一起了。现在想想，他真是个累赘，什么都不懂。"陈欣的眼神里流露出几分与她年纪不相符的成熟。

"怎么，你喜欢大叔？"

"嗯，最好比我大几岁。"陈欣的话语透着坦诚和大胆，让张潮感到欣喜又恐惧，仿佛自己已经跟不上时代，被更年轻的一代抛弃了。但正是陈欣的大胆，引起他继续挑逗她的兴致。

走出咖啡馆，沿着桂花巷返回校园的时候，大叶榕上的阳光已经泛黄，叶片像陈旧的书页。经过几间低矮车间似的房子。房子大概是突击建造的，外墙上蜿蜒着许多微小的裂缝。

"这是材料学院的实验室，研究材料，却不懂得用点好的建筑材料。"张潮打破了两人之间的沉默。

"小卓就是材料学院的学生，他常常喊我到实验室看他做实验，可我对那些试管和鹅颈瓶不感兴趣。我喜欢跳舞，喜欢社交，我加入了好多社团和协会。"陈欣轻松欢快地说。

"那些协会和社团会慢慢磨灭你大学的激情和才华。"张潮说。话一出口，又怕惹她不高兴。

陈欣笑了笑。

"走这条路，不怕被小卓撞见？"

"撞见又怎样？"

"撞见你跟别的男生在一起。"

"那又怎样？我喜欢跟谁在一起就跟谁在一起。"

3　独　舞

后现代主义文学学科带头人朱茂教授把张潮喊到办公室，谈毕业论文的事。老茂责怪张潮的论文参考资料里没有其他论文，不符合一般学术规范。张潮说研究一部小说，细读原著逐字逐句写就够了，用不着参考其他论文。没有交谈下去的必要，当然是不欢而散。老茂提醒张潮如果不按他的要求来，可能拿不到毕业证和学位证。

张潮从文科楼回宿舍的路上，经过材料学院低矮的实验室，想着证书对自己一点用处也没有，又没有找工作的打算，毕不了业正好可以在校园多待一年半载。多年以来，老茂搞了那么多文学研究写了无数篇论文，丝毫没有改变言行举止透出的粗俗。奇怪的是，他的身边总是聚拢着一群愿意听他高谈阔论的学生，好像他们来大学就是为了虚度光阴。

这时，张潮收到陈欣的短信：今晚何不来舞厅跳一支舞？

舞厅位于鸟城大学运动馆的一楼，门口有两排大王椰子树。椰子树巨大的叶子有时候会猝不及防掉到地上。学校怕砸住学生，经常安排园艺工人剪除老化的叶子。舞厅的木门关着，张潮推开一道缝，很多女生躺在木地板的软垫上，在练时兴的瑜伽。等了一两个小时，瑜伽课的学生们走了，最后一名瘦高个女生走的时候，关上了灯管，费了好大劲才把舞厅的两扇门对齐，疑惑地看了门口的张潮一眼。陈欣还没有来。张潮在疑惑，这个姑娘是不是在耍自己，放鸽子是常有的事情。想发信息问她，又觉得这一举动会泄露自己的不信任。

陈欣来到的时候，已经临近午夜。她穿了气垫鞋似的轻快地跑到张潮面前。他甚至没分辨出她是从哪个拐角出来的，就像她当时在舞厅那样忽然闯进他的生活。

"抱歉，晚上还上了两节英美文学课。我选修了莎士比亚的戏剧。上次听你说，莎翁很有趣。"陈欣说。

"至少比一些公共课有趣吧。"张潮笑笑。

"哈哈，那当然。"说着，陈欣推开了舞厅的门，按下了墙上的开灯按钮。

"鸟城大学真不错，舞厅全年开放，都不上锁。"陈欣边说边旋转了一圈。

她这次腰间没绑牛仔单褂，穿着紧身的黑色弹力裤，上身的白T恤用黑线绣着一匹马，张开的马嘴恰好靠近左胸，像要急着含住什么似的。

"哦，黑马啊，那是黑马俱乐部的标志，也就是校舞蹈队。"她以为张潮在看那匹马。

"华尔兹、拉丁舞都要男女双人跳，可我的动作总是太僵硬，跳不好，舞蹈也需要天赋吧。"张潮说。

"不仅需要天赋，还需要好的教练。"陈欣笑笑，十指交叉，旋转着手腕，又把一条腿搭在墙边压腿用的实木横梁上，伸腰下压。

"好教练近在眼前啊。"张潮说。

张潮学着她的样子，可是费了好大劲才把腿放上去，胯间一阵撕裂的痛感，并且腿还没伸直。

"慢慢来。"陈欣说。

"上堂课教的拉丁舞我还没学会，要不然我就陪你跳一段。"

"现在也可以试着跳一段啊。"陈欣说。

张潮牵住她冰凉的手指，她做着旋舞的动作。并肩起跳的时候，他搂住她的腰。她腰间透出温暖，不像手指那样冰凉。可是，脚落地的时候，张潮还是不小心踩住了她的脚，步履凌乱起来。

"你跳吧，我看，我喜欢看。"张潮不好意思地退到墙边，抱着双臂倚在压腿用的横梁上。

张潮的目光紧紧跟随着独舞的陈欣，感叹着上帝怎么塑造得出如此完美的身体。舞厅的四面墙上都镶嵌着镜子，陈欣不是在独舞，而是和镜子里的无数个自己齐舞。张潮像老成的摄影师，采取合适的姿势以便捕捉到最美的景象，相机便是他的双眼。在陈欣的舞姿面前，在课堂上听到的任何矫情伪饰的艺术都显得荒谬可笑。在桂花巷曼岛咖啡馆的一个隐秘房间，墙壁上也满是镜子。在那里，张潮经历过不少露水情缘。咖啡馆老板钟强带着生意人的睿智，设立一处隐秘之地，顺便经营青年旅馆，为咖啡点燃激情的男女提供方便。张潮为自己把学校舞厅和青年旅馆联系起来自责不已。面前的陈欣是纯洁的，爱情在她那里还是捉摸不透的谜，她跟那些咖啡馆里肆意搭讪的女人不一样。

陈欣不跳了，走了过来，光洁的额头上汗珠闪亮，温馨的气息围拢了张潮，让他无处可逃。

"好久没有跳得那么开心了。"陈欣眉眼含笑地说，露出光洁的牙齿。

"自己跳才最开心啊。"

"当然要有观众。读幼儿园的时候我就参加了舞蹈队，为的是有一天能站在大舞台上，下面全是观众。学校迎新晚会的舞台太小了。"陈欣伸展双臂，摆出一个胜利的手势。

看着眼前野心勃勃、精力旺盛的姑娘，张潮觉得自己的世界太小了，小得只容得下自己，连曾经有过的朝夕相伴的恋人都是一种不必要的负担。可是，世界越小，他越是沉溺其中，俨然一个孤僻的自恋狂。

张潮绅士一样合拢舞厅的门，踏着鸟城秋天稀疏的落叶送陈欣回宿舍。凝望着她走进女生宿舍的铁门，感觉一切都结束了，他没有勇气更近一步。他抬手看了看夜光腕表，午夜已过，一切都那么遥远。他没有回宿舍，原路返回舞厅门外，坐在大理石台阶上，盯着月光下椰树巨大的叶子，回味着陈欣的舞姿，听任时光流逝。

4 跳舞姑娘

"我看上了一条天鹅绒裙子，正是促销日，半价，仅此一天。"这是陈欣醒来时的第一句话。那时候，她已经习惯了在张潮的单人宿舍过夜。

"那不过是商家的促销，先把价格抬高，再打折，老把戏。"张潮皱了皱眉，觉得陈欣太容易被宣传左右。他刚从一连串的噩梦中醒来，梦见自己遭遇谋杀，孤立无援地等死。他看到自己在梦中预先识破了对方的阴谋，向每一位亲朋好友寻求帮助，可没人相信他的话，那个可怜的家伙便在院子里号啕大哭起来。他又想起第一次在舞厅见到陈欣时的情景，那天她化了淡妆，嘴唇上的玫红油彩涂得太多，雪白的牙齿也沾上了淡红，一个爱美又尚未学会精心打扮的新鲜姑娘。她站在舞蹈课的木地板上，身穿一条黑色弹力裤，露着白皙的脚踝，牛仔单褂系在腰间，示范着拉丁舞的动作，透着清纯与不羁。

张潮沉醉于爱情的初始，经常忆起曾经的美好点滴，也许只有爱情初始时才值得沉醉。

陈欣努着嘴，一副不开心的样子，因为那条天鹅绒裙子。

"我就是喜欢那条裙子嘛，买买买。"陈欣说。

"裙子太多了，又穿不过来，没地方放了。"张潮说。

"那就去租一间大房子啊。你快毕业了，该到外面租房子了。"陈欣说。

"我还不想离开校园。多好的庇护所。"张潮说。

"看上的裙子没买到，睡不着觉。小时候跳舞，如果得了名次，妈妈就会带我去买新衣服。"陈欣孩子气地说。

自从陈欣搬进张潮的单身宿舍，就致力于填充那个不足十平方米的空间。铁皮衣柜中塞满了她各式各样的裙子。他原先挂衣服的铁皮衣柜也塞满了她的衣服，他不得不在墙对角线位置拉上一根尼龙晾衣绳，用于搭放自己的几身衣服。可是他发现，铁皮衣柜并不能容纳越来越多的新衣，她开始用睡衣和浴袍霸占他的晾衣绳。那根可怜的墨绿色绳子一副不堪重负的样子，在深夜常常蟋蟀一样鸣叫。她的桌子上摆着各种各样的瓶装化妆品和稀奇古怪的小玩意儿。

陈欣去上课的时候，张潮偶然发现她一张装裱在硬木镜框里的幼时照片。一个噘着嘴的小萝莉胸前垂着两条小辫子，背后长着两只薄如蝉翼的天使翅膀。那天的她穿着白纱蕾丝舞台装，像刚参加完小学的舞蹈表演。半天的时间，张潮怔怔地凝望陈欣那张装裱在硬木镜框里的幼时照片，觉得她不同于自己经历过的每一个女人，永远不会长大。

在张潮的毕业季，他约上陈欣走出校园。她问他去哪里。他说去哪里重要吗？她说只要和你在一起，去哪里都可以。他们那时候都没多少钱，不得不偷偷瞄着出租车前挡风玻璃下的计价器。张潮盘算着口袋里的钱可以到达哪里。以前的时候，他也常走出校园，一路漫游，现在身边多了一个正值芳龄的姑娘，拉着他的胳膊。他记得第一次带她逃出校园，走进一家经济型旅馆，她羞涩得不让他看她刷牙的样子。不巧的是，那家旅馆靠近一家夜总会，夜半鬼哭狼嚎的歌声吵得人无法入眠。他们索性也大声号叫，如同逃脱牢笼的野兽。

他们约会那天的阳光真好，路边的大叶榕闪着莹白的光，她柔软温热的小身子就在他的胳膊下。她说这是完美身高差。他嘴角弯起隐隐的笑，心里那点邪念又犯上来，说，是啊，完美身高差。她就羞涩地低下头，说他坏，整张脸都让整齐的刘海遮住了。他想看她的眼睛，那双单纯、明亮又渴望的眼睛，看不到，她的头发黑又长，遮住了。头发也在阳光下闪亮，晃他的眼。

他们有一次在午后的图书馆相遇。她走向他，闪着清亮的眼神。他们站在图书馆三楼的过道里，谈论他手中的书，卡尔维诺的短篇小说集。她说那本书她也看过，印象最深的是诗人和小岛的故事。他约她去影院看了场电影，放映的是《黄金时代》。电影院里的氛围很好，大多都成双成对。

看完电影回学校的路上，经过一段细长的人行道。人行道一侧是簕杜鹃，一侧是紫荆花。他们在谈论电影的内容，他就开始说她很可爱，暗示自己喜欢她。眼看着人行道就要走完，人行道的尽头便是校门口，有一盏明亮的路灯。他越走越慢，转过身，面对着她，搂住她，吻了她。那也是他们的黄金时代。

他们在计价器上的数字变成三位数的时候下了车，站在阳光明媚的海边，畅快地呼吸。她抬起手朝向太阳，说是戴上了戒指。他俯下身子，从她的角度看那只纤细柔嫩的手，果然指缝里有一团太阳迸发出光亮，让他目眩神迷。

5　剃须刀

立冬过去半个月了，亚热带的鸟城暑气未消，下了几场雨，却连连入冬失败。张潮居住的云杉轩单身公寓门口贴着"鸟城已经立冬,请注意防暑降温"的告示。他看了一眼"云杉轩"招牌上的那句李白的诗"他年如入用,直构太平基",走进楼舍。他不知道为什么,每次看到招牌上那句诗,总会想起卡瓦菲斯的那句诗:"你会永远结束在这座城市。不要对别的事物抱什么希望:那里没有载你的船,那里也没有你的路。"

夜来临了,陈欣在浴室洗澡。张潮借故去浴室找牙刷,敲开门。她窥破了他的意图,就赶他出去,插上浴室门的插销。他就在门口轻声喊:"又不是没看过,都老夫老妻了,还藏着掖着。"她说:"人家害羞嘛。"保持着羞涩,这是她跟他经历过的其他女人的不同之处。

陈欣走出浴室,吹干头发,平躺到床上敷面膜,没有盖被子。张潮转过身,凝视着床上赤裸的她,一寸一寸地欣赏。她的身体雪白光润,每一个部位都让他心醉神迷。现在,袒露在张潮面前的是陈欣一丝不挂的身体,跟一切虚伪做作的艺术不沾边。他按下剃须刀的按钮。黑色剃须刀发出嗡嗡的声响,高速旋转的锯齿渴望收割。她听见响声,只是微微抬头看了看,没有说话,也许是怕弄坏面膜。他认真地说:"我来修葺你荒芜的花园。"他的语气郑重诚恳,像在讲堂上探讨严肃的学术命题。她没有拒绝,伴着剃须刀的声响躺在原处,只是让他一刻钟后提醒自己摘掉面膜。

6　只开一个夏天

校园的正中央有一汪人工湖,张潮习惯晚饭后沿着湖边散步。那次,陈欣打破了张潮独自散步的习惯,非要跟他一起去。

在鸟城，冬天是一个尴尬的季节。湖边游玩的年轻姑娘有的穿着单薄的花裙子，有的穿着短得惊人的毛边牛仔热裤。湖边的那棵垂柳大概是从北方移植过来的，无精打采的枝条缀着几片半黄不绿的叶子。张潮在北方见识过真正的垂柳，早春时节绚烂的垂柳，翠绿的枝条一直垂到地上，像唐诗中描绘的那样姿态婀娜。此时此地的垂柳，毫无生机，婀娜的倒是树下变换着姿势拍照的姑娘。

"看什么看？"陈欣忽然在张潮的腰间捏了一把。

"只是看看。"张潮赶紧把目光收回。

"说实话，模特没你美。"张潮调侃道。

"没我美还看。"陈欣抿抿嘴。

"因为陌生。"

"你们男人就是贪图新鲜感。"

"什么你们男人，你经历过几个男人。"

"就你一个啊。不对，两个，还有我爸，我妈最讨厌他逛街时盯着年轻姑娘看，后来就不让他陪她逛街了。"

"妙啊，这招我学会了。我也不喜欢逛街。"陈欣的话把张潮逗乐了。他拉住她的手，像他们初次见面时一样，她的指尖是冰凉的。

"我也想拍照，打扮得漂漂亮亮的，拍我跳舞的样子，最好什么都不穿。"陈欣像在自言自语。

张潮正观赏漂浮在湖面上的睡莲叶子，一下子被陈欣的话惊呆了，便盯着她白皙的脸，皱着眉头。

"什么也不穿？"张潮问。

"嗯。"陈欣郑重地点点头。

"我会很快变成老太婆的。"陈欣沉默了一会儿说。她语气中的哀愁渗透到张潮的心里去了。

"乱说。"张潮试图安慰她。

"女人老得快，青春很短暂。再说，我已经过了十八岁生日，现在十九岁了。"陈欣低头看了看右手捏着的那朵紫荆花。那是他们手牵手散步经过一棵紫荆树时张潮从地上捡起送她的。

"就像这朵紫荆花，只开一个夏天。"陈欣说着把那朵紫荆丢进了湖里。

"你很年轻，很漂亮，用不着这么悲观。即便短暂，却很绚烂。"张潮苍白无力地抚慰着。

"我就想绚烂，让青春留下来。"

"所以要拍照？"张潮问。

"嗯，要拍一套裸体写真。你得好好学摄影，不然我就找摄影师拍了。"陈欣说。

"放心吧，我懂得怎么构图。"张潮说。

"不只是拍写真，我还要做许多任性的事情。"陈欣眨着眼睛，盘算着什么。

张潮没有说话，盯着面前不安分的姑娘，想着她会给自己带来多少麻烦。

"其实，我已经做了许多任性的事情。"陈欣嘴角一弯，微笑起来。那是她独有的笑，不知怎的，张潮感觉她笑时是一张猫脸。

"噢，说说看。"

"比如，跟你这大叔在一起。"

"在一个地方待那么久，你不厌烦吗？"陈欣忽然问道。

"厌烦谈不上，只是寂寞。不过要毕业了，有种被遗弃的感觉。"

"遗弃？你去咖啡馆看书的时候，我也有种被遗弃的感觉，尤其是在你去咖啡馆，我在宿舍卫生间费力给你洗衣服的时候。我始终不明白，你为什么不带我一起去？"陈欣咄咄逼人地追问道。

"我想一个人看书，身边有熟人，无法集中精力。"

"感觉你不够在乎我，总有什么瞒着我。"陈欣说。

"没什么，只是两个人需要一点独立空间，总是黏在一起不好。"张潮抬头望了一眼天空，一弯大得出奇的冷月挂在湖边的椰树上，像巨大椰叶孵化出来的夜光怪兽。

"天晚了，该回去了。"张潮说着，拉着陈欣的手，朝单身宿舍走去。

那晚他们洗完澡，安静地并排躺在床上。明天是周末，她回家的日子。她家在本城，每个周末都回。回家那天的早晨，她把平时穿的花裙子和牛仔短裤折叠起来放进张潮的衣柜里，换上色泽灰暗蓝白相间高中时代的校服，搭乘地下铁回家。

7　精神病院

鸟城的冬日忽然窜出一股冷空气，斜风细雨让人不适。张潮讨厌外面湿答答的空气，只好待在宿舍。他忽然想起这几天陈欣既没有来他宿舍，也没有电话联系，这让他有些不安。他看了看陈欣贴在墙上的课程表，撑起一把黑伞，向教学楼走去。

悄悄地找个角落位置，坐在有她的课堂里，是一种私密的享受。可是，事情总有意外。

一名身材肥壮的中年女教师站在讲台上，穿着车间师傅一样的连体裤，摆出主教般的祈福手势，正在宣扬某种教义。

简直就是精神病院。张潮默默地咒骂道。

眼神犀利的女教师早就注意到了角落里的陌生人，悄悄拨通了保安的电话。

当两个粗壮的保安架起张潮的胳膊把他拖到讲台上的时候，他才意识到那名女教师的真实身份——拘捕人灵魂的秘密警察，一把闪亮的折刀在她胸前的工装裤口袋里露出一小截刀背。

"你们弄错了，我不是这个学院的学生！我只是来旁听的！"张潮大喊。

女教师白了他一眼："你需要特殊的思想教育。"

"我没病，不需要什么治疗。"张潮大喊。他看到台下的陈欣，期待她能站出来为自己做证，可是她跟其他人一样面无表情无动于衷，像被抽取了灵魂的行尸走肉。

"你的病症已经潜伏多年，意外地来到我的课堂是你的幸运，采取强硬手段思想治疗是我的专长。"女教师说。

"我没病！"张潮胳膊发力，试图挣脱保安的钳制，可是无济于事，他已是釜底游鱼。

"同学们，看到了吧，这是精神病人很典型的反映。"女教师不失时机地拿他做教材。

教室里响起热烈的掌声和乱糟糟的喝彩声。陈欣也在鼓掌，混在表情雷同的人群中。

"我俞！"张潮像个真正的疯子那样狂呼乱叫，抬腿踢翻了讲桌。

"怎么了，兔宝宝，你又做噩梦了？"陈欣晃了晃张潮的胳膊，为了让他冷静下来，她整个身子压在他身上。

张潮清醒过来，紧紧抱住她，依然惊魂未定。

"你额头冰凉。"陈欣修长温热的手指摸了摸他的额头。大概是被窝暖热的缘故，陈欣只有在临近起床的早晨手指才是温热的。

"我在海岸城的保健商场里，看到一款按摩头部的仪器，或许可以治疗你的失眠症。"陈欣关心地说。

"你再睡会儿吧，我得起床去参加社团活动了。"说着，陈欣坐起身来，扯下晾衣绳上的毛巾料浴衣，准备去洗浴间洗漱。

"多陪陪我，别加入那么多社团好吗？"张潮恳求道。

"那些社团终会毁掉你。"张潮说。

"可是，我一停下来就感到空虚，只好用活动来填补。"陈欣披着浴衣，坐在枕边说。

"可以试着多看点书。"

"一看书我就犯困。"陈欣委屈地说。

"那再睡个回笼觉，然后我们去跳舞。"张潮提议道。

"好啊，好啊，我要在舞台上不停地旋转，旋转。"陈欣欢呼道，一提跳舞，就把社团的活动忘到九霄云外去了。

张潮探手一拉陈欣浴衣腰间的系带，一个春笋般的身体滑进了被窝。他欣慰地笑了，觉得忍受噩梦的折磨是值得的。

8　弹尽粮绝

同学李君发来几张大雪纷飞的照片，还戏称"你在南方的艳阳里露着腰，我在北方的炕头上裹着貂"。

"你小子远在北方？怪不得最近没见到你。"张潮问。

"是啊，考试，考鸟城的小学老师。这他妈的奇葩考点设置，害得老子跑那么远。潮哥整天和舞蹈队姑娘跳双人舞，哪会注意到兄弟啊？"李君回复。

"北方正好可以看雪景，有貂可裹是贵族啊。"张潮调侃道。

"有个毛，这边冷得不行，在路边摊买了条促销的军大衣，寒气直往肉里钻。暑假打工的俩钱全他妈折腾出去了，还不知道能不能考上。"李君抱怨道。

"那你还去考试？"

"咱们同学都去考了。"

"我就不考，最讨厌考试了，都他妈的考到老了。"

"没你逍遥。"

"说吧，有啥事？"

"嘿嘿，我呢，嘿嘿，没路费回学校了。你往我卡里打点钱。"李君言归正传。

"好吧。"

"我要是这次考不上编，就再也不考了，以后跟你混。"李君在电话那头嘻嘻哈哈。

"赶紧回来吧，一起在校园看美女，一茬一茬的美女。"

李君是张潮大学这几年唯一的狐朋狗友，一个没尝过女人滋味却谈起女人就没完没了的家伙，不了解他的还以为他真是恋爱专家。他俩常常在校园小径上闲逛，遇见身材惊人的尤物，像很多学长一样，保持着尾行的隐秘嗜好，一旦被发现，立刻装得一本正经。

那年春天，张潮和李君走在校园小径上。紫荆花开得正好，这让他们感到分外寂寞。

"我读高中的时候看女人的脸，读本科的时候看女人的胸，读硕士的时候看女人的屁股。"李君叹了一口气说。这时候，恰有几名扎着马尾辫、穿着黑色弹力裤的校舞蹈队姑娘走过。

"说明你迈进了成熟男人的行列。"张潮的目光紧紧盯着舞蹈队姑娘远去的身影。

"可惜只停留在理论探讨的层次，亲身体验的缺席使得理论褪色了。"李君叹息道。

"这跟空谈理论的教书匠差不多，哈哈。"张潮补充道。

"根据我这几年的悉心观察，我觉得校舞蹈队的姑娘最漂亮，也最性感，可惜永远与她们没有交集。"李君皱着眉头，一副惋惜的表情。

"双人拉丁，一种狂野的舞蹈。"张潮笑笑。

命运常常出其不意，那年秋天，真的有一名舞队姑娘走进张潮闭塞的生活。初次见到她的情景成为他心中不断重演的独幕剧。

9　人面芭蕉

这天张潮起得特别早，陈欣对他刮目相看，嘻，这个一觉到中午的家伙，今天撞邪了。她躺在被窝里，露着半截肩膀，黑眼睛像两只欢快的小鸟。张潮从噩梦中醒来，梦里的场景，应该是小学时代，小学同学都在，密密麻麻地站在操场里，看样子是在准备做早操。精瘦早熟的乔二坐在旁边的拖拉机上，取笑张潮和同桌女生好上了。张潮气愤地说老子想跟谁好跟谁好，关你屌事。那家伙听了，从拖拉机上跳下来，一个高抬腿对着张潮的下巴踢来。梦里面手脚软绵绵，动作不利索，躲闪不及，一着急就醒了。

最近张潮觉得陈欣越来越像自己的女儿了，虽然他没有过女儿。晚上去看电影，本来打算要看七点那一场，选座的时候发现只有第一排有相邻的空位了，只好看八点多那一场。离放映还有一个多小时，她嘟着嘴要去逛商场，说是正搞促销，打折出售，有的甚至一折呢。他跟在她后面，她在裙子售卖区和内衣售卖区挑挑拣拣。他说宿舍里到处都是她的衣服，没地方放啦。本来有两个小衣柜，一人一个，现在她的衣服把两个衣柜全占据了，他的衣服不得不挂在晾衣绳上。"那是宿舍小，你怎么不到校外租个大房子，都到毕业季啦。"她说。"你也知道鸟城的房租。"他说。

"很多裙子买了也没见你穿啊，除了试衣的时候。"张潮问。

"买了先收藏。"她说。

他懒得说了，他清楚得很，明年有了新款式，今年买的一堆衣服除了尘封在衣柜就是丢进捐献箱。

电影放映完，已是午夜。那晚看的电影是《爸爸去哪儿》，她选的，他讨厌得要死，却不得不看。他搞不明白电影里一帮平庸无奇的小孩，一群装嫩做作的明星家长嘻嘻哈哈有啥好看的，简直是浪费生命。她就要看那电影，边看边在旁边感动得抹眼泪。他觉得好笑，笑出声来，那种轻蔑的笑，嘴唇向右一撇，一团短促的气流从嘴角进出，自行车车胎被钉子扎了那样。笑完之后他也装作很感动的样子，给她递纸巾。她往他肩头靠靠，他伸着胳膊搂着她。她的眼泪和鼻息把他胸前的短袖弄得暖烘烘、湿答答。

从电影院出来，经过电影院下面的麦当劳。她说饿了，吵着要吃汉堡包，整个身子坠在他的手臂上。他说晚饭不好好吃，偏要半夜吃啊。她说晚饭觉得花钱花多了，没好意思再点。他说现在吃岂不是花更多，还是垃圾食品。她从他手臂上下来，大踏步往前走，说不吃了，明早上再吃。他说既然饿了，就去吃吧。她说他没诚意，不走心，现在晚了，还是回家吧。

"我想吃椰子鸡。"手牵手走在半路上她说。

"椰汁好甜，鸡肉好鲜嫩。"还没等他回答，她补充说。

"上星期不是刚吃过吗？"他问。

"那次一桌同学聚在一起，没吃过瘾。"她说。

"你真该找份正经工作，多挣点钱。"还没等他回答，她说。

"现在做兼职挺好，至少可以自由支配时间。"他无力地解释。

她常来他的单身宿舍，阴暗潮湿，灯管彻夜不关。灯光一关，即便是艳阳高照的白昼，屋里也会漆黑一片。好在房间靠近阳台的位置有一个狭窄的卫生间，这样基本的生活就满足了。

她在卫生间洗完澡，在阳台上拿着毛巾擦身上的水。最近她老说窗外有人偷看。他就关上灯，和她一起站在阳台上看外面。窗外是一道宿舍楼之间的狭缝，杂草丛生，还有几簇芭蕉。关上灯，才能看清外面。她所说的偷看的人脸，不过是一片长歪了的芭蕉叶。他明白，那是她少女梦中掠过的不安。

　　已经是午夜了，陈欣站在墙边的穿衣镜前，握着一把木梳打理长发。身上披着那件粉红色毛巾料浴衣，腰间扎着浴衣的系带。张潮坐在书桌前的靠背椅上，身子朝着桌子，脸却朝向陈欣。

　　陈欣发现张潮在盯着她，转过身来朝他笑笑，轻轻一拉腰间的系带，把浴衣丢在床上，一个青春光洁一丝不挂的身体便站在他面前。夏天穿过露肩衣的缘故，肩头是弥漫着阳光味道的蜜糖色。

　　"我想给你跳一段独舞。"陈欣说。

　　"在这狭窄的宿舍？什么也不穿？"他问。

　　"是的。"她回答得干脆利落。

　　她开始挥动双臂，原地旋转身子。他只感受到令人无法呼吸的美，似乎回到初次见到她的秋天。

10　只是想找个睡觉的地方

　　夜幕降临的时候，张潮和陈欣牵手走在桂花巷里，很久彼此都没说一句话。他们沿着古老的窄巷穿行，闻着空气中鸟城冬日腐烂树叶的味道。他们没有去花花奶茶店和曼岛咖啡馆，这会儿，他们只想去一个没人看得到他们的地方睡个觉。

　　不远处，春天旅馆的招牌掉了漆，却围着一圈一闪一闪的霓虹灯，好像戴着一串圣诞项链。门口的圣诞树上也挂满了眨着眼睛的霓虹灯。他们没有打定主意去不去春天旅馆，便坐在桂花巷拐角处一条湿漉漉的长凳上。长凳旁边站着一尊黄铜塑像，一个背着双肩包身材修长的女人，充满希望地遥望远方。借助依稀的灯光，可以看到雕塑基座名牌上的介绍，这个塑像纪念的是一位三十年前来只身闯荡鸟城的女人。那时候，鸟城还不是国际大都市，只是一个名不见经传的小渔村。

张潮摸了摸陈欣的脸。她的脸，红扑扑的，热得发烫。

"我的脸从小就发烫，我经常假装发烧，提前放学回家，骗过了很多老师。"陈欣欢快而自豪地说。

张潮笑了笑，没有说话，把嘴唇贴在她的嘴唇上。她的嘴唇也是滚烫的。手指却冰凉。

白天的时候，他们在桂花巷里看了一天的出租房，没有找到合适的。昨天，宿管在张潮进宿舍楼的时候把他叫到办公室，告诫他以后不要再带女生回宿舍，学生干部已经告状到校领导那里，如果再这样，恐怕会影响学业。张潮谢过和善的宿管大叔，叫上陈欣，走出校门，去了桂花巷，巷子两侧满是带简单家具的小房间。

二手房东，一名跟张潮差不多年纪的小伙子，带着他们看了很多房间，陈欣都不满意。他们能联系上的，只是兼经纪人的二手房东。那些文化不高头脑灵活的外地人，把住房整套整套地租下来，用廉价的板材隔板把房子分隔成一个个的小单间，出租给来鸟城打工的年轻人，以博取差价。

按照张潮当时的经济承受能力，能租到的也只是这样的小隔间了。看房时陈欣总是嘟着嘴，满脸不悦。作为鸟城本地的都市女郎，她大概从来没见识过这样的房间。

"都不隔音，一点安全感也没有。如果不能叫出声来，就没那么享受了。"陈欣嘟着嘴抱怨道。

"实体墙的原始房间都很贵。"张潮说。

"我想有一个堡垒一样坚固的小别墅，那样才有安全感。最好是海边别墅，可以凭窗看海。"陈欣说。

"我住过更差的。我刚来鸟城那年，那时候我还没考上鸟城大学。我租住在一间四五平方米潮湿阴暗的地下室，放不下一张床，只能睡在凉席上，头和脚放在房间对角线的位置才能伸直。一天晚上醒来，我发现一只蟑螂正在啃我大脚趾上的死皮。"张潮说。

"哇，太恐怖啦！"陈欣手掌朝前摊开在脸颊两边，显出一副小女孩的表情。

夜深了，张潮和陈欣依然坐在桂花巷拐角处那张湿漉漉的长凳上。鸟城冬天阴寒的风让他们瑟瑟发抖。

"要不，咱们今晚回各自的宿舍吧？春天旅馆的床单也不怎么干净。"张潮建议道。

"也只能这样了。"陈欣缩着肩头，垂下眼帘，失望地看向脚下的钝叶草。

"不过我想再和你多待一会儿。"陈欣说。

张潮拉下风衣拉链，把陈欣娇小的上半身整个地裹进去，久久望着春天旅馆招牌上那圈项链般的霓虹。

一个打着手电筒穿蓝制服的保安员从桂花巷深处走来，对着长椅上坐着的那对青年情侣照了照，觉得那二人深更半夜，伴着冬日冷风坐在鸟城中央的长椅上，真是奇怪。陈欣忽然想对张潮说，夜晚在哪里度过根本无所谓，只要和他在一起，但一想到这个光怪陆离的世界和隔间里啃食大脚趾死皮的蟑螂，终于没有说出口。她到底是想念家里那套温馨舒适的大房子，还有那间贴着粉红凯蒂猫墙纸、按照自己意愿装扮的闺房了。

11　凭窗看海

那个寻常冬日的下午，陈欣发来信息的时候，张潮正在那间背着陈欣租来的闹市孤屋里翻读一本捷克作家的小说。陈欣说好几天没见到张潮了，晚上小卓请她到海岸城的俏江南酒店吃饭，她想带上他。张潮随即回复说自己不喜欢饭局，尤其是两男一女的饭局。陈欣回答了一个简单的"哦"字交谈就结束了。

张潮想继续看书，却怎么也不能走进小说里的世界，陈欣的信息让他心乱如麻。他早就听陈欣说过，小卓是富商家庭，在海岸城有一座可以凭窗看海的别墅，站在阳台上可以看到对岸香港的烟花。张潮从来没带陈欣去过像样点的酒店吃过饭，何况是某明星开办的俏江南酒店。

张潮索性把书放回书架，呆愣了半天，想着那名跳舞姑娘，到了吃饭时间，不由自主地朝俏江南走去。透过一尘不染的酒店玻璃墙，张潮远远看见陈欣和小卓坐在靠墙的双人桌前，他们正愉悦地交谈。陈欣边说话边笑，脸颊红扑扑的。张潮想，也许陈欣认为自己不会中途变卦又赶来，才选了一个双人桌。即便来了，也没有预留座位，换桌子又不方便。他心里失落又轻松，感觉少女就应该跟少男在一起，而不是自己这样三十来岁一无所成的大叔。玻璃墙没有拉窗帘，冬日的阳光照在陈欣修长白皙的脖颈上，洒在贝壳样的小耳朵上。看着她幸福快乐的样子，张潮后退着离开那个隔着玻璃墙的世界。

那天张潮破例很早起床，走出房间，踏上鸟城的主干道。天

空泛着青白的光，路边的大王椰倔强地挺立，棕榈树却垂着枯黄
的叶梢。等待零工的农民工坐在还未开门营业的商店台阶上吃一
次性饭盒里的肠粉，一有人招工他们就围上去一群。张潮也在路
边的早餐摊点了一盒肠粉，坐到农民工堆里。一个从来没修剪过
胡子的汉子朝张潮笑笑，腾出个地方给他坐。他注意到汉子耳朵
上有颗黑痣，那是他唯一能记住的地方。张潮的父辈、祖辈，
都是那样不修边幅无足轻重的农民，他侥幸上了大学，才摆脱那
种可悲命运。

　　张潮就坐在台阶上，看着路上脚步匆匆的上班族，其实他们
跟农民工没什么本质上的区别，都属于没有面孔的民众，整天让
别人呼来唤去，难以在人间留下什么痕迹。身边的民工陆陆续续
找到了零活，做工挣钱去了。那个给他让座的汉子也跟着一名穿
黑纱裙的半老徐娘疏通下水道去了。他环顾了一下左右，发现台
阶上只剩下了他一个人，刚才还熙熙攘攘一群人。这时，他看到
了她。她也是一个人，背着双肩书包沿着人行道踽踽独行，侧脸
显出心情低落。她的一袭长发已经齐腰。一个月前，她说得最多
的一句话就是"你压到我头发了"。他喜欢她的长发，总是有意
闻她的发香。

　　他感到眼睛酸热，忍不住喊出声来："陈欣……"

　　她扭头一看到他，脸上就恢复了昔日舞场上的神气，兴高采
烈地跑过来。

　　"这些天，你死哪儿去了。手机总是关机。问过宿管大叔，
他说你已经退宿了。"陈欣开心又责怪地说。

　　"我以为你和小卓在一起了。"张潮支支吾吾地说。

　　"他呀。我俩只是同学，什么都没发生过。我喜欢年纪比

我大的男人。叔叔，不要离开我呀。"陈欣眨着黑葡萄般的眼睛说。

"他能给你梦幻婚礼，还有别墅住。你是知道的，我只能住在狭窄的隔板房里。"张潮说。

"你怎么会这样想？"陈欣努着嘴，嘟嘟囔囔地抱怨。

张潮不知道怎样应答，看来是自己成人的世俗思维玷污了她纯真的爱情。那年，她比他小十岁，并且永远比他小十岁。他猛地抱住她娇小的身子，嘴唇也压在了她的嘴唇上。可她左右摆着头，逃避接吻。

"你分明就是想甩了我！搬家、关手机都是你玩失踪，你这个不负责任的家伙。"陈欣的眼眶容不下那么多眼泪，顺着青春痘未消的脸颊流下来。

"对不起，我误解你了。我做梦都在想你。"张潮抚摸着她的长发不停地安慰。

"你骗人。"陈欣喃喃地说。

"你要去我住的地方吗？你要知道，房间很窄，甚至放不下一张床。"张潮说。

"只要和你在一起，在哪里都行。"陈欣眨着泪眼盯着他，用那种让他感动又心碎的眼神。

两个人一走进那间闹市孤屋就拥吻在一起，可是那个房间没有床。张潮尴尬地笑笑，说这儿没有生活用品，只是个读书的地方。陈欣说哪里都可以，窗台上，桌子上，地板上，随便哪里都可以。

"窗帘不够厚实，窗外的人肯定能看到我们的剪影。"张潮说。

"啊，那岂不是他们猜到了刚才我们在干什么？"陈欣说。

"如果楼下有人，又恰好朝着二楼窗台看的话。"张潮说。

"那岂不是更好？看到我跳舞。我就喜欢那种在万人瞩目之下跳舞的感觉。"陈欣笑了。

"看到也只有羡慕的份啊。"张潮心满意足地说。

陈欣被张潮逗笑了，可是脸上又倏然笼罩了一层愁云，似乎想起了什么。

"这对你来说是游戏，对我来才是爱情，对吗？"陈欣盯着他的眼睛。

"对我来说也是爱情。我累了，残存的爱都给你。"张潮说。

"为什么我觉得你迟早会离开我，就像上个月离开我一样？"

"我永远不想离开你了。"

"我要做你的乖宝宝，小萌宠。"陈欣说。

屋里寂静，窗外传来孩童嬉闹和远处的车声。这会儿，陈欣穿好了衣服，垫着靠背，倚在窗台的墙上翻看双肩包里的书，准备即将到来的期末考试。张潮坐在书桌前，读一本小说，时不时扭头看她。

"这样五分钟就拥抱一次，还怎么看书？人家还要准备期末考试呢。"陈欣皱着眉头，假装生气地说。

"所以看书，写文章，都要一个人。并且你看的这些教科书，除了考试一点用处都没有。"张潮翻着陈欣刚才看的那本书说。

"嗯，以后我可以偶尔来这里找你吗？看你推荐的好书。"

"可以啊，只是不要太频繁。"

"可我天天想你呢。"

张潮送陈欣到公寓楼下的时候，陈欣忽然发了疯似的抱住他让他发誓永远不要离开她。难得一见的月光，洒在楼下小公园的棕榈树折扇般的叶子上。张潮心里有种甜蜜的充实。他忽然担心起朝着学校方向走去的陈欣，担心她过红绿灯时会不会低头玩手机，担心她路上会不会遇见不怀好意的男人，担心那些约她玩耍的毛头小伙子……就像一名人到中年的父亲，时刻担心着自己背着书包去上学的宝贝女儿。

12　陌生的诱惑

陈欣再次来时，在张潮的书架上摆上了他们的亲密合照，嵌在木质相框里。一个海报一样的大照片用双面胶贴在了墙上显眼位置。陈欣不必说什么，张潮也知道，她是想在这个房间里留下她的痕迹，好向来这个房间的其他女人——如果有的话——宣示这是自己的领地。

"你总有一天会离开我的，对吗？"陈欣问。

"是啊，你年纪比我小，肯定我先死。"张潮答道。

"我指的不是这种离开，是其他女人。"

"没有。只有你。"

"这都是暂时的，对吗？"

"生命也是暂时的。可是我现在并不想离开你。永远也不想。"

"永远，听着真美，只是我们都明白，没有什么是永远。"陈欣水汪汪的黑眼睛紧紧地盯着张潮。

"我想每天都来这里，只是怕打扰到你，你会觉得我太缠人。"陈欣说。

"你已经把照片搬来了啊。"张潮想着女人就是有这种魔力,能把任何地方都变得越来越像家。

"是不是要买一个懒人沙发,柔软的那种,可以躺在上面?"陈欣问。

"不要。不要太舒适。那样我会睡觉。"

"那我以后少来。你要回学校找我。走过来要半个多小时,靴子都沾上灰尘了。"陈欣捏着一张湿纸巾擦拭着黑皮靴子上的灰尘。她那次来时穿着一身黑衣,头发精心梳理过。

陈欣从衣柜抽出一条折叠棉垫,熟练地铺在地板上。

"我爱你,那种完全没有保留的爱,托付终身的爱。"陈欣说。

有陈欣的那些日子,他压抑着心中的野兽,对她的怜悯之爱占了上风。他不忍心伤害她,也不会离开她。

张潮送陈欣回学校,穿过几个街区,街灯已经大亮,空气中弥漫着夜雾。

13　金丝雀

当初陈欣还难以理解待在大学七年的漫长,可是一转眼,她也到了毕业季。张潮注视着眼前走向成熟的姑娘。她再也不是那个吵着要买气球和棉花糖的小姑娘了。细长的身材变得丰满了些。她已经是一位名副其实的大姑娘了。

张潮双臂靠着大礼堂二楼观礼席的栏杆,俯视一楼黑压压的毕业生。他们个个身披学位袍,头戴四方帽,他分辨不出波涛中哪一朵是她。"你一定要参加我的毕业典礼哟!"这是前夜枕畔的耳语。张潮慌忙赶来,汗湿的短袖贴在背上,就像一块坏掉的皮肤。她发短信说四方帽上的纽扣掉了,黄缨穗挂不上,也掉了下来。张潮安慰说没有缨穗没关系,又不代表什么。她反驳说从校长手中接过证书黄缨穗从右边拨到左边才代表毕业,叫作拨穗礼。他说只是形式,反正毕业了。她这才静默下来,发来个欢快的笑脸。

校长双手举着学术权杖,带领十余位主礼教授进场了。张潮旁边三位看热闹的低年级学生拿捏不准校长手中物件的名称,争吵起来,一位说是金箍棒,一位说是自拍杆,一位说是大撸串。毕业致辞后,校长还要挨个发证合影,脸上挂着始终如一的笑容。

这几年,张潮当初的孤屋还在,只是成了单纯的书房。他和陈欣租住在两公里外的小区里。张潮每天像上班族那样,按时到孤屋去。他坐在那里,目光越过那扇朝北的窗子,久久落在小花园的棕榈树上。他在寻找答案,关于以后的路。毕业后的几年,他没有外遇,完全超出结识陈欣之前的生活规划。那时候他觉得自己永远都是一个田园牧歌式的单身汉。可是现在,他发现晚上不抱着陈欣就睡不着觉。他需要紧紧抱住她来对抗意识不断下沉的虚无感。在陈欣回老家的夜晚,他不得不抱着她平时穿的那件粉红色丝绒睡衣,嗅着她的气息入眠,那是一种让他沉醉的幸福的芬芳。

有时候陈欣会来孤屋找他,坐在飘窗的毛毯上,最后一抹夕阳的余晖洒在她的发丝上,美如金丝雀。他看会儿书就忍不住扭头望她。好大一会儿,两个人没有说话,但意识到彼此相爱。

"这里是天堂吗？"张潮问。

"这里真热。"陈欣答非所问地回答。她脱掉了棉外套。

"你不用去上班，我养着你。我们一整天都看书，听音乐，其他什么都不做。"

"那我岂不是成了笼子里的金丝雀？"

"做金丝雀有什么不好？"

"我想在舞台上跳舞，在人们的目光下跳舞，穿着镶满亮片的连衣裙。我还要学弹琵琶，有朝一日也能在舞台上弹奏，穿着漂亮的古装戏服。"陈欣认真地说。

"那要去哪里跳？酒吧？"张潮一想到那些公众场合男人的目光就感到阵阵失落，他可不想与任何男人分享她的美丽，哪怕仅仅在视觉上。

"暂时只能去那里了。等我练好了，或许可以去市民中心的剧场大舞台，像金星那样。"陈欣抿抿嘴。

"必须去吗？"

"她点点头。"

"或许我也该干点别的，增加些收入。在鸟城定居可不是一件容易事。"张潮自责地说。

"这跟收入没关系，我只是想跳舞。"陈欣说。

14　荒野书店

那天晚上八点钟，陈欣带张潮去了荒野书店。从桂花巷唐姨裁缝店一侧的路口拐进去，顺着架设在颓墙外的旋转楼梯爬到五楼。每走一步，铁板楼梯都咔嚓作响，好像随时都会连人带楼梯一起坠进握手楼中间的狭缝里。张潮紧紧抓住栏杆，沾了一手赭红色铁锈。你会喜欢的，陈欣扁扁嘴，嘴角扬起一抹笑，信心满满地说。他和陈欣在一起有几个年头了，此刻却感觉陌生。她的世界，至少有一扇窗对他关闭着。你会喜欢这里的，这里有市面上不容易买到的书，随便看，随便坐，别客气。陈欣伸开裹着镂空蕾丝的柔臂向张潮介绍着，优雅大方，就像第一次带张潮去她家一样。

张潮表面上在翻看书架上罗列的书，眼光却斜视着观察陈欣。她出门前穿上了一件粉色的蕾丝连衣裙，对着穿衣镜自我欣赏了许久。张潮早已换好出门的衣服，陈欣却在挑战他的耐性。她侧着身子对他微笑，镜中的她也对他微笑。她让他帮她拉下裙子后背的隐形拉链。她脱下裙子，转着身子欣赏镜中的身体，又套上裙子，招呼他给她拉上拉链。那件裙子确实漂亮，像粉红花瓣连缀成的，紧紧裹住她粉红的身体。这是张潮第一次见陈欣穿那件裙子，在他们热恋的时候她都没穿过。或许，那是新买的裙子呢，也可能是他最近对她的关注太少，抑或是他患了病，记忆变得碎片化。

荒野书店一堵墙上挂满了琵琶，整整三排，大概有十几把，也不知道书店主人怎么弹奏得过来。这会儿，陈欣轻松随意地坐在琵琶墙下面又宽又长的沙发上，取下一面琵琶抱在怀里，手指戴上尼龙拨片，试了试音，弹了起来。阳春白雪般的旋律让张潮沉醉，把他带回第一次见到她的秋天。陈欣真是个美好的姑娘。十七八岁的年纪，刚上大学。笑容盛开在精致的脸上，满眼爱情的憧憬。那天她画了淡妆，嘴唇上的玫红油彩涂得太多，雪白的牙齿也沾上了淡红，一个爱美又尚未学会化妆的新鲜姑娘。她站在舞蹈课的木地板上，身穿一条黑色弹力裤，露着白皙的脚踝，牛仔单褂系在腰间，示范着拉丁舞的动作，透着清纯与不羁。面对一群愚钝的高年级学员，她一遍遍地旋转身体，单褂飞起，偶尔露出美好的臀部，像一只不知疲倦的百灵鸟，挥洒着生命和青春的热情。

现在，她不仅善于跳舞，还学会了弹琵琶，真是个心灵手巧的姑娘。

张潮走到她面前，怔怔地站在那里，盯着她聪颖的手指在琴弦上挥洒如飞，陷入梦幻，有点头重脚轻。看着她怀里的琵琶弥漫出动听的乐音，张潮心中充满欣喜、诧异与恐惧。她一心弹奏，脸色冰冷，看都不看他一眼。

"欣，你竟然会弹琵琶。弹的是什么曲子？"

"还没有练好。"陈欣回避了张潮的问题。

"欣，我很冷。"张潮可怜巴巴地恳求道。

她从长沙发上站起来，把琵琶挂在墙上的挂钩上，补上了琵琶队列里的空缺。

她让张潮帮她拉下裙子背后的隐形拉链，就像来荒野书店之前在出租屋房间里那样。

她用的不是命令口吻，但张潮不得不听。

在那张长沙发上，她的青丝弥漫着洗发水的玫瑰香，那是她一向喜欢的味道。那年，张潮在舞蹈室遇见她，兴奋地告诉每一位朋友自己爱上了一名皮肤细嫩的南方姑娘。

相亲相爱地折腾了半天，两个人都精疲力竭地躺在沙发上。他们甚至都没有反锁书店的门。张潮意识到要关门，但身不由己。

陈欣说她这次高潮了。她又说她已经好久没高潮了。

"工作忙，你知道的，晚上还要加班写领导讲话稿，在工作上耗费了太多精力。"张潮怯生生地说。

"你不是早就辞职了吗？那晚让你拿风筒帮我吹干头发，你让我自己吹。你难道不知道，男人帮女人吹头发，是女人最幸福的时候？"陈欣说。张潮不敢反驳，也无力反驳。

"你看书吧，你会喜欢这里的，这里有的是你喜欢的书。"陈欣站起来，套上裙子，往后弯着胳膊，自己给裙子拉上背后的拉链，没让张潮帮忙。

15　谋生尝试

张潮忘记了多久以前，他曾经的同学王姝喊他晚上到办公室加班，起草一份领导明天一早在某揭牌仪式上的致辞。张潮给陈欣发了短信，说加班，会晚点回去，要她晚餐不要等他。硕士毕业后的两年，王姝真的考上了公务员，成了同事们口中的王主任。或许命运早就注定，在上学的时候她就知道自己将来要做什么。张潮想起来毕业季王姝正在备考公务员，千军万马过独木桥，没想到她竟然考上了。他也开始想起为什么自己找了一份写公文的全职工作，他实在不想让陈欣跟着自己受苦。

大办公室里的每一张办公桌都用隔板隔开，那晚只有张潮的隔间亮着灯光。一闭上眼睛，耳朵里就响起办公键盘令人厌恶的回音。他对八股文的套路早就驾轻就熟，写份致辞，不过小菜一碟。可那篇公文，眼看着要到午夜，刚写了开头，好像文字不再眷顾他了。他心乱如麻，遭受焦虑的啃噬。

　　王姝从她的专属办公室到职员大办公室来找张潮。在张潮的印象里，她是一名把生命献给工作的人，每天很晚才离开办公室。张潮虽然大学时和她有过一段亲密交往，对现在的她却了解不多，办公室里那些有形无形的隔板将彼此隔开，张潮甚至不知道她有无婚姻，跟老茂还联不联系。王姝说话谦逊，没有小官员飞扬跋扈的戾气，她轻声问张潮稿子进展得怎么样了。

　　张潮说刚写了个开头。王姝把隔壁办公桌的旋转椅拉过来，坐在张潮身边，看了看狭窄的电脑屏幕。张潮去过她的办公室，大概她是主任的缘故，办公室里的电脑屏幕也比普通职员的大了几寸。

　　"写公文不适合你，会消磨你对文字的感悟，时间长了，会毁掉你。记得上学那几年你可是校园诗人呢！"她说。

　　这是在办公室上班以来张潮听到的唯一触动自己内心的话，给他荒谬的生活打开一道缺口。张潮表面上不动声色，心里却感动得稀里哗啦。他嘴里像含着一颗春柳的小绿芽，又苦又涩，没想到自己刻意隐藏的处境竟然被她轻易识破。难道王姝真的知道，张潮对每天要写的这种死亡的文字早就烦透了。

　　王姝脸颊上垂下几缕淡黄秀发，在中央空调的微风下轻轻飘动，显露着熟女独有的风韵。她正出神地看着他。张潮心中升起可怕的情欲之火，他的心期待解救，同时又充满罪责。办公椅的轮子兔子一样奔跑起来，他的吻落在她的唇上，是那种春柳绿芽苦涩的味道。可怕的冲动蛊惑他进一步行动，对，就在午夜的办公桌上。张潮仿佛回到大学时代和王姝在一起的春天旅馆。那个房间昏暗破旧，却有一扇朝向桂花巷的小窗。有一次，张潮和王姝朝墙跪在床上，恰好能透过小窗看到对面的曼岛咖啡馆，还有那棵枝繁叶茂大象一样的杧果树。床上铺着一张单薄的木板，一翻身就咯吱响动。房间大概漏雨，墙漆斑驳成了一张巨幅山川河流水墨画。靠近床尾的那面墙上挂着一幅油画……蒙娜丽莎的微笑，印刷品质太差，让她的微笑带着诡异恐怖的气息。

张潮中了邪一样跟随王姝进了她的办公室。那是一间实体墙围起来的单间，而不是用单薄的隔板隔开。她在一面雪白的空墙上轻轻一推，一扇门打开了。张潮多次来她的办公室递交起草的文稿，第一次知道还有另外的一扇门。她示意他跟她一起进去，有意展示着什么。门后面是一个完整的生活，客厅、书房、厨房、卫生间，还有一条穿着西装马甲有绅士派头的棕毛哈士奇。那条狗一看见王姝，就摇头摆尾一脸欣喜，一双棕黄大眼总是朝向王姝所在的方位，对她的每一个动作做出低三下四的回应。王姝丢给它一块甜甜圈面包，它用嘴轻轻衔住，并不立刻狼吞虎咽，虽然口水连成线滴在木质地板上，空气中弥漫着浓重的狗腥味。它在等王姝的进一步指示，她一挥手，说吃吧，它就哇呜一声整个吞进喉咙。王姝进了卧室，只有那条该死的狗和张潮在客厅里。它已经吃完面包，伸着猩红的长舌舔着嘴角的面包屑，对张潮面露凶光，扫帚一样的蓬松巨尾高高竖起，随时准备狠狠地咬他一口。

王姝从卧室里出来，她换上了月白色纯棉休闲睡衣，脸上好像扑了点粉，粉嫩而苍白，嘴角挂着淡淡笑意，一种陌生而温馨的笑，张潮差点把她误认为是陈欣。

张潮跟王姝走进卧室，继续办公室里的游戏。张潮回头看了一眼，那条棕毛大狗正充满敌意地望着自己。他砰的一声甩上卧室的门，把它关在门外。

成熟女人卧室里的甜腻气息让张潮昏昏欲睡，他终于可以从毫无意义的小职员工作中暂时逃离，在纵情嬉戏中成为一个国王。他也真是个爱慕虚荣的家伙，女人稍微说上几句好话就能轻易打开他的心扉。

张潮回到公寓，已经过了午夜。陈欣还在等他，她穿着那件仿佛无数粉红花瓣连缀而成的蕾丝连衣裙，在穿衣镜前扭着身子孤芳自赏。

"我美吗？"她问。

"美，美得很。"他说。

"我还是不够美，不然你怎么那么晚才回来？"一抹苦笑浮在她粉嫩苍白的脸上。

"天不早了，该睡觉了。"张潮心里陡然一惊，生怕她猜出什么，赶紧转移话题。也许她已经猜到了什么，两个人在一起亲密地生活久了，总会有一些无法解释的神秘预知。

她摆弄了一会儿梳妆台上的瓶瓶罐罐，脱下连衣裙挂在墙上的衣架上，去浴室洗澡了。她出来的时候，光着身子，长发上的水滴在地板上划开一道亮痕。她将吹风机递给他，让他帮她吹头发。他第一次拒绝了她，还告诫她那么大人了，生活要自理。

后半夜他被吵醒了，她在磨牙，雪白的细牙咯吱作响，拳头紧握，好像在梦中使出全身力气与什么较劲。他伸手捏了捏她的脸颊，她暂时停止磨牙，过了一会儿，又咬牙切齿起来。他索性不管她，自己也睡不着。房间里很黑，不知哪来忽然窜出的一束光照射在她挂在墙上的连衣裙上，把他吓了一跳。那条裙子鼓鼓囊囊，就像依然穿在她身上，包裹着她全部的肉体和灵魂。

张潮混混沌沌地坠入睡乡。早晨醒来，一睁眼的明亮瞬间，意识到自己和陈欣的生命已经深深地交织在一起，她是和自己在一起时间最长的女人，也该是唯一的女人，最后一个女人。整整一天，办公室里的一切都显得虚伪做作，张潮一点都高兴不起来，甚至想把办公室放火烧掉。

张潮知道如何轻巧地辞职，比如在起草的领导发言稿标题下面写上自己的名字，并且上传到网上的个人空间。不出所料，王姝把张潮从职员室叫到主任室，和蔼可亲地对他说："你不该把起草的讲话稿贴到网上个人空间，大家都知道那是你写的。你上个月的工资已经结算好了，迟到早退的情况当天工资扣除。看在老同学的情分上，你想继续干就要服从单位安排，我们会尊重个人意见。"

张潮返回职员室，收拾了自己的办公桌。他把办公桌上的水杯和茶叶装进背包，走出办公室，友好地跟看守栅栏门的保安小伙子打招呼。保安小伙子友好地朝张潮回笑，当然他不知道，这个家伙不会再次跨进这道伸缩栅栏门。

16　以后的路

陈欣让张潮陪她去唐姨裁缝店，她说想把那件粉红蕾丝裙改短一些，有时候裙边会拖到地上粘上灰尘。平日里，桂花巷熙熙攘攘，热闹非凡，总弥漫着猪大肠的味道，有很多旧书店，封面斑驳的书籍论斤出售。戴草帽的小贩用扁担挑着俩藤条筐子，兜售桑葚和草莓。桂花巷藏在鸟城深处被遗忘的城中村，租客大都是亡命天涯的外地人，他们有的会烹饪，有的会剪裁，有的贩卖小商品，都是凭自己的双手吃饭。

巷子里有好几家裁缝店，店主都是中年妇女，数唐姨活最好。她有一张金黄色的南瓜脸，裁剪技术天衣无缝，待人和蔼可亲，可张潮实在不喜欢她，一点也不想去她那儿。陈欣却跟她很谈得来，一见面就唐姨长唐姨短地闲聊。她的那间几平方米的门市店总有一股怪味，有时候是老鼠味，有时候是鱼腥味，有时候是臭豆腐味，有时候是腐肉味。张潮甚至多次不怀好意地揣测，味道就是从她高大肥胖的身体上发出来的，怪不得没有男人，大概鸟城肆虐的蚊虫都不敢咬她，也省得点蚊香了。有一次，张潮把自己猥琐的揣测告诉了陈欣，陈欣说那些味道是唐姨故意涂在自己身上的，用的是独特配方的香水，为了驱赶男人，总有男人骚扰她，她对男人不感兴趣。

张潮到桂花巷的炒货店买了一纸包糖炒板栗，陈欣爱吃，喜欢张潮一颗一颗地剥掉硬壳，把香喷喷的栗子肉塞进她嘴里。张潮盘算着晚上邀陈欣去电影院看场爱情片，好久没一起看电影了，让她穿上那件漂亮的花瓣一样的蕾丝连衣裙。这些日子，真是亏待她了。

回到公寓，钥匙插进锁孔里，张潮打开门，陈欣竟然不在，一直挂在墙上的那件蕾丝连衣裙也不在，那可是一件她平时不舍得穿出去的裙子。张潮有一种不祥的预感，疯子一样冲出公寓，跌跌撞撞跑进两公里外的桂花巷里。从唐姨裁缝店一侧的路口拐进去，顺着架设在墙外的铁板旋转楼梯爬上五楼。每走一步，楼梯就咔嚓作响，好像随时都会连人带楼梯一起坠落进握手楼中间的狭缝里。张潮紧紧抓住栏杆，沾了一手铁锈，顾不得弄掉。在楼梯上，张潮听到荒野书店里传来陈欣奇怪的笑声，她的喉咙里好像含着冰，笑声带着明亮的冰晶。还有陌生男人的声音。陈欣和他在打情骂俏。书店的门像往常一样没有关，张潮轻轻推开一条狭缝，看到陈欣躺在琵琶下面的长沙发上，她樱桃红唇饱满温润，皮肤粉红细腻。那个颧骨高耸戴着大黑框眼镜的男人正亲吻她的小耳朵，惹得她发出冰晶般的笑声。他们肯定已经耳鬓厮磨了老半天，这会儿正躺在沙发上边谈笑边回味。张潮没有走进去，承受不了鸟城暑季的寒冷，尤其是她那冰晶般的笑声。他亟须到桂花巷里找个酒馆，像那些喜欢蹲着喝酒的民工一样，来瓶高粱烧酒暖暖身子。

张潮正喝酒，陈欣发来短信，让他去荒野书店，说想再为他弹奏一次琵琶，还要再给他跳一次舞。

这时候，张潮才意识到，书店里和陈欣在一起的男人不是别人，是曾经的自己。张潮确定自己患了病，此时记忆开始复活。往昔就像桂花巷抬头望见的星星，依然发光，但已经死了。

阳光照在桂花巷乌黑的街道和四处攀缘的藤蔓上，到处都是熙熙攘攘的人群和鳞次栉比的小商店，一切都平淡无奇。忘记了是哪天，反正是过去，张潮和陈欣跑遍了巷子里所有论斤售卖的二手书店，挑选他眼中的经典之作。他把那些书装进帆布双肩包，背进五楼的荒野书店，摆在旧家具市场淘来的简易书架上。沿着通往书店的旋转楼梯，他的膝盖骨和铁板台阶同时咯吱作响，向他展示书籍和生活的重量。陈欣背着一个小一点的双肩包，也帮着搬书，精巧的鼻头上密布汗珠，身体散发着醉人的汗味。他们像巷子里的挑着两个藤条筐子兜售草莓和桑葚的小贩一样，时刻提防官方人士的骚扰，没竖易拉宝，只在楼下的墙上贴了一张不起眼的书店开张铜版纸海报。书店有零零星星的顾客，大都只看不买，转一转就走，像大多数热衷于逛街的人一样。张潮想大概是缺乏读书环境，就在书店设立了吧台，陈欣理所当然成了吧台女郎，为顾客提供现磨咖啡和珍珠奶茶。为了浓郁文艺氛围，他们还在一面墙上挂满了收购来的旧琵琶。那些都是张潮辞职后对新生活的尝试，试图在现实和理想之间找到平衡。

　　顾客有时候半天也没有一个，大概是张潮喜欢的书没人喜欢。陈欣就笑他，说书店开在五楼，连个招牌都没有，哪会有人来。张潮也跟着笑，承认自己确实不是经商的料。一个稀松平常的下午，来了一个戴金丝眼镜、穿宽领西服的人。因为顾客很少，张潮观察得很细，紧紧盯着衣着考究一本正经的来者。那人身材瘦小，脸颊细长，二十岁出头，张潮猜他应该是真正的读书人，或许是一名大学生，不像桂花巷里的租客。致命的不是西装革履的男子，而是随他而来的王姝。书店门口突然响起两声狗吠，那条穿西装马甲的哈士奇也来了。张潮一转身，正好与那畜生四目相对，它好像刚吃完东西，伸着猩红的长舌舔着嘴角。那畜生对张潮面露凶光，蓬松的巨尾高高竖起，随时准备狠狠地咬他一口。大概镶嵌在颏墙上的旋转楼梯不适合犬类攀爬，它上来得有点晚。张潮一直担心又期待的报应终于来了。张潮装作不认识他们，他们也装作不认识他。他们装得实在太像了，好像真的不认识他。陈欣有眼色地给王姝和小王倒上两杯加奶咖啡。他们不是来买书，而是查看书店经营许可。就这样，张潮撕掉了楼下墙上粘贴的书店开张海报，把荒野书店变成了他和陈欣两个人的家庭书店。张潮读书写诗，偶尔在报刊上发表。陈欣从那时起，开始练习弹奏琵琶，一心想当酒店伴奏，还可以当跳舞模特。饿了就叫外卖，点得最多的是酸辣粉和麻辣烫。

　　陈欣穿着那条粉红花瓣一样的蕾丝裙，怀抱琵琶端坐在沙发上。墙上悬挂的那些琵琶，每一面她都抚弄过。看着她怀里的琵琶弥漫出动听的乐音，张潮心中充满欣喜、诧异与恐惧。陈欣最喜欢的那条裙子让唐姨改得很短，几乎遮掩不住什么。那次，她弹了整整一曲的《十面埋伏》。一时间金鼓齐鸣，马蹄雷动，短兵相接，西楚霸王走投无路。她的手指时扣时抹时弹，挥洒如飞，琴弦上一团幻影。

陈欣说明天她就要坐在白夜酒吧的包厢里弹了，总得谋个出路。

"唐姨给了我驱赶流氓的香水配方。"陈欣见张潮不说话，便接着说了一句。

鸟城的暑季向来以闷热著称，张潮却感到从头到脚不寒而栗，冷气从陈欣身上那件漂亮蕾丝裙上散发出来，房间越来越冷。

张潮坐在孤屋里，目光越过那扇朝北的窗子，落在小花园的棕榈树上。他在寻找答案，关于以后的路。

张潮想起几年前那个冬日的夜晚，他在街巷里闲逛了一阵回孤屋。一场据说百年不遇的寒潮笼罩了南方，亚热带的鸟城落起冰晶来。经过白夜酒吧，酒吧外墙的海报上写着玲子小姐的精彩歌舞表演，旁边配着一张半裸搔首弄姿照。寒潮天气并不能影响夜游人寻欢作乐的兴致。酒吧门口的朵朵霓虹劈开沉沉暗夜，招徕着无家可归的街头浪子。当时，他对酒吧里的歌舞女郎既向往又厌恶，可现在，他不得不坐在白夜酒吧角落的位置上，盯着陈欣在台上跳舞或在包厢里弹琵琶，裤袋里放着那把黑柄锯齿瑞士军刀，随时准备把试图非礼她的流氓教训一顿。他厌恶自己挣不到足够的钱，可以让她远离这些阴暗潮湿的城市角落，可是她说，她就喜欢在众人的目光中跳舞，跟钱多钱少没关系。

陈欣的经纪人玲姐是一名年近四十的女人，双唇总是油光闪亮，披散着染成酒红的齐耳短发。那女人负责联系表演场合，表演的收成有一半进了她的腰包。

"我小玲儿，当年在鸟城也是角儿。"那女人在白夜酒吧舞会的开场白中说。

张潮坐在暗处，觉得那女人好像在哪儿见过，有种莫名的熟悉。

待小玲儿开完场，众人双双滑入舞池，开始疯狂摇摆身体，这时候张潮请她到角落桌上喝一杯鸡尾酒。

"陈欣是个好姑娘，不要把她带坏。"张潮说。

"放心吧，我做的是正经生意。"她的兰花指捏着一根细长的女式香烟，香烟的烟尘袅袅升起，俨然姑娘旋舞的身姿。

"要不要来一口？"她把那根燃烧的香烟递给他。

"不必了。陈欣是个好姑娘，不要把她带坏。"张潮疯子一样重复道。

这会儿，陈欣换上了一件镶满亮片的连衣裙，在舞台上蜡烛围成的心形里独自跳舞。蜡烛火苗在裙摆掠过的风中摇曳，光亮洒在她美丽而落寞的脸上。张潮又想起初见陈欣的舞蹈室，那天她画了淡妆，嘴唇上的玫红油彩涂得太多，雪白的牙齿也沾上了淡红，一个爱美又尚未学会化妆的新鲜姑娘。她站在舞蹈课的木地板上，身穿一条黑色弹力裤，露着白皙的脚踝，牛仔单褂系在腰间，示范着拉丁舞的动作，透着清纯与不羁。

她独舞的时候如此美丽，仿佛世界上只剩下自己。

几年过去了，陈欣跳舞的地方不再是大学校园的舞蹈室，而是聚集着酒鬼恶棍的白夜酒吧。霓虹之下，灰暗建筑阴沉喧闹，中间是舞场，边缘是桌椅，墙边隐藏着无数的暗门。一些白天正经得可怕，夜晚猥琐得可怕的家伙在隔间里出没。

张潮旁边的桌上坐着五个身份不明的中年男人，目不转睛地观察着陈欣，嘴边的烟头一闪一闪。他厌恶他们落在陈欣身上的目光。每次陈欣跳完，总有男人站起来邀她跳双人舞，这时候张潮就会站出来打断，偶尔也会闹出些乱子。小玲儿总是出面摆平，她有独特的本事平息男人们的愤怒。

"走吧，我的小姑娘。"等陈欣跳完，张潮牵起她冰凉的指尖。

（《广州文艺》2016年第11期头条）

鸟姑娘

1　鸟姑娘

　　周末临近午夜，跟往常一样，张潮从工作室去预订好的红枫叶酒店。工作室是鸟城大板桥村租来的一间孤屋，他给它起了个时髦的称呼。陈欣正在酒店房间里等他，夜，能给他不寻常的安全感。鸟城的三月刚下过几场雨，空气清凉，给人身心舒畅的感觉。街上零零散散的行人，展现着不夜城的风光。偶尔有安装着遮阳棚的载客电单车凑上来，劈头就问，玩学生妹吗？他又看到了她。她就站在路边奶茶店门口的大叶榕下，身材高挑丰满，白色羽毛盖住了身体，手臂和大腿裸露在外面。她不是穿了羽毛编织的衣服，那些羽毛就是从她身上长出来的。她的那对翅膀，就藏在背后，只是现在合拢了。如果她受到惊吓，会倏然展翼，腾空而起，就像鸟城海边狩猎鱼虾的巨型海鸥一样。可是她不会受到惊吓，只会吓到别人。张潮环顾四周，零散的行人和载客电单车也不知哪里去了，逃跑已经来不及了，她先是腾空而起，然后一个俯冲，猛地朝他扑过来。

　　张潮从睡梦中惊醒的时候，陈欣正捏着纸巾擦拭他额头上的冷汗。

"怎么，又梦见她了？"陈欣把汗湿的纸巾丢到床下，从靠近墙角的枕边重新抽出一张。

"是啊，同样的梦。"张潮依然惊魂未定。

"难道是被女鬼缠住了？要不明天去弘法寺拜佛祈福？"陈欣关切地问。

"不用麻烦。哪里有什么女鬼，不过是梦。"

"梦里的她是不是很漂亮？"陈欣撩了撩额前遮挡视线的那缕头发。自从她把以前孩子气的齐刘海改成中分，那缕头发总是时不时垂下来，遮挡她明亮的黑眼睛。

"简直是模特，漂亮又危险。一旦被她吸住就难以逃脱。不过没你可爱。"张潮懂得陈欣的心思。

"为什么这两年总是梦见她？"

"我也不知道。她总是纠缠不休，要索命似的。"

"她是你以前的女朋友吧，在我之前的那些，你确定都告诉我了？"陈欣问。

"都坦白交代了啊。"

"那就奇怪了，还做这样的怪梦。跟我在一起还想着她？"陈欣嗔怪起来。

"你犯不着为梦中的女人争风吃醋吧。只是一个梦。"

"不仅仅是梦，那为什么你总做同样的梦？那为什么不梦见我？"

"我也不知道。睡不着了，我需要一杯咖啡。"

"大半夜的哪里去找咖啡。你真是过糊涂了。"陈欣转过身，背对着他，不再说话。张潮知道她肯定没有睡着。果然，没过一会儿，她转过身来，钻进张潮怀里。

"还记得当初我们是怎么认识的吗？"陈欣想用美好的回忆来唤起他的在意。

"当然记得，哪里会忘？"张潮心里浮现出大学时代学校舞蹈室里的画面：那天陈欣画了淡妆，嘴唇上的玫红油彩涂得太多，雪白的牙齿也沾上了淡红，一个爱美又尚未学会化妆的新鲜姑娘。她站在舞蹈课的木地板上，身穿一条黑色弹力裤，露着白皙的脚踝，牛仔单裙系在腰间，示范着拉丁舞的动作，透着清纯与不羁。面对一群愚钝的高年级学员，她一遍遍地旋转身体，单裙飞起，偶尔露出美好的臀部，像一只不知疲倦的百灵鸟，挥洒着生命和青春的热情。张潮试着招惹她，故意装作不会跳，让她扶他的肩膀，弄他的手臂，他则用心感受她衣服里温暖的身体，可她的指尖是冰凉的，透心凉。"对不起，教练老师，我动作笨拙，把拉丁舞跳成了广场舞。"张潮不好意思地笑笑。"多练几遍就会了。"她眨眨眼睛。张潮这才看清，她戴了假睫毛，眼影画得太黑，跟她清水一样的气质不搭配。也许青春忽如其来，让她有些手忙脚乱，才胡乱地装扮自己。别的学员举手提问，陈欣步履轻巧地跑去，就像一阵风。张潮扭头望她，周围的空气中还弥漫着她的味道，那种不知是洗发水还是洗衣液，或是她身体散发的味道，说不清道不明，却让他留恋。

"我不想总是待在一个地方。我想到一个谁也不认识我们的地方。"陈欣的咕哝打断了张潮的回忆。

"离开鸟城？"

"对，到别的城市去，谁也不认识我们的地方。"

"我毕业了，可你还要上学。"

"嗯，最近作业也多，烦死了，写作课的老师一上课就讲索绪尔的符号学，根本不懂写作，还经常拖堂。"陈欣抱怨着。

"等毕业了就好了。"张潮无力地安慰她。

"再说了，'生活在鸟城，却没有一对翅膀'。"陈欣咕哝道。那是张潮写在工作室每一本书扉页上的一句话。

"我没有翅膀，你有，在背后有一对看不见的翅膀，我的小天使。"

"花言巧语，不过我喜欢。"

每次陈欣一到宾馆，就打开那只蓝色的拉杆旅行箱，把随身携带的床单被罩拿出来，把床上的床单被罩替换掉。这个世界，到处都是脏东西。她总会边收拾床铺边这样说。

2 多 梦

百草堂药店的老中医说嗜睡多梦是肾虚之症，接着开始推销货架上的六味地黄丸和五子衍宗丸。张潮说："别急，我还没说完，梦是稀奇古怪的梦，有时候我不敢入睡，那些梦与死亡如此接近，我只好用无聊的电脑游戏打发时间，只是为了挣脱梦的牢笼。"那位端坐在玻璃柜台前白衣白帽的中医说做梦更要进补，最好再配上这种脑心舒口服液和西洋参片，说着他从玻璃柜里各抽出两盒丢在桌上。

"你还没问我做了什么梦。"张潮说。

"梦就是梦，不用区分那么仔细。"老者不耐烦地说。

"当然要区分，春梦和噩梦截然不同嘛。"张潮不服气地说。

"那有啥不同哩，都是中国梦。"老者咧嘴笑了，露出两颗银灰色的陶瓷镶牙。刚才一板一眼的普通话也变成了中原口音。

张潮离开了那位化装成老中医的药品推销员，找了间书吧独自坐在小圆桌旁。书吧里不少鸟城作家的书，引不起他的兴趣。他的目光越过山丘般起伏的书架，吧台后面的年轻女招待正在制作他点的橙汁。那位姑娘穿着统一的女仆式黑围裙，胸前别着刻着书吧名称的名牌，看起来只有十六七岁，也不知怎的就没去上学，却成了一名女招待。她先后放了四颗剥了皮的橙子进去，按下压榨机，接了一杯橙汁。果然是原汁原味的橙汁，真的橙汁，在鸟城喝到真的橙汁真是不容易，很多饮料店的橙汁不过是各种神秘粉末兑自来水，张潮感叹着，心里升起一股暖意。他又想起去年夏天和陈欣同去一座北方古城，在特色小吃一条街上，看到有人沿街叫卖酸梅汤，就各自来了一杯，真是又酸又甜，又走了一段路，看到卖酸梅粉的路边摊，才知道什么酸梅汁、石榴汁都是乌七八糟的粉末勾兑的。橙汁端了上来，女招待朝他笑笑就返回吧台了。他喝着那杯真橙汁，不怎么甜，还有些酸，却很舒服。他想着昨晚的梦，却感觉到现实生活中没人对它感兴趣。他掏出单肩包里的小本子和笔，皱皱眉头，信自把梦写了下来。这些梦对别人毫无价值可言，对自己也不过是留念，就当写篇日记吧。他在小本子上写道：

我梦见结识了一位大人物，他说要给我安排一份薪水丰厚的工作，并且解决伴侣未来的工作。在一家豪华酒店的包间里，围着满满的一桌人，大人物坐在门口对面的主人位置，陈欣坐在我身边。我不认识其他人，对那位大人物也知之甚少。在座的都在说话，不过声音含混不清，根本听不清他们在说什么。大人物的声音却清晰嘹亮，他说他在鸟城圈地建造了一个全新的世界，新世界有与鸟城完全不同的运行规则，我和陈欣的任务就是到新世界里考察。还没等我回过神来，陈欣不见了，我知道她提前去了新世界。我慌了神，赶紧去找她，一扇高达百米的大门打开，我进去后，大门随即关闭。哇，果然是新世界，我置身在一片森林之中，森林里没有草，只有一种叫不上名字的矮粗的树，树的排列整整齐齐，就像农家的苹果园。我放声呼喊陈欣的名字，却发现喉咙嘶哑。我想寻求帮助，可望不到尽头的森林空无一人。忽然我发现了人，干枯的人，就在身旁的树干上，树的根须插进尸体汲取着营养。紧接着，我看到所有的树干上都有一具人的干尸，灰白的毛发在风中微微晃荡。我吓得不行，正想逃走，可那些蛇一样的根须动了起来，将我死死缠住拽向树干。我意识到自己已经无路可逃。这时候，我惊醒了，看见陈欣坐在桌旁用小勺子喝小米粥。她觉得那玩意儿可以治好她的轻度肠胃炎，天天用泰迪熊形状的小电饭煲煮一碗。我问她时间，她说已经是中午了，你老是睡到中午，起床吧，下楼给你买了包子和豆浆。我戴上眼镜，看见她穿着粉红色的丝绒睡衣，发际线上戴着有两只兔耳朵的发卡，真是一个青春美少女。我从床上爬起来，先抱了抱她，边吃早餐边回忆夜晚的梦。

3 邀 请

现代性？后现代性？张潮久久地盯着工作室窗外那棵风中摇摆的棕榈树，他在寻找一个答案。有人请他写一篇关于现代性和后现代性的论文，出了大价钱。

想了大半天，张潮也没能弄清楚这俩学术词汇的具体指涉，这些所谓的学术是越搞越糊涂了，狗屎一样无聊。但他不会轻言放弃，毕竟都是游戏，犯不着那么当真。

那天总有一只怪鸟在张潮的窗前鸣叫。他站在窗前，朝外张望，却怎么也看不见那只存心捣乱的小魔怪，只知道它就藏在那棵叶缘干枯的棕榈树上。当他坐下来，翻开书页，或者打开电脑写作的时候，它又叫了起来，一声比一声起劲。索性走出门，却瞧见黄叶纷飞，那是大叶榕。鸟城的季节是颠倒的，很多树木冬天乌青，却在春天落叶纷飞。

这时候，那部老旧的诺基亚手机响了，自称在文化部门任职的袁老师说张潮的某篇游记入选了《鸟城真好》一书，宣传效果不错，所以想请他去主编一个文学内刊。

"我什么时候写过鸟城的游记？"张潮惊诧地问。

"哈哈，那还不简单，我们只是把你发表过的一篇游记中的A城换成了鸟城。"对方嘻嘻哈哈地笑了，显出非同一般的精明。

"你有硕士学位，很适合我们这个职位。你想想，硕士嘛，当不上大学教师，又不甘心当中小学教师，高不成低不就的。你的女朋友也快毕业了，两个人的生活需要稳定的收入。"对方说得似乎很有道理。

起初张潮还有点犹疑，觉得自己还是更愿意住在大学城周边，毕竟这里的每一条街道都充满了回忆，可是，鉴于对方不容置疑甚至赶鸭子上架的工作邀请，不去也不行了。

"工作地点离你生活的大板桥村很近。"对方像摸透了他的心思，能随时消除他的顾虑。

"既然你答应任职，来了联系我，请记下我的电话号码。"对方有条不紊地说。

张潮望了一眼窗外，刚刚下午三点，但阴影已渐渐笼罩那棵棕榈树。为了躲避打扰，他整天躲进城中村租来的工作室，反锁房门。这半年来，他甚至把苹果手机换成了诺基亚，以戒除烦人的微信和泄露行踪的定位功能。可是，即便如此，还是有人对他的生活了如指掌。张潮走出工作室，对着"来了，就是鸟城人"的宣传牌望了一会儿，原路返回。工作室静谧，窗外也没了怪鸟的鸣叫，或许飞走了，或许站在枝丫上睡着了。他深深地松了一口气，困意袭来，他觉得此时需要一杯咖啡，走到卫生间接水，却发现停水了。打电话问了二房东，才知道不远处声势浩大的地铁项目挖断了水管，若需生活用水，可晚上六点提上水桶到村口排队领取，到时有运水车过来。

4　大　厦

晨曦从鸟城的榕树枝叶间穿过，照在辛勤的环卫工的黄条纹制服上。张潮难得那么早起床，那是他接受职位后上班的第一天，毕竟是个不同寻常的日子。他抬头望了一眼面前巍峨的建筑，两个几米高的镏金大字"大厦"雄踞楼顶。周边的办公楼房都有名字，它的名字却分外简练，就叫"大厦"。大厦四面都是深棕色的玻璃，显得厚重阴郁，有种不容置疑的肃穆。张潮一想到今后要在如此高规格的建筑里上班，心中不由得升起一股自豪感。可就在他正想踏进玻璃大门的时候，穿蓝制服的守门人拦住了他，问他找谁。他赶紧说自己是新来上班的编辑，来找五楼的袁主任报到。保安让他填写门口桌上的访客登记表。他心中的自豪感不由得又高涨了几分，觉得大厦可不是谁想来就能来的地方。

张潮一走进去，就感觉世界倏然安静了，刚才经过的街道人群熙攘，大厦天花板高耸的大厅却空无一人，想必职员们都在忙着办公吧。为了熟悉工作环境，他没有乘坐电梯，而是顺着旋转消防梯走上五楼。可是，他在五楼转悠了半天，根本不知道袁主任在哪个房间，因为每间办公室都是同样的刷卡防盗门，连个门牌号都没有。张潮心里嘀咕，这么宏伟的大楼，应该不差钱弄几个门牌和告示牌，免得访客找不到地方。

大多数办公室的铁门都牢牢关住，张潮只好走进五楼一扇开着的门，向坐在办公室门口办公桌旁的两位青年男职员询问袁主任在哪间办公室。那两位文质彬彬的青年流露出谨小慎微的神情，斜眼打量了他一番。其中一位站起身来，轻敲一个狭小隔间的门。那个隔间就在那间大办公室靠近窗子的位置，用直通天花板的木板隔离开来，起初张潮还以为是卫生间，直到一位额头宽阔个头不高身材微胖的中年男子走出来，他才醒悟过来那是袁主任的办公室。

袁主任礼貌地跟张潮握握手，春光满面地说："你可是我们期待已久的人才啊。"袁主任笑的时候，露出两颗硕大的上排门牙，中间有一道宽缝。张潮觉得在哪里见过他，又一时想不起来，像很多潜藏在记忆深处的人一样。

"哪里哪里，还请您多指导。"张潮礼节性地回应。

袁主任倚坐在办公室里的沙发上，顺手拿了本往期的《筑梦》杂志翻看着，交代着刊物的定位和要求。

"我来的话，一间单独的办公室是必需的。我不希望工作时有人打扰。"张潮开门见山地说。

"这个不好办，按照规定，一定级别才有单独办公室。你看我的办公室。三人一间办公室，只是我申请搞了个隔间。"袁主任指了指那个狭小的隔间。

"编辑部当然要有优待嘛，可以特许两人一间办公室。"袁主任说。

"另外一人就是小王，你的助手，一位美女，可是大厦里的才女哟！"袁主任竖着大拇指说。

"刚才我到处转了转，觉得大厦有点冷清。"张潮说。

"这个嘛，要辩证地看，是有些冷清，门口也没有荷枪实弹的卫兵，但这栋大楼里入驻的可都是关键部门。"袁主任说得似乎很有道理，让人无法辩驳，一下子把张潮给唬住了。张潮忽然想起不知从哪里读到过的一则寓言，一条小蛇问它爸爸自己的尾巴在哪里，它爸爸说你全身都是尾巴啊，也相当辩证。

张潮想问问为何办公室没有门牌号，但一想到袁主任滴水不漏的万能辩证法，只好留着细细观察，反正从今以后要在这里上班嘛。

"事不宜迟，我现在就带你去编辑部，新一期的杂志亟待出版，最好本周能进印刷厂。"袁主任热情地站起身来。

张潮跟着袁主任到达六楼一间办公室。那间办公室有两张办公桌，靠窗位置摆着一张高档红木办公桌，靠门位置是一张压合板材料的普通职员桌。职员桌上埋头打字的粉红连衣裙女孩站起来，向张潮和袁主任笑笑，然后转身按下了热水壶的按钮。

"这是王小慧，你的助手，一直是杂志的美编，也很有文学才华，写得一手好散文。"袁主任介绍道。

张潮的目光落到小王身上。她二十四五岁，算不上漂亮，五官还算标致。长发扎在脑后，额头左侧有一颗黑痣。他忽然意识到盯着女同事看不合适，就赶紧把目光投向袁主任，询问办刊的一些琐事，可是袁主任的面孔确实没什么美感，看久了或许还会加重他噩梦的病情。

"那就不打扰你们办公了。"说完，袁主任起身离开，轻轻带上了办公室的门。

张潮打开电脑，接收了小王收集来的稿件。他通读了一遍，觉得都谈不上什么文学水准，几篇无病呻吟的小家子气的散文，以及一组顺口溜般的打油诗，甚至还有两篇新闻报道。他想把这些文档统统删去，自己重新邀约一些行家文稿，顺便给鸟城那些在城中村出租房里没日没夜奋笔疾书一心想当全职作家的穷鬼开张数额可观的稿费单。《筑梦》既然是一本文学刊物就应该有文学刊物的样子，搞得跟工作报告似的确实不像话。这时他翻到文档的末尾，看到小王整理好的作者信息，不由得倒吸一口寒气，庆幸自己刚才没有轻易按下删除键。为了避免失误，张潮又细细读了一遍文稿，发现那篇鸡汤小散文的作者便是同事王小慧。

孤男寡女共处一间空荡荡的大办公室，这让张潮感觉不自然，他便去五楼找袁主任聊稿子的事。

"我们请你来，就是要办出一本能代表鸟城最高水平的文学刊物。水平不够的稿件一律撤下，不管作者是谁。不过，一些资深老作家，还是要照顾一下的。"袁主任面面俱到地说。

张潮觉得他说了跟没说一样，便采取了折中的办法，约了两篇实力派作家的小说，同时保留了原来的官样文章。等他把样刊拿给袁主任的时候，袁主任像张潮第一天来上班时那样坐在沙发上，从头到尾翻看了一遍，又从尾到头翻看了一遍。他用食指弹着那篇小说所在的纸页道："这篇小说，写得确实不错，不过格调有些灰暗，恐怕不大合适。"

我这主编，不过是挂个名的弼马温罢了。张潮愤愤地想。一想到自己来上班不过是为了一份可观的薪水，心中便释然了。这下他快活了起来，整个下午都在和王小慧瞎扯。张潮觉得小王这个称呼太职业化，就称呼她小慧。她一听到这个称呼脸就悄悄涨红了。初次见面的尴尬消失之后，小慧从办公桌旁一个上锁的文件柜里拿出一张聘书给张潮看。上面写着"王小慧同志被聘为大河文学网驻站作家"，张潮竖起大拇指夸赞她是难得一见的才女，心里却暗暗发笑，觉得她落入了骗子的圈套。透过窗子的光亮渐渐黯淡下来，张潮知道日色已经渐渐褪去。终于可以下班了。

5　药　丸

张潮躺在单位安排的单身公寓里，迟迟无法入睡。那栋公寓楼的布局跟大学宿舍类似，一扇扇面目雷同的木门整整齐齐排在走廊两侧，唯一的不同就是房间宽敞一些，不用几个人挤在一个房间。不过，这样的公寓只有在大厦上班的职员才能入住，在房价惊人的鸟城每月只须象征性地交一丁点房租。

上床前，张潮查看了反锁的房门和扣紧的窗子，确保安全，又趴在床沿下看看床底下有没有藏着野猫之类的动物，免得大半夜窜出来吓一跳。一种焦虑笼罩了他，他思考着这半个月来的事情。其他同学进入机关事业单位都需要经历种种考试，唯独自己未经任何考试摇身一变成了大厦的杂志主编，这让他感到纳闷，甚至有一种落入陷阱的担忧。大厦总共十三层，有无数个办公室，却很少见到人，总是冷冷清清的，到底怎么回事。很多疑团缭绕心头，意识渐渐进入混沌状态，梦和现实丧失了界限。

鸟姑娘身上只套着一件桃红色的棉质睡裙，没穿内衣，睡裙的胸部印出乳头的轮廓，她正坐在床尾，右手捏着指甲刷，给左手指甲涂上蓝色的指甲油。她喜欢蓝色指甲，这让她有蓝色妖姬的神秘感。张潮倚在床头板上，平静耐心地注视着她。她美丽端庄，优雅贤淑，可张潮知道，这只是暂时的表象。等他把目光从她身上转移到她手上，便看见那指甲刷是一条锋利的美工刀片，她挥舞着利刃，在指甲上刮掉层层卷曲的白屑。她忽然迎上了他的目光，便丢掉刀片跳到他身上，牢牢地吸住他，尽情地扭动摇摆。床头灯晦暗的光线下，她有一双野猫的眼睛，闪耀着贪婪的光芒，这让他恐惧又癫狂。她的翅膀收拢在背后，在高潮的时候会忽然张开，抖抖索索扑扇几下。与她巨大的白翅膀相匹配，她有一对傲人的酥胸。

折腾到拂晓，她一丝不挂侧身躺在床上，没盖被子。晨曦开始透过窗子和窗帘照进来，斑点洒落在她身上。她此时就像一只猎食后心满意足的花豹，懒洋洋地躺在那里。张潮看见了她脖子上周大福牌子的项链，知道那是男人们送给她的东西。她从不拒绝男人的礼物。

张潮用力睁开黏结在一起的眼皮，原来又经受了一场噩梦的折磨，看来又要顶着熊猫眼去上班了。鸟姑娘在等着他入睡，在睡梦中向他复仇，坐在他身上，以完全主动的姿势吸走他的灵魂。

第二天上班的时候，虽然精神有些萎靡，张潮还是努力认真审阅小王打印好的稿件。小王不失时机地端上一杯热水冲泡的雀巢速溶咖啡。张潮觉得她真是个奇怪的姑娘，若没有其他事情跑腿，她可以一直在办公桌前坐到下班，好像身子被无形的绷带绑在了那张黑色的旋转职员椅上。办公室朝南的墙上有一面大窗，窗户上镶嵌着特殊有色玻璃，里面的人可以清清楚楚看到外面，外面的人只看到漆黑一片。这傻姑娘，怎么不站到窗前看看外面的风景，春天已经来临，紫荆花也渐渐盛开。她虽然紧盯电脑摆出一副投身工作的样子，大概在逛淘宝，挑选喜欢的花裙子。张潮不怀好意地揣测。他揉了揉眼睛，站到窗前俯瞰，发现自己上班的大厦是这一片区最宏伟华贵的建筑。楼下便是大板桥村，密密麻麻全是低矮丑陋的纸壳子民房。此时，一种城市主人翁的感觉油然而生，怪不得当初那么多同学争先恐后报考公务员。如果在窗台架设一部望远镜，体察民情就方便多了。张潮暗暗得意地想。他又忽然意识到自己向来不喜欢那些摆出居高临下姿态的人，可是自从迈进大厦，自身的某些方面在悄悄发生变化。

小王已经把张潮编选的稿件设计好版面打印了出来。张潮顺着消防楼梯下到五楼，准备找袁主任终审。袁主任的办公室铁门紧闭，按响门铃也无人应答，整个五楼空空荡荡，走廊两侧全是紧闭房门的办公室。张潮有些纳闷，从五楼的这头走到那头，只见到一名身材微胖的保洁妇女推着一台无声吸尘器。那名妇女边吸尘边自言自语。张潮问她为什么自言自语，她说假装在跟老家的邻居聊天，这样就不那么寂寞了。张潮问她职员们都去哪儿啦。她说不知道，她只负责保洁。他掏出手机，拨通袁主任的号码，语音提示不在服务区。

他回到自己的办公室，整整一个上午，五楼的职员们都去哪儿啦的疑惑缠绕着他，让他心神不宁。下午一上班，他又去了五楼。这次袁主任在办公室，那两名眼神谨慎的青年职员也在。袁主任从他的小隔间里走出来，笑容满面地摆弄起茶几上精巧的景德镇茶具，冲泡起工夫茶来。

"上午就来找您，想让您过目一下排版后的样刊。"张潮把样刊递过去。

"哦。上午。上午是每周的例会时间。"袁主任接过样刊，边翻阅边漫不经心地说。

怎么开会也不叫我？他疑惑着。

"哎呀，样刊的稿件排序有问题。"袁主任用食指弹着目录页说。

张潮疑惑地看着目录页，确实根据稿件质量做了精心排序啊。

"要按照作者职务级别排序嘛！我很信任你的业务水平，但觉悟也要提上去。"袁主任把刚倒上茶的指甲盖大小的工夫茶瓷杯递给张潮。

"明白了。"张潮心里有些不以为意，但想想可观的薪水便释然了，毕竟只是一份工作嘛。

"你的眼圈有些黑，休息不好？"袁主任关切地问。

"是啊，最近正遭受梦的折磨。"张潮把那杯水一饮而尽。那只杯子明显太小，他感觉茶水还没到喉咙就没了。

"梦？什么梦？我们的杂志是《筑梦》，就是造梦啊，专造美梦，春秋大梦。"袁主任嘻嘻哈哈地说。

"我的梦很奇怪，总是梦见一个长着翅膀的女人，有些可怕。"张潮说。

"看来是噩梦喽。"袁主任圆眼镜后的小眼睛闪闪烁烁，一副胸有成竹的表情。

"来，吃了这个药，保证晚上做的都是美梦，白天也做美梦。"袁主任拇指和食指间出现一颗扁平的棕色药片。

"这是什么？"张潮问。他忽然想起自己前些日子去药店，那位扮演成老中医的药品推销员给他开了一大堆非处方药。

"这是美梦神药，吃了只做美梦。你看我精神那么好，因为我每天按时服用。来，不信你试试，用这杯水送服。"袁主任又倒了一杯水。

张潮将信将疑地吃了药片。他想起形状大小与它类似的一种蓝色药丸，吃了之后下身会膨胀成魔鬼的狼牙棒，不过只是暂时的，治标不治本。

6　换　床

黑夜降临在大叶榕的根须上，与黄昏的阳光交融在一起，呈现出丝丝酒红。张潮在公寓的窗前站了一会儿，直到街灯亮了起来。刚入职的那几天，张潮到天桥底下找了两个等活干的零工，把房间里前房客留下的床、桌子和书架全部搬走丢掉，又从家具店买了些新家具。那时候他睡不好，很在意床，总觉得躺在别人睡过的床上会做噩梦。工人刚把旧床搬开，床下正中央就出现一只布满灰尘的血红胸罩，让人不寒而栗。这样的周转房，谁知道都住过哪些人，在房间里发生过什么事呢？他不怀好意地想，暗暗发笑。

张潮隐隐地担忧，即使换了新床，吃了袁主任给他的棕色药片，也难逃鸟姑娘的梦魇。所有预防噩梦的措施都只不过是补救措施罢了。

夜深的时候，张潮平静地躺在床上，抱着将信将疑的心态等着验证棕色药片的作用。窗外的车声稀疏的时候，他的意识渐渐模糊，再次睁开眼睛的时候，晨曦已经透过窗帘洒在床上。他回味着昨晚酣畅的睡眠，梦也做了，可是没有梦到鸟姑娘，倒是梦见自己混迹在人群里欢呼，也不知道欢呼什么。这种梦，不算好，也算不上坏，至少不影响睡眠。

大概是夜晚睡得好精力充沛的缘故，张潮坐在办公桌前，很快完成了最终的审稿。他已经在窗前安装了一台带支架的望远镜，便于遥望大厦下的城中村。他以前在城中村住过几年，跟翻身路上卖杂粮煎饼的名叫李龙的家伙混得很熟，还一度称兄道弟。可自从入职，干上了这份体面的工作，他的内心萌生了一些隐秘的变化。他戴着高度数眼镜的眼睛靠在望远镜前，遥望熙熙攘攘的大板桥村步行街。一个长相标致的少妇老是坐在士多店门口的小马扎上削菠萝，顺手把带着螺旋刀印的菠萝放进大玻璃罐的盐水里，菠萝皮把脚都埋住了。现在是菠萝的收获季，十块钱可以买三个削好的香水菠萝。她的丈夫，那家小士多店的老板，坐在油腻腻的玻璃柜台后，盯着电脑屏幕。那个女人真可怜，一辈子削菠萝。望远镜的镜头一转，他又看到一群二手家具店门口蹲在一扇破门板上玩纸牌的零工。他们没活干的时候就光顾着斗地主赌钱，或者一天到晚拔除旧家具上的钉子，身上的穷酸味用光鸟城湾的海水也冲不干净。上天把这群废物从城市里抹掉才好呢，把城中村完全消灭才好呢，这样鸟城不就成了名副其实的国际大都市了吗？张潮暗暗咒骂。最近，他内心某种可怕的变化越来越明显。

他把望远镜从支架上拆下来，连同收拢的伸缩支架一起放进办公桌的柜子里。

"哎哟，张大主编不体察民情了？"一向很少说话的王小慧侧脸笑问。

"那些蠢货有什么看的？远不如我们办公室的小慧好看。"他嬉皮笑脸地说。

"看你说的，我长得一般般。我们张大主编才华横溢，那才是魅力惊人呢。"王小慧道。

这时候，张潮吃惊地发现她脸上的那颗黑痣也有一种迷人的光彩，薄软的碎花短裙花瓣一样裹着身子，如果不仔细看，确实是个美人呢。从她的眼神就看得出，她十分需要男人的爱抚。他一度被鸟姑娘夺走的欲望又回来了，紧紧盯着王小慧，心中浮现出在办公桌上与她颠鸾倒凤的画面。

"对，得去袁主任那儿再讨要些药丸，顺便谢谢他治好了我的噩梦。"张潮想着，来到五楼。

袁主任办公室的门锁着，走廊里也不见人影。也许是刚才的幻想太强烈，有点尿急，张潮走进卫生间的一个隔间。这时，他听见旁边隔间袁主任的声音："我开会呢，下班再说吧。"

明明蹲在马桶上，却说自己在开会。天底下怎么有人那么喜欢开会？张潮想到袁主任大概也像搪塞电话里的那个人一样搪塞过他，吃力地挤出几滴黄尿。于是，他干脆站在卫生间门口，等着袁主任出来，制造一个巧遇的假象。

"我是来致谢的，多亏你的药丸。"袁主任一出来，张潮就故作真诚地感谢道。

"来来来，我办公室多的是，随便拿，一辈子都吃不完。"

袁主任乐呵呵地说。

"这药什么配方？疗效惊人啊！"张潮把一玻璃瓶药丸托在掌心赞叹道。

"配方嘛，当然是机密。不过你放心，纯中药制剂，绝对没有副作用。我服用多年了，你看，越来越精神了。"袁主任自豪地说。他从对面沙发上起身，坐到张潮身边，搂住他的肩膀，拍了拍他的肩头。张潮顿时感受到袁主任的平易近人。

7 春 天

春天是情欲的季节，充足的睡眠和特供的膳食放大了这团欲望。已经有一个多月没梦见鸟姑娘了，张潮开始怀念她的狂野、她的吮吸、她的贪婪与摇摆。梦见鸟姑娘，在梦中享受极致的乐趣没什么不好的，张潮想。可是，她已经不再光临他的梦境了。

下班后的一天晚上，他看不下去任何一本书、任何一部电影，总是想着鸟姑娘。他知道都是改善睡眠的棕色药丸惹的祸，在白天的时候，他悄悄停了药。他侧躺在床上，没有入睡，静静聆听动静。天花板上有玻璃弹珠滚动的声音，谁晓得楼上住着什么人呢！到了后半夜，他侧耳细听，窗外果然有动静，翅膀划过空气的簌簌声。莫非她来了！那晚窗子是刻意敞开了。

一线剃须刀片般的亮光，在窗前一闪，鸟姑娘果然站在窗前。张潮从床上坐起来，轻声唤她过来，生怕从梦中醒来。鸟姑娘每次的到来都如此逼真，张潮也分不清是不是在做梦。可是，她站在那里，既不后退，也不前进，好长时间一言不发。若是从前，她准会迫不及待地扑上来，母豹一样猎食。现在，她好像对眼前的猎物失去了兴趣。

"你变了。"鸟姑娘说。

"我没变啊，只是有了一份体面的工作。"张潮试图辩解。

"逃跑，或许还来得及。"鸟姑娘说完这句话就不见了，窗外响起一阵渐行渐远的翅膀在夜空穿行的簌簌声。

张潮从床上坐起来，扭开床头灯，看了看夜光手表，已经是凌晨五点钟，窗外是彻夜不熄的霓虹。

逃跑，或许还来得及。张潮久久重复着这句话，一种若有所失的空洞感占据了他的内心，脑海里久久回荡着翅膀拍打的声音。

第二天上班的时候，印刷厂的送货师傅打来电话，说两千册《筑梦》杂志已经送到大厦门口啦，可是门口的保安不让停车，请主编先生下楼疏通一下。

一辆银灰色的国产加长面包车后备厢盖高高抬起，正对着大厦的大门。杂志二十本一包，整整齐齐地码在车里。一名佩戴对讲耳机的保安正呵斥送货师傅把车开走，说是堵住了大门，影响出入。

面包车离大门还隔着十几级台阶，台阶后面还有宽阔的平台，大象进出都没问题，怎么就影响出入了？杂志要通过电梯运到五楼，停在大门口无疑最方便。张潮上前跟那名保安理论。这时候，他看清了保安胸前的名牌，原来是大厦保安队队长。

"就是不能在这儿卸货，影响领导出入，这他妈的。"队长骂骂咧咧地说。

"影响哪位领导出入了？我建议他来帮着搬书。你们不帮着搬就算了，还不让停车。"张潮也没好气。

"你是谁？怎么以前没见过你？"保安队队长问。

"我是新来的杂志主编。"张潮挺直胸膛理直气壮地说。

"哦，没有职务的合同工吧？我倒是见过前主编，一个老秃驴，后来进了精神病院。"保安队队长胳膊抱着肩膀冷嘲热讽。紧接着，他低头捏着耳机话筒说着什么，大概在发号施令，不一会儿，大厦门口就聚集了一大群保安，个个人高马大，怒气冲冲。张潮很是诧异，平时大厦里冷冷清清，从哪里冒出这么多保安来，几乎是一支军队了。

张潮意识到已经难以掌控局面，只好拨通了袁主任的电话，请他下来疏通一下。

"在门口停停车没问题，时间又不长，这也是大厦的工作嘛。没事没事，大家一家人，都散了吧。"袁主任摆摆手，保安钻进大厦，消失不见了。

张潮坐在办公桌前，目光停留在刚印刷出的那本杂志上，心里却想着自己的主编职务不过是个弼马温，虽然在大厦上下班，高人一等不过是种幻觉，其实自己从来都不是大厦的一分子。

逃跑，或许还来得及。他的头脑中倏然闪现出这句话，让他不寒而栗。或者，这是鸟姑娘对自己的善意提醒呢。这么好的工作，是不是精心策划的陷阱呢？

上班的时候，张潮显得心不在焉，对办公室的女助手也丧失了兴致。他又把窗边的望远镜安上，俯视大厦下的城中村。那些生锈的窗棂上随随便便挂着胸罩和内裤，迎着鸟城四月的风左摇右摆。拉面馆的胖子没客人的时候，坐在面馆门口露着泛黄海绵的旧沙发上玩手机。如果刚下过雨，那些旧沙发一坐上去，就有雨水从磨损的破洞里喷出来。那沙发就是吐口水的怪兽。他细心观察周围的一切，试图看出一些征兆，如同一些人通过手相预测未来。

下了班，他重走那条翻身路。路上的每一个转角，都有他的回忆。

张潮在大厦上班的那段时间，陈欣习惯于周五晚上过来，周日下午回学校。她第一次来的时候，就把自己和张潮的亲密大合影挂在公寓墙上的显眼位置，母狮子一样宣示自己的领地。她年纪虽小，女人的性情却一点也不差，一来到公寓就收拾起来，各种物品都有了自己固定的位置，真是持家小能手。张潮盯着穿着睡衣忙里忙外的她，越看越喜欢，觉得她就是自己的终身伴侣了。结婚的事他一年前就想过，在一次家庭聚会时，也试探着问过陈欣的妈妈。未来丈母娘只是说陈欣还小，还在上学，晚两年再说吧。当然，家庭聚会时也少不了一些七姑八姨的闲言碎语。可是，自从张潮在大厦上班，未来丈母娘却催促他们早点结婚。这无疑说明这份差事的重要性。

"宝贝，我们什么时候结婚？"张潮从背后搂住陈欣的细腰。她正把一只只洗干净晒干的袜子卷成圆饼状，塞进挂在墙上的小布袋里。

"结婚那么早干吗？先好好玩几年。"陈欣抿抿嘴。

"结了婚也是二人世界啊！"张潮说。

"反正都是你的人了。"陈欣无所谓地说。

"你另有打算？"张潮的眼帘垂下来，表情有些沮丧。

"没有，可我有情敌。"陈欣转过身来，仰望着张潮的脸。

"情敌？哪有什么情敌？"张潮嬉皮笑脸地说。

"鸟姑娘啊。你总是梦见的那个模特儿。"陈欣扁扁嘴说。

"那不过是梦。你吃梦里的人的醋了？"

"你老实交代，鸟姑娘到底存不存在？"

"不存在。"张潮言之凿凿地说。

陈欣俯下身子，看了一眼床底，又打开衣橱的门，好像里面藏着人似的。

8 阿兰烤鱼

一到翻身路上的那家阿兰烤鱼，袁主任就在一把竹椅上坐下，整个身子往后一靠，胳膊搭在扶手上，等着服务员过来服侍。张潮觉得，他身上的这种派头，不是谁都有的。袁主任身材矮小，他的派头和后移的发际线使他显得高大。

"现在进出酒店吃喝不方便了，只能来这样偏僻的大排档。一直想为新刊出版搞个庆功宴，也为你出任主编表示欢迎。我请客。"袁主任说。

"那谢谢主任。"张潮礼貌性地回应。

袁主任看到张潮一副心事重重的样子，就给他倒了一杯红酒，举杯碰了一下他的高脚杯。

"这是路易十三，别看这家饭馆小，倒是挺有料。我事先安排人放在这里的。"袁主任笑嘻嘻地说。

"作为过来人，其实你的顾虑我了解。十几年前，我刚到大厦上班的时候，也很不习惯，不过适应了就好了。"袁主任一副关心下属的表情。

"在大厦里有时候我也感到压抑。其实我是个直爽的人，一直把你当作亲兄弟。"袁主任见张潮不说话，继续推心置腹。

"想我参加工作十几年，在大厦里高不成低不就，也真他妈憋屈。"那瓶红酒见了底，袁主任说话的尺度也大了起来。

张潮见袁主任哭爹骂娘，顿时觉得他平易了许多，也打开了话匣子，说自己以前混在贩夫走卒里习惯了，一下子到这么高大上的地方上班真有点不习惯。袁主任握住张潮的手，说一度埋没你这样的人才，是他的失职。

"我心里也有一些阴暗的角落，一直想找人诉说，可是如今人心不古。我看你也是实在人，可以交心。"喝了红酒的缘故，袁主任的眉头、脖子全红了。

"每个人心里都有阴暗的角落。"张潮说。

"我这可不是一般的阴暗。"袁主任喊来服务员，点了两小瓶劲酒，好像有些事情只能借着酒劲才方便说出来。

"说说无妨。您要是不放心，我也说说自己心里的阴暗，这样就扯平了。"张潮说。

"这个主意好，那你做好准备，我可要说了。"袁主任缩缩下巴，一副岗位竞聘时准备演讲的样子。

"我性压抑。"袁主任沉默了半天才吐出这四个字。

"哎呀，这算啥？谁不压抑啊？"张潮不屑地说。

"前些日子，大厦里组织篮球联谊赛，我个头不高，但频频进球。"袁主任得意扬扬地说。

"瞧见了，那说明您功夫了得，弹跳力强，灌篮高手啊！"张潮应承道。

"不是，因为在我眼里，球筐是另一种门。"袁主任一本正经地说。

"咋样？"看着张潮呆愣的模样，袁主任猝不及防地放声大笑。

"投篮的时候,如果进得干净利落,我就很有成就感;如果球篮转悠半天进不了,我就很沮丧。"袁主任补充道。

"主任是个有趣味的人。"张潮觉得此刻的主任可爱了不少,就像一个老顽童。

"不过是低级趣味。还有,你今后不要一口一个主任,见外了,喊我老袁就行了。"袁主任摆摆手说。

"好,袁哥,来,再喝一杯。"

"我的性压抑由来已久。我十六岁高考不理想,十七岁复读,寄宿在镇上表妹家,对十四岁的表妹充满幻想。表妹家住在江边,她家打鱼的乌篷船就拴在岸边的一棵杉树上。为了不打扰别人,我悄悄上船,划到江心,拉下船舱的蒲苇帘子,在船舱里伴着水声想着表妹。"袁主任脸上蒙着一层细汗,沉浸在美好的回忆中。

"意境很美,有沈从文《边城》的味道。"张潮赞叹道。

"《边城》里的长河就是锦江啊,我跟沈从文是老乡。那时候,我除了喜欢小表妹,还喜欢表妹邻居家的女儿。她家开着小卖部,我经常跑去买东西,有时候只是买一盒三分钱的火柴,只为了能见到她。"袁主任动情地说。

"多么美好的回忆!"

"我觉得自己很猥琐。"袁主任做起了自我批评。

"哪有?不过是青春期的烦恼。"张潮说。

"复读了一年,终于考上了省重点大学,在全县引起了轰动。那时候,考上大学在全县都是稀罕事,很不容易。我去省城上学的第一天就喜欢上了同班的一位女生。她叫滕晓兰,有一张满月般的大脸，是我喜欢的那种身材丰满的女人。只是我这个头和长相，还有出身，对，关键是出身，哪里追得上人家？"袁主任的胳膊肘支撑在塑料桌布上，眯着眼咧着嘴，捏着根牙签剔牙。

"后来呢，追到手没有？"张潮兴致勃勃地问。

"后来，后来就毕业了嘛，彼此都结婚生子。我的工作辗转从内地调到鸟城，一晃便人到中年。晓兰有一次来鸟城业务培训，我开车送她到宾馆楼下。在楼下追忆了许多往事，她还是没有邀请我上楼坐坐。"袁主任悄悄把玻璃杯里的劲酒喝光了，脸上的红晕弥散着忧伤。他好像已经完全敞开了心扉，跟在大厦不动声色的行事作风很不一样。

"该你了，把你心里最阴暗的事说出来。"袁主任嘿嘿笑了，宽广的额头萌着一层油汗。

"那时候我刚来鸟城，租住在城中村里，找了个洗脚城姑娘当女朋友。后来，我考上了研究生，就把她甩了，再后来，又找了个比自己小十来岁的学生妹。"张潮愧疚又得意地说。

"现代版的书生与妓女故事啊。你小子真行啊！"袁主任嘻嘻哈哈地说。

"可是故事还没有完，她现在依然缠着我。"张潮说。

"要甩就甩个干净利落啊，在这一点上你不如我。"袁主任说。

"对了，她现在怎么缠着你？"袁主任问。

"在梦里缠我，噩梦。"张潮忧心忡忡地说。

"怎么，她死了？"袁主任瞪大眼睛，他的眼珠是黄棕色的，让张潮想起一只老山羊的眼睛。

"我不知道，好几年没联系了，彼此都换了手机号码。你相信鬼吗？"张潮问。

"不相信，我可是彻底的唯物主义无神论者。"袁主任拍着胸脯说。接着，他嘿嘿地笑了，那条门牙缝隙似乎越来越大了。张潮紧紧盯着他的脸，忽然打了个激灵说："对，在浅水湾门口，五年前，我见过你。"

"小张同志啊，我看你真是喝醉了。我怎么可能去那种地方？"袁主任收起了笑容，恢复了在会议室做报告时的肃穆表情。

"哪里会醉？两个人一瓶红酒、两小瓶劲酒而已嘛。"张潮辩解道。

"红酒与白酒混着喝最容易醉，这是有科学道理的。"袁主任笑笑。他总是有不容辩驳的理由。

9　浅水湾

从张潮生活的内地县城坐绿皮火车到鸟城需要一天两夜的时间。车厢里挤挤挨挨全是人，过道里也坐满了人，还有蛇皮袋里装着的鸡鸭，简直都是逃亡的难民。有个二十来岁的男青年用纸箱盛着一条土狗，大概是没留通气孔，那条可怜的小东西不停地叫唤，给主人招来一顿列车员的臭骂。那名胸前别着铁路名牌的家伙叫骂得像火车汽笛一样刺耳，但没有人敢制止他。两个大学生模样的人都说自己是因为学生证买票半价才坐的火车，要不然早坐飞机了。张潮上过大学，读过几本课外书，打心眼里瞧不起那些人，虽然处境跟他们没什么两样。小县城实在没什么混头，到处都是养鸡专业户，每一条街道都弥漫着污浊的鸡屎味。他从广播里听说了，鸟城是打工族的天堂，有自由又有文学。那时候的他满脑子奇妙的幻想，总觉得高人一等，帆布双肩包里还藏着一部也许永远发表不出的小说手稿。他早就盘算好了，如果有人问起，他就说自己去鸟城是为了追求文学梦，而不是像他们那样为了打工。这让他自我感觉良好。实际上，除了半途列车警察命令他掏出身份证没有任何人跟他搭话。他也没座位，行李又少得可怜，恰好可以有些活动的自由。他站在两节车厢的连接处，两手插进牛仔裤兜里，双腿大大咧咧分得很开，裤脚磨成了毛边，一副走南闯北老手的样子。其实那是他第一次出那么远的门，故作老成不过是掩饰胆怯罢了。从地球的北方温带小县城上车，再从南方亚热带大都市下车，他想想就吓得要死。

刚下火车，他就被鸟城的高楼大厦给惊住了，还有各种各样张牙舞爪的榕树，不过他没心欣赏，这会儿肚子正饿得咕咕直叫。他在大板桥村翻身路上边走边看，找了家脏旧的饭馆，点了一份隆江猪脚饭。在他贫瘠的经验里，那样的饭馆比较实惠，饭菜分量也大。饭一上来，他就完全沉浸在口腹之欲中了，喉结不停地上下翻动，急不可待地一口接着一口，就像一只饿了三天的兔子。过了五分钟，盘子里只剩下几粒筷子夹不起的米粒了。他用不多的盘缠在翻身路城中村租了一间只有一张单人床、一张破桌子的房子。他实在喜欢那个路名——翻身路，自己万里迢迢来鸟城不就为了咸鱼大翻身吗？他抬眼看到公交车避雨亭侧面的宣传牌，上面七个大字"来了，就是鸟城人"，旁边还站着一位和他差不多年纪背着双肩包的年轻人。哈哈，我现在是城里人了，住在南方最繁华的城市，那些执着于养鸡的老家人都会以为我混得不错。

他从二手交易网上买了个台式电脑就开始工作了。他的工作就是把写的短文往全国的报纸副刊邮箱里投，把小说投进杂志的信箱。他以前发表过几篇文章，做起来也算是轻车熟路。他没有什么负担，稿费只要够自己每月的饭钱和房租就行了。可是，他很快发现生活并没有这么简单。二十岁出头的年纪，满足了温饱，最渴望的就是姑娘。翻身路上削菠萝的姑娘不错，戴着一副大黑框眼镜，看起来应该是大学生。可是她中学毕业后就没有再去上学，还落下一双近视眼。她总能把菠萝削成螺旋形，接着每块插上四根小竹棍，用西瓜刀劈成四块，浸入满是盐水的大玻璃瓶里。没什么东西可写的时候，张潮总是漫无目的地在周边的街巷瞎逛，有意转到她的摊子前，花上两块钱买一块菠萝，捏着竹棍小口啃。他总试图挑起一些话题，可是那姑娘嘴巴实在是紧，除了嗯与啊什么也不说。他一直不知道她的名字，心里称呼她削菠萝的姑娘。他觉得她总是装正经才不跟自己说话，而不是因为自己浑身上下透出的穷酸气。有一天他用抹布擦干净衣柜上的穿衣镜，仔细观察自己的脸和身材，竟然发现自己很英俊很健美，就是衣服差了点。攒了一笔钱到专卖店买了身深蓝色西服，刚穿到身上就发现自己不适合这种衣服，尤其在闷热的鸟城，想把它丢进垃圾桶，眼不见心不烦，又心疼花掉的那笔钱。翻身路上有很多足浴会所，虽然没进去过，他也知道有钱人进去可不单单是为了洗脚。从出租房锈迹斑斑的铁窗望出去，经常可以看到装潢豪华的浅水湾洗浴会所有两三位姑娘在大门旁边的空地上做体操。那些姑娘都穿着蓝粉色的紧身制服，有时候还会打扮成护士，不停地扩胸提臀，吸引路过的男人。张潮散步时无数次经过那里，有时候那些技师姑娘也偷懒，没有搔首弄姿，而是靠墙蹲着玩手机。有一次经过，张潮看见一名个头不高、额头宽阔的中年男人跟那些玩手机的姑娘搭讪，色眯眯地问她们浅水湾的深浅。其中一个扎马尾辫的姑娘说大哥您进来瞧瞧不就知道深浅了。中年男人露出两颗上排门牙间宽大的缝隙嘿嘿笑着说，怕是整条胳膊塞进去也够不着底哪。看他的派头，应该是浅水湾的常客。听鸟姑娘说，那男人在大厦上班，很了不起呢。在翻身路上瞎逛的时候，张潮一抬头就望见大厦。在低矮丑陋的城中村边缘，它简直是鹤立鸡群，俯视着村里的芸芸众生。那栋建筑四面都是深棕色的玻璃，这使得它有种厚重和阴郁，两个镏金大字"大厦"雄踞楼顶，显出某种不容置疑的肃穆。

浅水湾的姑娘们也通过社交软件招徕顾客。张潮和鸟姑娘就是通过手机社交软件认识的，那款软件有个新潮的功能叫作搜索附近的人，设定好年龄和性别就可以搜索了。鸟姑娘就在浅水湾上班，她的个性签名是"生活在鸟城，却没有一对翅膀"。张潮想和她继续交往，因为觉得她的那句个性签名很有内涵，想到自己现在孤身一人在鸟城，心里生出同病相怜的感觉。张潮倒是挺喜欢存点钱到里面爽一把，一竿子买卖，干净利落，又不必承担负罪感。若是与削菠萝的姑娘好上，肯定下半辈子都要与她纠缠不清了。他去了一次，见识了鸟姑娘的本事，还声称要做她的男朋友。她也嘻嘻哈哈地满口答应，谁都没当真。作为一个无业游民，张潮实在太闲了，又常常什么也写不出来，就只好找鸟姑娘解闷。

10　杂粮煎饼

那年的一个冬夜，张潮从那个棺材样的出租屋走出，想找点东西填饱辘辘饥肠。那是一间城中村的农民房，大厅已被二手房东生硬地隔出四五个狭窄单间来，以获得更多的租金收益。张潮租住的那间却是原始房间，位于主卧旁边，四面都是厚实的砖墙，简直就是一座小堡垒。他要的就是这种感觉，躲进狭小坚固无人知晓的地洞，躲避各种无聊的烦扰。若是空间很大，会显得空空荡荡，也会让他觉得不安全。那几天，他在网上订购了自己喜欢的书桌书架，着手打造自己的小堡垒。快递公司寄来的是一堆长短不一的木料，他就按照附带的图纸将木料组装起来。衣柜根本用不着，因为他没几件衣服，墙角扎条晾衣绳就行了。独自待在房间的时候，才感觉成了自己的主人。

书桌是车间工作台一样的简易平桌，很长，从这堵墙到那堵墙。这样他就可以在书桌的一侧看书，另一侧放置电脑。他用书架和书桌把自己围拢起来，只留一条通往房门的狭窄过道，并且用衣柜挡住了紧闭的房门，这样，就是在开门的时候别的租客也看不到他的真正生活。这样虽好，他终于可以躲避各种无聊的打扰，沉浸在自己的世界，享受着隐秘的快乐。可是，房间已经占满，连家具店出售的儿童床也放不下了。不过他很快解决了睡觉问题，买了一把可以折叠的座椅。

现在，他从出租屋走出，进了翻身路，想找点东西填饱辘辘饥肠。

翻身路沉浸在昏黄的光晕中，不远处彻夜通明的大厦让大板桥村的每一个角落不至于陷入黑暗。

放两个鸡蛋，不夹酥饼。张潮对站在杂粮煎饼摊子前的青年说。那是一名憨厚老实的小伙子，面色黑红，单眼皮下一双略显羞涩的眼睛，漆黑的短发绵羊毛一般自然卷起，总给人一种从来没梳过头的感觉。

煎饼小哥用一把木铲将烙铁上的面糊抹匀，摊上鸡蛋，撒上葱花和咸菜丁，一心一意做他的煎饼，也不说话。张潮一整天都待在房间，这会儿想找人聊聊，便挑拨他。

"嘿，哥们儿，怎么称呼？"张潮热情地问。

"李龙。"

"路上白天那么多人来来往往，能卖不少煎饼吧？"张潮竖起衣领，搓着手问。

"能卖出不少，运气好的话，可以卖掉上百个。"李龙抬眼看了看张潮。

"那真不错，可以挣不少钱，一百乘以七，七百，除去食材成本……哇，高收入啊！"张潮赞叹。

"但成本也高。"李龙把卷好的煎饼从中间切开，重叠在一起，放进塑料袋里递给张潮。

"鸡蛋、面粉等食材也算不上贵啊。"张潮说。

"我在这儿摆摊，每月要向饭店交这些摊位费。摆摊时不能把车子推进饭店，只能在门口一侧。"李龙伸出食指和无名指，抬起胳膊指了指身后的饭店。

"两千？"

"不是……"李龙摇摇头，说出一个让张潮难以置信的数字。

"那确实耗去了你大半收入。"

"我是挂靠在饭店做煎饼，要不然，连煎饼摊都摆不成，早被城管没收了。还有房租……"

张潮握着热腾腾的煎饼取暖，吃到肚子里，暖暖的。

"你是最后一个顾客了，路上没人了。"李龙边收拾摊子边说。

"怎么没人？很多人才刚刚开始活动。"张潮指着不远处的浅水湾休闲会所。会所门口两位穿旗袍的迎宾小姐不停地搓着手，时不时地跺脚御寒。午夜的寒风偶尔会把她们的旗袍下摆掀上去。

"那都不是正经人。"李龙把煤气罐也提到人力三轮车上，戴上手套，准备推车回去。他的脸更红了，那是一种张潮熟悉的乡下年轻人的羞涩。

"想不想去里面看看？"经过浅水湾的时候，张潮开起了玩笑。他俩正好顺路。

"看不出来你戴个眼镜文质彬彬还好这口。"李龙羞涩地笑着。

"跟我说说，你到没到过姑娘的裙子下面。"张潮指了指浅水湾门口的迎宾小姐，这会儿风正把她们的旗袍下摆掀上去。她们只是无所谓地搓着手，根本不在意衣服在不在身上。

"说嘛！哥们儿！大家都是成年人。我在这儿也没朋友，就当你是朋友喽。"张潮看着一脸窘迫羞涩得说不出话来的李龙，循循善诱。他早就看出来李龙还没深入接触过女人。

"知道吗？她们是故意让风把旗袍撩上去的，就为让经过的男人看见。你要是进去，她们还会让你看别的东西。"张潮故作老练地说。

"等我卖煎饼存够了钱，就回老家相亲。"李龙老半天冒出一句话。

"这样什么时候才能存够啊？"

李龙没有回答，眼神暗淡下去，闷着头推车子。他从翻身路拐进一个更狭窄幽深的城中村小巷。张潮知道跟自己的住所背道而驰，但他故意跟着，侦探一样想看看这个可怜的家伙租住在哪里。出了那个无名小巷，又经过鸟城的一条主干道。主干道的人行道被白色挡板隔住了，挡板里面正在连夜施工声势浩大的地铁项目。挡板上满是肥胖症的娃娃和幼稚可笑的口号。挡板上宣传的是忠孝节义、梦想和未来，全是那乌托邦的虚物。挡板如此漫长，将城市一刀切开，好像永无尽头。一块挡板上写着"中国梦，正能量，人民都幸福，天天都像过大年"，文字旁边照例是两个肥胖症娃娃挑着点燃的红鞭炮。

"你有梦想吗？"张潮忽然问了一个如此无聊的问题。

"你是说晚上躺在隔板房蟑螂堆里的时候？"李龙斜挑着眼睛愤怒地反问。

张潮忽然被自己一直调笑的李龙震住，呆呆站在那里，眼睁睁地看着李龙把破旧的三轮车推进挡板尽头一座更破旧的石棉瓦隔板房里。

那几天经常下雨，到处是湿漉漉阴冷的风。张潮索性待在屋里，鞋子衣服都变得似乎能拧出水来。曾经热闹的翻身路只有零星几个无家可归的流浪汉经过，甚至连鸟城的主干道上也半天看不到一辆汽车，就连不久前还在昼夜施工的地铁项目也停工了，巨大的钢铁机械竖在那里，成了一堆废铁。悬挂着巨大广告荧屏的摩天大楼依然伫立，只是半天见不到一个人影，就像一部外星人入侵的科幻电影，城市人群瞬间蒸发了，繁华背后有种末世的苍凉。人到底是一种群居动物，张潮开始想念鸟城熙熙攘攘的人群了。

经过翻身路，李龙的煎饼摊子还在，面对空荡荡蒙蒙细雨中的巷子，那个小伙子缩着肩膀，双手藏进口袋里。从干净的圆形铁饼上看，今天还未开张。张潮不明白就这半天不见个人影的时期，还有什么摆摊的必要。

也许是为了照顾李龙的生意，张潮点了两张煎饼，其实也照顾不到什么。盯着李龙拧开煤气罐的阀门，给铁饼加热，又把拌好的糯糊摊在铁饼上抹匀，打上鸡蛋，撒上咸菜丁、葱花，卷上酥饼。

"嘿，哥们儿，这几天就不用摆摊了吧？现在全城大放假，都回老家过年去了。"张潮问。

"摆习惯了。一年三百六十五天，一天不摆就看不到一点希望。"李龙笑笑。大概是混熟了的缘故，这名寡言少语的乡下小伙子也愿意向张潮打开话匣子了。

"摆了就能看到希望了？"张潮问。

李龙没有回答，兀自望着对面墙上的血色涂鸦，或许什么也没望。

张潮记得李龙有一次说等他卖煎饼存够了钱，就回老家相亲结婚，可是存够好像漫漫无期。

"至少握着煎饼的时候心里可以踏实一点。"李龙想了半天才说。

"这里的人远离故乡，手里握着的或许只有绝望吧。"张潮笑了。

"但也不要太悲观，至少还活着。"李龙乐呵呵地说。

"那就得及时行乐，好事别让虚幻的未来给耽搁了。"张潮望了望不远处的浅水湾。

"跟我去爽一把呗，我请客。"张潮嬉皮笑脸地说。几天前，他刚收到一笔不错的稿费。

"不去，我还要把初次给未来的媳妇。"李龙认真地说。

"哈哈，又是未来。"

"难道你觉得我永远娶不到媳妇？"

"我不是这意思。我是说未来太远，又太不确定。对了，我跟浅水湾的一个姑娘好上了。"

李龙那次收摊很早，张潮照例跟着他。经过浅水湾大门的时候，两名统一服装的年轻姑娘冲上来发广告卡。卡片上各有一张搔首弄姿的半裸彩照，留着电话，背面有句雅俗共赏的广告语："全城假期打折扣，来我这里遛一遛。只要五百九十九，小妹让你日个够。"

"如果太寂寞，来找我喝酒。"张潮在跟李龙分别的巷口说。

李龙笑笑，没说去也没说不去，推着嘎吱作响的三轮车消失在小巷深处。他和来鸟城讨生活的所有人一样，都怀揣不愿示人的隐秘。

11　游　戏

有天傍晚，张潮走到浅水湾楼下，约鸟姑娘出来吃饭。她说正上工呢。张潮就去旁边东北饺子馆打包了一份香菇大肉馅的饺子，送到浅水湾门口，让守门的小弟给拿进去。小弟不知道鸟姑娘是谁，张潮说工号十三。

有天半夜，鸟姑娘给张潮发来短信，让他去救她，还留着一个地址和房间号。那地方不远，就在翻身路上，隔着三条巷子而已。张潮赶到的时候，有个瘦高穿篮球装的男青年正用脚狠踢那扇紧闭的房门，吼叫着让她开门。张潮看那男人生得精壮，比自己高出半头，心里泛起一阵胆怯，贸然出头挨揍的肯定是自己，他想了片刻，报了警，说歹徒正施暴呢。鸟城出警速度惊人，三五分钟后，两名警察从比亚迪电动警车里钻出来，一路小跑，走近了，一位矮胖，一位瘦高，让张潮想起堂吉诃德和桑丘、福尔摩斯和华生，疑惑着全世界的警察是不是都是这样搭档。有两名警察一左一右，张潮心里就踏实多了，他狐假虎威地让踢门的男人有多远滚多远。穿篮球装的男人向张潮挥舞拳头，但又意识到警察腰间的警棍和手枪可不是闹着玩的，随时有可能擦枪走火，只好一路骂骂咧咧地下楼，扬言以后要弄死他，只不过是虚张声势给自己台阶下。鸟姑娘这才打开了门，上前吻了一下张潮的脸颊，大概是在感谢他英雄救美。警察并没有立刻走，掏出个小本子，边盘问张潮边写出警记录。瘦高的警察对矮胖的警察说："又是因为抢女人，天天都是这些破事。"瘦高警察端出了家长的架子，对张潮和鸟姑娘说："你们这些年轻人要好好工作，少惹事，有些事情，自己要学会妥善处理，别给国家添麻烦。"接着他问起张潮的工作单位。张潮不敢说自己是无业青年，恐怕上成了重点监督对象，就谎称自己在那栋大厦上班。那名警察一听他在大厦上班，立即客气了许多，收起小本子走下楼去。张潮疑惑着为什么大厦有那么大的威慑力。他那时候还没有意识到，自己在五年后会每个工作日进出那栋神奇的建筑。张潮觉察到鸟姑娘对安全感和真正爱情的渴望，精心地向她描绘了一个无法拒绝的未来。他们保持着稳定关系，没有争吵，没有背叛，或许还会在鸟城海边拥有一套温馨的房子。

鸟姑娘说她怕，不想再回到这间出租屋。张潮就带着她去了自己的出租屋。打开门锁，一开灯，突然的光亮吓得桌上觅食的蟑螂四处逃窜。床也窄得可怜，只能睡一个人。张潮不好意思地说这里条件是差了些，等月底就租个好点的房间。鸟姑娘说房间小是小，但是有安全感，像个小堡垒。她说她辞掉了浅水湾的工作，挣不到钱，服务客人的收入八成要进老板的腰包。那是张潮第一次和鸟姑娘共度一个完整的夜晚，并且不用付钱。以后可以每次都不付钱，这市侩的得意之后，张潮心里又泛起隐隐的不安。鸟姑娘在外面租了个单间，说不定是那个瘦高男人租的房间，两个人不知道在里面鬼混了多少次。后来闹了矛盾，她才向自己求救。自己不正和鸟姑娘一样吗？生活在鸟城，却没有一对翅膀。那天晚上做爱后，他怎么也睡不着觉，一直试图寻找心理平衡。那个穿篮球服的男人打探到他们的住所，又来翻身路闹过几次，不过愤怒明显消减，咒骂变成了抱怨，啰里啰唆，说张潮抢走了他的女朋友。有一次来怀里还抱着一条深棕色的吉娃娃犬，边抚摸着狗头边咒骂城中村的臭味。自从鸟姑娘对他说了句你若再来胡闹就上班时间去单位找你，那人就再也没来过。张潮追问其中的奥妙。鸟姑娘说那个蠢货，丢了工作就会一无所有。

鸟姑娘说："几年前，姐夫和姐姐来鸟城打工，说是打工，其实是站街，在城中村巷子里租一个单间，姐姐在下面拉了客，就带客人到单间里，姐夫负责把风和安保。这其实没什么稀奇，我老家大半个村子的青年夫妇都在做这个营生。那村子地少人多，常常闹水灾，到城里来干这也是没法子的事。姐姐当初来鸟城，打算存点钱就开家卖服装的门市小店，没想到姐夫那个赌鬼，欠了黑社会不少钱，到期不还就要砍手剁脚，才打起了卖掉我初次还债的鬼主意。初次卖了多少钱我不知道，反正把姐夫的欠债还清了。姐夫说，反正都下水了，不如继续干，一起存钱。就这样，姐夫带着我们两姐妹站街，后来赶上这边扫黄打非，就办了旅游签证到一水之隔的港城站街。再后来，我远远地躲开那个心怀不轨的人渣姐夫，自己到浅水湾上班。"鸟姑娘讲到这儿时，神情得意，仔细看时，却发现她眼神有些呆滞，脸颊绷得很紧，略厚的红唇不自然地扭曲。张潮知道，她一旦沉浸到过去的回忆里，心中就承受着难以想象的痛苦。现在，他深入到她的内心，也开始承受她的痛苦和煎熬。他觉得世界上再也没有什么比有故事的女人更可怕。

"你知道吗？我有些姐妹，为了能多接客，吃了不少抑制月经的药，年纪轻轻就绝经了，但我又能为她们做些什么……"鸟姑娘哽咽起来。

张潮在与鸟姑娘同居的大半年里，从没见过她有什么朋友。当他问及，鸟姑娘给他讲了闺密的故事。

"有一年，我从港城逃到鸟城，发誓不再做站街女。跟我一起来的还有一个同龄的姐妹，一起站街认识的，感情很好。我们找到一家餐厅当服务员。我提着长嘴壶给食客上茶的时候，一个中年男人看我漂亮，捏了一下我的屁股。我一下子回忆起自己站街的日子，分外气恼，就把茶水浇在他头上。他就大吵大闹地把餐厅老板叫来理论。我知道茶水根本不太热，也不会烫伤人。老板根本听不进我的解释，不由分说地把我大骂一顿，还要扣除半个月的工钱。我气不过，就说工钱老娘不要了，都他妈统统给我滚蛋，然后离开了那家包吃包住的餐厅。提着行李包，看着夜幕降临，后悔当时冲动没要工钱，摸摸空空如也的口袋，这下只能露宿街头了。我的姐妹和餐厅的同事七八个人找到我，来给我送行，建议去餐馆附近的白夜酒吧喝酒。我正要借酒消愁，听他们一说，当即就去了酒吧。我们点了很多瓶啤酒和红酒，堆了满满一桌子。不知怎的，我突然肚子很痛，就去了卫生间。等我回来，发现闺密和同事们都不见了，桌上点了没喝的啤酒和红酒也不见了，服务生手掌上托着消费卡等着我结账。"

"那怎么办？"张潮担忧地问。

"还能怎么办，我又没钱，消费卡上写着八百八十元。我让服务生喊来酒吧的经理，说自己没钱结账，给他们打工行不行。经理手臂上文着一条蝎子，一脸凶相，开口说话倒挺和善，他看我可怜，让我付个成本价四百块算了。我说我只有十块钱。经理看我实在付不起，就让我把身份证和手机压在那儿，有了钱再来赎回。我走出白夜酒吧的时候，已经临近午夜，我背着只有两件换洗衣服的包，看着鸟城街道的霓虹，却没有地方可去。路过一家路边烧烤摊，一个啃羊腰子的胖子叫住我，说我可以跟他过夜，他愿意出一千块。我没理会他，倔强地往前走，远离拥挤不堪、道德沦丧的城市人群。可我一个刚满十八岁的小姑娘，能去哪里过夜呢？我看到前面有一座天桥，对，天桥下面或许可以睡一觉。可我刚走近，就被流浪汉大哥的小弟赶跑了。那时，我才看清，天桥底下聚集着七八个流浪汉，坐在中间的想必就是他们的老大。"

"那晚你到底去了哪里？"张潮沉浸在她曾经的世界里，忍不住追问。

"我一个女孩子，当然是想找个安全点的地方，最后在自动取款机的小隔间里睡了一晚。因为那里有摄像头，相对安全一些。没有身份证在鸟城连端盘子的工作都找不到，我只好去白夜酒吧讨要身份证和手机。经理也许是看我实在可怜，就让我给他们当酒托。挑逗男人可是我的拿手好戏，我知道怎样搭讪他们，引诱他们点那些标价昂贵、进价低廉的红酒。我可是为白夜酒吧挣了大笔的钱。你看看，我那认识了两年的闺密，是怎样对我的，悄悄在杯子里下了泻药。"

她的回忆压在张潮心头，让他越来越难以承受，甚至不想再碰她，残兵败将一样落荒而逃。鸟姑娘像个真正的良家妇女，给张潮洗衣服做饭。有了女人的照顾，他的读书写字顺畅多了，还考上了研究生。

本来都是游戏，但是现在游戏真做了，就成了一种沉重的负担。他们依然住在翻身路，可是他已经不情愿带鸟姑娘上街了。他觉得没面子，路边的男人盯着她看，被她吸引，她好像也在向他们抛媚眼。她身上始终散发着那股难以掩饰的风尘味，还有那该死的露背红裙子。读透一本好书需要一年或许更长时间，但是读透一个女人的身体需要的时间要短得多。没过多久，他就搬进了学校的宿舍，不再联系她。

12 翅 膀

张潮从鸟姑娘的朋友圈里得知她已经离开了这个世界，使用她手机发朋友圈的是她那赌徒姐夫。包裹在衣服里的手机，如果没有摔坏的话，作为她仅有的遗物，自然落到了那个人渣手里。那条朋友圈只是简单的一句"她已经离开了这个肮脏的世界，我是她姐夫"。负罪与恐惧超出了张潮所能承受的限度，促使他完成某种微妙的精神分裂。三天的彻夜难眠神情恍惚之后，他变成了一个局外人，仿佛她的死与自己毫无关系。她向来憎恶她的姐夫，恨他卖掉她的初次还赌债，想必也不会跟他谈起自己找了个固定的男友。第四天的时候，他给她的手机发微信，声称自己是本地报社的一名记者，想了解一下事情的大概经过。

她成了一具大厦楼下的尸体，看守停车场的保安早晨发现后慌慌张张报了警。警察拉起了警戒线，照例盘问了大厦的每一个楼层。人们都摇摇头，说不认识，一时找不到她的任何亲属，她成了殡仪馆里的无名女尸，大脚趾上挂着个空白名牌，等着人前来认领。法医鉴定结果是她在那天凌晨四点左右，从大厦顶楼跳下，内脏损伤，高空坠亡。大厦门口白天有保安把守，傍晚下班便会大门紧锁，她是怎么上去的？难道是白天冒充职员混进去，躲在某个角落待了整整一个晚上？

大厦是那片区域最宏伟的建筑，她曾说过到大厦的楼顶看星星，那样更接近天空，街道上霓虹的迷雾遮蔽了一切。她如果没有悲惨的身世，可能成了一名诗人。可惜的是，她从楼顶跳下的时候，还没有一对翅膀。

她的姐姐姐夫搬来一把圈椅，想在大厦楼下摆一个简单的灵堂祭祀一下，显然不被保安允许。他们便带着骨灰盒坐上了回老家的火车，或许再也不会重返鸟城。张潮紧紧盯着她微信上的头像，她的背后多了一对雪白的翅膀。她的签名依然是那句"生活在鸟城，却没有一对翅膀"，并且会永远是那句。

现在，几年过去了，张潮终于鼓起勇气回忆当时的争吵。她发微信说他让她怀上了一个怪胎。当他回信息追问，她没有回复。打电话也无人接听，大概把他的号码拉进了黑名单。她那时肯定觉得，在这个世界上，死亡比活下去容易得多。即使肚子里有了怪胎，也不能让它来到这世间受苦。如果她怀了他的孩子，他就能回心转意吗？他不敢肯定。他的心，那时早就成了一匹脱缰的野马。现在，他的心老了，枯黄的榕树叶一般从枝头沉沉坠下。

多年以来，他依靠谎言和幻觉存活，把自己分裂成两个，有时候多个，甚至说服自己每个人一出生都被判处了死缓，不过是毫无目标地列队等死罢了。如果他仅仅做他自己，复仇女神就会把他杀死。可是她不是复仇女神，而是善良的天使。

上班的时候，张潮没有按照约定拿着新一期的杂志样刊去找袁主任汇报工作，而是坐在自己的办公桌前，百无聊赖地翻看一本名为《安全套进化史》的闲书，书封是一只长着眼睛的卡通安全套。小王朝着张潮看了一眼，一定看到了那骇人的书封，不过她不会尖叫，依然过着自己平静的上下班生活。瞧瞧她的生活多么平静，每天都与电脑和打印机打交道，打印纸用没了就从文具柜里搬出一包新的，把领导交办的事情整整齐齐地记录在毫无特色的简装笔记本上。张潮想翻看几本自己曾经喜欢的小说，可怎么也读不进去，好像脑子已是一团糨糊，失去了思考的能力。

"张主编，你看上去脸色很不好。"张潮一抬头，小王正站在他办公桌前，礼节性地给他倒了一杯白开水。他都没意识到她是什么时候走过来的。

"对了，你下班后干什么啊？"张潮忽然想彻底了解一下她的生活。

"看电视连续剧啊。今晚《欢乐颂》大结局，您不知道吗？"小王惊奇地问。

"哈哈，我从来不看电视。"张潮苦笑道，眼眶里却有什么东西在滚动，鼻子也酸涩起来，他真想大哭一场。是啊，他们上班有正经工作，下班有电视机等着，可他不属于那种生活。

这时候，张潮接到李龙的电话，说自己遇到了麻烦，请他过去一趟帮帮忙。

张潮赶到的时候，一个人正抢夺李龙那辆看起来像自行车的电单车，就在两条主干道交叉的十字路口位置。那人站在电单车的车头前，双手抓住车把，双腿紧紧夹住前轮，这样，任李龙怎么挣扎，也无济于事了。

"我真不是载客的，我只是送外卖的，前车筐里还有两份麻辣烫。"李龙压低声音，带着哭腔恳求道。

"现在严查电单车。"那人严厉地说。张潮这才知道，李龙不再做煎饼的生意，当起了佳宝饭店的外卖员。

"执法证拿出来看看。"张潮走过去对那人说。

那人把挂在脖子上的牌子从衣服里扯出来。

"我在大厦上班，能不能给我点面子把车还给他？"张潮客气地说。

那人一听张潮在大厦上班，就有点拿不定主意，解下腰带上的对讲机，说着什么。

"没收我的电单车，怎么不没收他们的？"李龙一脸委屈，几乎哭起来了。三辆带遮阳棚的载客电单车就停在路边的大榕树下等客人，三个不修边幅的中年车主悠然地抽着烟，嘻嘻哈哈地交谈着什么，欣赏着李龙被人推推搡搡地连人带车赶进了不远处的小房子。张潮明白，自己什么忙也帮不上。

李龙写完检查走出来，等在警务室门口的张潮就充满歉意地走了过去。那个头发天生绵羊卷的青年一声不吭，在路边的火车票代售点买了张三等厢车票。

"我要回老家啦！"李龙眼睛里闪过一道光，忽然兴致勃勃地说。

"存够娶媳妇的钱啦？"

"都无所谓啦。"

那天傍晚下班的时候，张潮最后一次从大厦走出，凝望着那片鸟姑娘坠落到的石料地板，感觉头顶被一股寒意刺痛，那股寒意从他的头顶经过不断后移的发际线蔓延而下，经过他的脊柱，深入内脏，就像她落地时感觉到的那样。

逃跑，或许还来得及。

（《文学港》杂志2016年第12期）

长毛兔

1 面 孔

　　张福打来电话的时候，张潮正坐在肯德基靠近玻璃墙的位置翻看一本有关文艺复兴的画册。他的目光久久停留在画中的可怖场景中：两个身穿皇室制服的刽子手将砍下的头颅码得整整齐齐，站在旁边挂着滴血的长刀若无其事地谈笑，船形帽檐上各站着一只丑陋的乌鸦。画家精准地勾勒出每一张独特的面孔，新死者的叹息和血液的咸腥从画面中传出来。张潮在无数的面孔中看到了许多熟人，有分手多年的恋人，有大学室友，有单位的同事，甚至有他乡村务农的父亲张福。见张潮在电话那头嗯嗯啊啊地敷衍，那个火暴脾气的老农骂骂咧咧地说："国家下发的粮食补贴款又被村干部贪污了，你这狗奁的管不管？"张潮耐着性子安慰："爹，您别生气，注意身体，我只是鸟城一小报记者，得按通稿，领导让写啥写啥，没有自主采访权。""你来不来？你不来我到县里告状去。"张潮赶紧说："别别别，我马上订票。"私下里张潮也和张福沟通过："粮补也就一亩地三百块钱，家里有五亩地，我每亩给五百，那钱咱不要了，多一事不如少一事。"张福驴脾气上来了，非要拿回属于自己的东西。张潮知道，老头子脾气一上来，真敢摇开院子里那辆锈迹斑斑的时风牌农用三轮车到县里讨说法去。张潮又瞥了一眼那幅画，赶紧合上画册。

换工作的事，张潮春天就开始考虑了。报社改企后，阔步迈进夕阳行业队伍。工资不如从前不说，还时常发不下来工资，连社保都要自己缴了。这半年多，张潮都是靠一些采访"车马费"过活。某些财大气粗的单位通知记者过去采访，会塞个红包，大都三百五百，有的单位竟然包五块十块，依照鸟城的消费水平，打车起步价都不够，只好挤公交车。

那天张潮起床特别早，鸟城的天空依然是清晨的淡紫色，新式落叶清扫车在马路边缓缓驶过。他觉得不能再这样下去，该尝试找个新工作，几个有眼光的同事早就转行新媒体了。总编开会时指出，现在已经是亏本运营了，一份报纸成本三块多钱，按照上头规定只能卖一块，发行量越大亏得越多啊。

那是郊区的一大片临海荒地，周围耸立着几栋建了一半的高楼，大概是资金不足，巨大的吊臂横在那里一动不动，稻草人似的。张潮的面前横着一栋巨大的五层建筑，标准足球场那么大。建筑表面的钢化玻璃呈波浪形，好像被海风吹皱了。门口的介绍名牌上说该建筑是比利时人设计的，名字为"海浪"。也难怪，鸟城很多地标性建筑都是外国人设计的，好像只有这样才与国际接轨。就像眼前的海浪，谁能想出把海浪搬到墙上呢？那些天天思想汇报的人能吗？海浪紧闭的铁门提醒他，自己是来应聘的，不是来高谈阔论的。海浪的建筑设计，就像每天打开新闻看到的某某结婚了、某某怀孕了、某某婚外情了一样，跟他没有半点关系。他在鸟城，是一只大叶榕深处灰不溜秋的麻雀，东游西荡，能填饱肚子就不错了。

张潮来海浪应聘，因为那里摆满了书。想想看，与书为伴，诚然一件乐事，世界文学史上很多伟大的作家都当过图书管理员。张潮沉浸在以后美好生活的幻想中，可是身后越来越长的队伍让他认清了现实。这图书管理员的岗位只是政府购买服务岗位，说白了就是合同工，领着体制内员工五分之一不到的薪水，干十倍的活。就这样一个岗位，还是有成群结队的人来应聘。

保安打开了门，应聘者蜂拥而入，坐满了整个会议报告厅。接下来笔试，试卷上全是公务员考题，跟图书管理毫无关系。张潮对那些如何做好奴才的伎俩毫无兴趣，草草答卷。下午是面试，中午每人发了一份盒饭，竟然有一整条烤武昌鱼，还有鸡肉块，伙食真不错。面试次序抽签决定，好久才轮到他，等待的过程很无聊，一直在玩手机的女管理员严禁应聘者玩手机。张潮真后悔出门没带本书，管理员粗糙的脸、应聘者麻木的脸实在没什么看头。

张潮走进面试室，感觉面试官的目光就像在打量一头畜生，盘算着能为他们干多少活。没有应聘上，张潮心里竟升起一种淡淡的得意，他追溯这种奇妙情绪的根底，竟然是自己天生讨厌工作，是那种对什么都不感兴趣的消极分子。他实在不想再做一名小职员，被主任、科长之类的角色呼来唤去，并且那些主儿十之八九是蠢货。

墙上喷绘的肥胖症福娃对他微笑，好像在说，吃饱了，吃胖了。也难怪，他那天唯一的收获，就是笔试与面试间隙那顿有一整条烤武昌鱼的免费午餐。

两个染黄发、穿破洞紧身牛仔裤的少年拦住他问："先生，健身吗？李连杰代言的哟！"他没有理会，继续朝前走。

张潮那次回老家没坐火车，咬咬牙坐了次飞机，好像只有坐飞机才能匹配他村民眼中大记者的身份。下了飞机，他赞叹着飞机真是好东西。身体瞬间到了北方老家，心还在南方的鸟城游荡。

到了紫竹村，张潮背着单反相机，脖子上挂着证件，鼻梁上架着蛤蟆墨镜，像煞有介事地坐公交车去县城溜达。老头子问起，就说是去向上头反映问题了。老头子没有理由不相信，因为儿子是记者啊。萌林路是县里的商业街，密密麻麻的小店。路边立着很多铁架子，上面挂着廉价的衣服和冒牌蛇纹腰带，跟十几年前张潮在这里读高中时一个样。唯一的不同是街上多了几家山寨的洋快餐店，店名都叫某某基，店门口贴着惊人的广告：大汉堡，真是大，吃一个饱三天，男人吃了女人受不了，女人吃了床受不了。

将近中秋，天气依然燥热，张潮正在萌林路瞎晃荡，口渴难耐，看见卖甘蔗的金蛙牌农用三轮车，就过去买甘蔗吃。卖甘蔗的脸皮晒得粗糙发红，看不出年纪，大热天的戴着顶深蓝色的毛线编织帽子。露出的半截耳朵甘蔗皮一样紫红，像寒冬生了很严重的冻疮，到了秋天还没痊愈。一堆梢上带绿叶子的紫皮甘蔗斜靠在车帮上，卖甘蔗的手持镰头弯刀，正握着一根甘蔗削皮。飞刀在甘蔗上洒下一团幻影。

"师傅，来根新鲜的解解渴。"张潮走上前去。

"都新鲜着哪，梢头带绿叶呢，水多得很。"卖甘蔗的头也不抬。

"那来根又粗又长的。"

"放心吧，我这儿没有牙签那么细的。"

"随便来一根吧。"

"不削皮五块，削皮七块。"

"削皮，切段。"

师傅伸手从甘蔗队列里随便抽出一根，弯刀上下游动。他脚下已经聚集了一堆甘蔗皮，埋住了双脚，好像从早晨就站在那里没挪窝。去皮切段的甘蔗水润光滑，在塑料袋里闪着青白的光。张潮拿起一段就啃，甘蔗渣随便吐在脚下。小城就这样，没啥好讲究的。

付钱时，师傅仰起脸。师傅怔住了，张潮也愣住了。

"鸡巴绒。"张潮小声说。

"张潮。"绒的眼神一如十几年前，像两道穿越树影的天光，能望进张潮的心里去。

绒把双脚从甘蔗皮里拔出来，露出一双开胶的解放牌圆头球鞋。他收了摊子，把没卖完的甘蔗丢进三轮车斗里，甘蔗叶上洒了点自来水保鲜，用一方蛇皮袋连缀成的包袱盖住。

在萌林路的饭馆里，他们点了猪耳朵、花生米和羊肉汤，当然少不了一瓶本地产的红太阳酒。红太阳酒厂就在通往小城的国道上，那是十多年前张潮骑自行车去萌林高中的必经之地。酒厂门口有一尊巨大的伟人雕像，将周围的低矮平房衬托成一具具灰暗的棺材。额头饱满的伟人大氅后摆随风扬起，一只手插进口袋，另一只手伸向国道，像在酒后指挥交通。国道上除了自行车，就是驴车、农用三轮、拖拉机，还有拉煤炭的大卡车。张潮每次经过那里，总闻得到一股浓郁的酒糟味。有一次周末回家时，张潮还花了五块钱从酒厂买了一蛇皮袋酒糟，绑在后车座上，带回去喂猪。

两杯红太阳酒下肚，绒说他想报仇。

张潮一愣，问他敌人是谁。

"初三班主任。我中考成绩上不了县一中、县二中，上个县三中还是绰绰有余。班主任非怂恿班里同学报萌林高中。去了才知道，萌林高中是私立高中，学费贵不说，教学质量还差，班里六十来号人，一个本科也没考上。后来才知道，班主任从萌林高中招生处领人头费，仗着村里来的学生啥也不懂，家长也不懂，就怂恿我们胡乱填报志愿。还有高中时打小报告的王胖子，害得我被学校开除。我现在的生活，干啥都挣不到钱，不正是那俩狗卯的害得吗？"绒在桌上猛地顿了一下酒杯。

要是我在萌林路碰见那俩屌人……

绒说他还卖过山东杂粮煎饼，卖过烤串，卖过酱鸭脖，卖过土狗崽儿和长毛兔，但是每个工作都做不长，挣不到钱。

2　绒

张潮上次见到绒，是前年回老家过年的时候。高中时候绒就说，其实自己该叫司马大绒，名字里省略了一个字。可无论他怎么狡辩，也难逃同宿舍男生们给他起的外号"鸡巴绒"，因为他是个把"鸡巴"挂在嘴边的人。也难怪，他是个早熟的男孩子，总是在晚自习后的宿舍提起女人，还喜欢赤身裸体走来走去，有意袒露那片乌黑油亮的茂盛丛林。看到没，这就是"挪威的森林"。他指着自己的下身得意扬扬地说。他焦黄的胡须沿着嘴巴长了一圈，鱼须似的，乍一看，像条鲇鱼。《挪威的森林》是他那时候读的一本书，课上读时被语文老师逮住，当场撕了个粉碎。那个戴金丝眼镜的人民教师义愤填膺地说："上课不好好学习，净看这些不健康的书籍，这是敌人卑鄙的文化渗透，你们这些熊孩子太年轻了，懂个屁。"绒数学和物理出奇地好，语文却特别差，总是不及格，语文老师常说他的作文思想不健康，立意不鲜明，结构不清晰。直到现在，张潮也没弄明白，思想还分健康不健康，落后与先进。

那时候绒喜欢写诗，有天晚上绒在宿舍拿出一个皱巴巴的软皮本，让张潮看他的诗。那些诗多是关于女人的，让张潮崇拜得五体投地，认定绒以后准能当大作家，比语文课本上那些诗好多了。张潮后来在城里也见识过不少所谓的诗人，动不动就慷慨激昂，连大地震都要歌颂，要么就是写出的东西看不懂。绒悄悄对张潮说，他喜欢生活委员玲，他说她是个骚货，在食堂发馒头的时候老是朝他笑，用眼里的钩子勾他，还请他吃了一块鲜红的豆腐乳，夹在馒头里，汁液鲜血一样哩哩啦啦流到地上。若在现在，张潮大概会指责他不该轻蔑女性。那时，张潮什么也不懂，只知道绒喜欢谁就骂谁，骂正是他喜欢的方式。玲确实是个不错的女人，脸蛋漂亮，发育得好，又会打扮，身子总是显山露水，刚上高中就学会了扭着屁股走路。

"这些诗就是写给她的。"绒说。

"她看了吗？"

"看了，看完就跟我去了学校后山，靠着一棵大柳树干了一次。"

"啥滋味？"

"这种事，要亲身体会才懂。"

那是一个艳阳高照的星期六中午，学校召集全体学生操场集合。炎炎烈日下，几名体质孱弱的女生陆续昏了过去，校长依然站在教学楼屋檐的阴凉下慷慨陈词，大谈学校风气。也就在那天，绒和玲被开除了学籍，原因是有人发现玲在自来水管旁边帮绒洗头，随即报告了教导处主任。绒把头伸到水龙头下，玲帮他揉搓，满手泡沫。校长虽然身材瘦小，却声若洪钟，两眼放光，手势越来越快：现在高考在即，有些学生道德败坏，目无校纪，公然恋爱，造成恶劣影响……台下教导处主任带头喝彩，雷鸣般的掌声响成一片。

在老家再次见到绒，彼此都已过而立之年。饭是在绒家吃的，一进寻常的农家小院。红砖平房，水泥包皮，朝街的那面墙贴了白瓷砖。围墙是残砖垒就的，大概是盖房子剩下的边角料。院子里靠墙角拉着一面稀网，罩着一群咕咕叫的芦花鸡。绒见到张潮，便紧紧握住他的手，嘱咐老婆抓只鸡杀了做当地名菜辣子鸡。他老婆低眉顺眼地应允，抓鸡做饭去了，看得出来，是个贤良的农村妇女。

绒坐在堂屋的八仙桌旁，胡子大概好多天没刮了，卷卷曲曲堆着，一丛乱草似的，遮住了嘴。

他们自然谈起高中时代。张潮不想提及绒被学校开除的事，怕惹他伤心，毕竟那时考大学几乎是唯一的出路。绒自己却提起那事，语气很平淡，带着一种参破世事的忧伤。

张潮说自己那时就很崇拜他，觉得他以后准能当作家。

绒说早就不写了，他说这个时代太虚伪了，容不得人讲真话，也见不得人有真感情。现在种种地，还自学了兽医知识，农闲时给猪狗看看病。大儿子上小学了，小儿子刚会跑，都需要钱。绒说他挺喜欢当兽医，跟禽兽打交道比跟人打交道轻松得多。绒说："你那时也爱写啊，现在咋样了？"

"现在也爱写，写过几篇小说，都被编辑退了稿，说是格调不高啊，人物形象不高大啊，叙事结构散乱啊，没有正能量啊，看不到中国梦啊，总之理由五花八门。有的干脆泥牛入海，没了回音。大学是考上了，那点可怜的艺术天分也被磨灭得差不多了。现在只能写点新闻，照着上头下发的通稿写，不能随意抒发。你要是能考上大学，有了写作的条件，那才真的是不得了。你是天生的艺术家。"张潮喝了口酒惋惜地说。

绒说："不谈写作的事了。"

绒说："你也该找个女人了，好照顾你，上高中那会儿，你的床铺总是最乱，跟猪圈似的。你从不脱袜子，嫌麻烦。有一次你终于把袜子脱了，往床上一丢，竟然立在了那里。"绒乐呵呵地说。

"女人？谈过，不合适，就再也没谈。谈不好反招来怨恨，麻烦得很。倒是每次回来，老爹见我便骂，说我三十多岁还吊儿郎当光棍一条，让他在村里被人戳脊梁骨。露水情缘倒是不少，若我不是用套子套住，我的娃儿们手拉手可以围着紫竹村转一圈啦。"

绒被张潮的话逗得哈哈大笑，水杯打翻了一个。他也不管地上的碎玻璃，夹着烟继续跟张潮聊天。

"那时，你很努力，天还没亮你就去教室晨读了，你保管着教室的钥匙。"

"不努力哪行？咱们这些贫下中农，改变命运的道路实在狭窄。"张潮喝了口茶，残流顺着搪瓷茶杯流到杨木桌上。

"你倒是可以改变命运,考上了大学,在城里当上了大记者。"

"改变个屁啊,不能说真话,要想在心里保持片净土,还不是总得逃。"

"那时候你总说梦想在远方,你找到梦想了吗?"

"哪有什么梦想,只不过自己骗自己,我再也不相信什么关于未来的谎言了。我要活在此时此刻,我要寻欢作乐。"张潮端起一次性纸杯里的白酒,一口闷了。

"对了,玲怎么样了?我想着你俩会在一起。"

"玲,只不过是钓我,跟钓鱼一样。刚被学校开除那会儿我们还常约会,见面就干。没过多久,她就嫁给了干部。"

"干部?哪来的干部?"

"咱们班的王胖子啊。他爹是县民政局局长。"

"哦,上课老睡觉,放学跑去饭堂比谁都快的那个?"

"是啊,就是他。那头猪当然也考不上大学。高中一毕业,他爹就把他安排进了机关,娶了美女做老婆,现在还评上了什么委员,全国劳动模范,全县十大好人,反正头衔一大堆,看起来真是不得了。那次玲帮我洗头,就是他举报的,他知道校领导那时正想抓典型,杀鸡给猴看。"

"不谈那些事了,来,吃鸡吃鸡。"绒伸着宽厚粗糙的手掌。他老婆把好大一盆热气腾腾的辣子鸡端了上来。

"分量真大真实在,在城里可吃不到。"张潮赞叹道。

"对了,还有一件事你不知道,也是我藏在心底多年的秘密。我被开除的那天深夜,悄悄去了空荡荡的校门口,朝着学校招牌撸了一管。看着乳白的精液发着叉从招牌上流下去,我感到一种莫名的快感，跟做爱的快感相似又不同。"绒就着辣子鸡喝了几大口酒，胡须上也闪着亮晶晶的几滴。

"你亵渎了学校？亵渎了教育？"

"既然不被容纳，何妨亵渎？"

高中老同学十来年没见，自然很多话说，酒也喝高了，张潮就和绒一起睡在主卧的床上，还在交谈，只是两人的话语都已含糊不清，宛如自言自语，又像梦呓。绒的老婆自觉带着孩子到偏房去睡了。

张潮身体是晕了，心却很清醒。他也想跟绒一样找个农村姑娘，厮守在一起，管他能不能沟通，管他什么文化不文化、思想不思想，让那些负担全滚蛋。鸟城的夜让他睡不安稳，老做噩梦。在这乡村的夜晚，躺着另一个大男人的床上，他终于安稳地睡着了。

第二天醒来，才发觉大地无际银白，院子里的枣树已是玉树琼枝。纷纷扬扬的大雪下了三天三夜，似要埋葬一切，又像孕育新生。张潮便踩着齐膝的雪，一步一步回自己的村子。身后的脚印随即被湮灭，举目四望，但见旷野无声，无际雪白。

过完年回到鸟城，张潮收到绒的短信，问他今年过年还回不回去。张潮说不回哪行，自己是那候鸟，春天飞到鸟城，年底就北归。绒说带个女人回来，了却爹娘的心愿，他们种地很辛苦，只有王八蛋才说农民最幸福。张潮说看看吧，或许今年可以遇到，或许永远遇不到，谁知道呢。

3　赛　狗

张潮坐上绒的金蛙牌农用三轮车，跟剩下的甘蔗一起去见识绒的正经职业。绒说他只有休息日才到城里卖甘蔗，平时待在独山半山腰的养鸡场里当兽医。

山并不高，只是路况太差，坑坑洼洼的石头路，颠簸了老半天。车子一拐，终于有了一块平整地，盖着连在一起的两间红砖房，房子四周全是杨树、槐树和杂草。

绒打开鸡舍的防盗门，一个车间似的大房间，中间的走道两边全是阶梯教室座位般排列的铁笼，无数只鸡伸长脖子吞食笼外食槽里的饲料。蛇皮袋装着的鸡饲料就码在食槽边上的过道里。张潮从开着口的袋子里抓起一把，摊在手里观看，都是些玉米、小麦等各种粮食的混合品。

"饲料里五谷杂粮都有，这样肉鸡的营养才均衡。"绒恢复了乡村兽医的派头，一本正经地说。

"鸡的生活水平提高了啊。"张潮手指捻着鸡的杂粮饭。

"提高了也没用，还是关在笼子里的一块肉。别摆弄饲料了，人不能吃。里面的玉米、小麦都是发霉的。现在粮食精贵，饲料厂的人到村里沿街收购发霉的五谷杂粮。"

张潮手中的饲料流沙般从指缝滑落到袋子里。笼子里的鸡以为张潮要抢夺它们的食物，充满敌意的眼睛死死盯着他。

"看到没，有空调。隔壁我房间都没空调，得保持恒温，鸡才长得快，四十天出笼，卖给城里的洋快餐店。"顺着绒手臂的方向，张潮果然看见四个墙角各立着一台柜式空调，呼呼吹着凉雾，空气中弥漫着一种类似网吧的沉闷污浊的味道。

"有两千只吧？"张潮问。

绒抿着嘴笑，两颊和太阳穴上的肉绷得很紧，一副踌躇满志的样子。他十指分开，摆在脸前，手心对着张潮，弯下两根手指。

"八千只！"

"是啊，前段日子挨个打防疫针，打了整整一星期呢。"

"这下你小子可发达了，还用得着去卖甘蔗？"

"发达个毛。我是帮人家看鸡的，领的是死工资，每周休息一天。养鸡场的王老板住在县城里。"

看完鸡，绒坐在砖房的杨木方桌旁，找来掉了瓷的搪瓷缸子和写着雪花啤酒的玻璃杯招待张潮。他正表演不知从哪里学来的茶道。一茶缸子三五块钱一大包的茉莉花茶倒来倒去，惹得张潮有点不耐烦。

"别乱倒了，我渴着呢。老同学不用整虚的。"张潮抱怨道。

"第一泡不能喝，主要是冲洗茶叶表面的农药残余。"说着，绒把那缸子茶倒进屋门口的车前草丛里了。一条满眼眼屎的黄狗跑过来抽抽鼻子，闻着草丛里的茶叶，伸出颤抖的红舌舔了舔。那条黄狗瘦得像隆冬的小枣树，又像一副清明节烧给死人的剪纸，阳光从它屁股上晒过去，地上根本看不到影子。

"妈的，渴死老子了。第一泡不能喝，你结婚那会儿咋不把你老婆第一炮给我呢。"张潮骂骂咧咧端起绒重新冲泡的茶水。

"我想去赛狗。"绒忽然一改嘻嘻哈哈的嘴脸，郑重其事地说。

"山顶上的赛狗场刚进了一批长毛兔，肉质新鲜，跑得飞快。每次放兔子前，都有洒水车提前给场地降温，除尘，软化，还有专业裁判和摄像。"还没等张潮回答，绒正儿八经地补充道。

"赛狗？用你这死半截的黄狗？"张潮推了推鼻梁上的蛤蟆镜，好像它压痛了鼻梁似的。

"是啊。别看小黄模样不咋地，追起兔子来可快了。"绒给张潮满上茶。

那条狗听懂了人话似的，交叉着步子啪嗒啪嗒跑过来，蹲在绒旁边，一对野狼尖耳转来转去，仿佛在聆听，像课堂上的语文课代表。

"别做梦了。踏踏实实守着养鸡场，好好盯着鸡屁股过日子吧。一个老婆，两个儿子，够你受的了。"张潮说。

"小黄以前经常跟着我追兔子，跑得可快啦！"绒絮絮叨叨地说。

"赛狗是你玩的？你也不看看赛狗的都是些啥人？"张潮口气里满是责怪，他也搞不明白为什么老同学心里泛起这稀奇古怪的想法。

"我经常到山顶看赛狗，都是熟人，民政局的王胖子、水库的独眼龙、退休教师曹茂盛……你也知道，我换了那么多次工作，都挣不来钱，赛狗要是赢了……"绒提到一个名字，就伸出一根手指，手指不够用了，就重复伸一遍。他的手指棕黄粗壮，关节处很多紫黑色的暗疤。张潮问起他的手指，他说冬天在家闲着没事，就给糖蒜厂剥蒜，剥一斤五毛钱，有货车定时来收购，一天到晚能剥十斤，挣五块钱，手指冻成冰锥子了。

"别想赛狗的事了！我得回家了，老头子还等着我呢。"张潮站起身来，绒跟着他走出砖房。

"输了半辈子，我想赢他们一次……"绒在张潮背后喊。掠过树梢的山风吹得绒的喊声模糊不清。

一回到紫竹村，张潮就把从县城提款机取出的钱交到老爷子手中，说是粮食补贴款讨回来了。但是事情并不像他想的那么简单，老爷子在村民面前夸下海口，说大狗子现在是大城市的知名记者，去县里讨说法了，肯定能把村里的粮补全要回来。这下张潮可傻了眼，第二天只好又去县城，徘徊在萌林路上不知何去何从。这时，绒打来电话，问张潮来不来独山看赛狗。这家伙，真的带着他那条死半截的黄狗去了。

赛狗场在山顶上。这山也奇怪，顶部平如刀削，不知是自然形成还是人工凿平。上面还铺了一层红土，跟绒说的那样已经洒了水，空气中弥漫着泥土清新的味道。赛狗场面积不大，四周用杨木栅栏围着，狗统一从木门那里放进去。来赛狗的人不多，就十来个，都是这片地面上有名的闲人，绒口中的王胖子、独眼龙、曹茂盛等人。那些主儿面露凶光，看起来都不是什么正经人。还真有专门的摄像机，不过摄像机不是架设在三脚架上，而是用麻绳绑在栅栏边的槐树杈上。

赛狗马上就要开始了，张潮走到放狗的木篱笆前，看见绒弓着腰，双手紧紧握住小黄的脖圈，嘴角和面颊上的肌肉绷得很紧，上下唇的乱须交叠在一起，孔雀屁股似的。绒旁边站着的那几位闲人，都挺直身子，短绳的那头牵着的也不知是藏獒还是野狼之类的恶犬，有个独眼龙牵着的竟然是形体似美洲豹的怪兽，一个劲儿地舔鼻子，要是那些狗不追兔子，朝着小黄咬一口，能把它生吃了。

赛狗场的主人，一个皮笑肉不笑的光头胖子搬着笼子上场了，走到栅栏边，把笼子里那只可怜的长毛兔探腰放进栅栏里。等兔子跑出了大概十米远，矮胖子一吹口哨一劈手，参赛者同时放狗了。那些狗急了眼，朝着兔子扑去。那只兔子果然善于奔跑，有条大狗眼看着要追上了，兔子猛一转弯，狗在地上打了几个滚。独眼龙的狗也是"独眼龙"，那狗跑得实在太快，狂风一般，不小心撞在一棵刺槐树干上当场歪着舌头死了。有一条尖嘴猴腮的细狗一跳十几米远，好像一架屁股上有助推火箭的战斗机。曹茂盛的那条狗长着扁平的苦瓜脸，一脸阴郁，好像全世界都欠它一个馒头似的。不知什么缘故，这些狗都像极了各自的主人。小黄没怎么追，站在那里瞅，大概是知道自己追也追不上。谁知道瞎猫碰见死耗子，那只长毛兔转了几圈，偏偏跑到小黄嘴巴底下，小黄探嘴一咬，擒住了兔子的耳朵。小黄好像难以承受一只兔子的重量，四条细腿乱了阵脚似的摇晃了半天才站稳。赛狗场主人兼裁判一吹口哨，宣布绒赢了。

绒把赢的钱装进写着"高级皮包"的单肩帆布包里，好像事先知道自己会赢似的。他没有顾忌旁边几位赛狗闲人敌视的目光，提着那只长毛兔，喊上张潮到山下泡馆子去了。

在山下的饭馆里，张潮找厕所时误入厨房。一个斜叼香烟的乡村大厨把刚剥了皮的长毛兔挂在墙上的铁钩子上，正拿着水瓢往开膛的肚腹里泼水。

"快好了，您就等着吃兔肉吧。"大厨嘴边的香烟颤了颤，半截烟灰掉了下来。

张潮没有回家，粮食补贴款的事还没解决，他打算先住在绒的养鸡场里，拖几天再说，看看有没有办法。等两个醉汉喝酒回来，发现鸡棚的防盗门被用电锯、电焊之类的切割工具给搞出一个脸盆大的洞。进去一看，砖墙上也有一个大洞，只剩下了一地鸡毛和空气中浓浊的鸡屎味。

张潮说咱们去把鸡抓回来吧。

绒说那些鸡早成附近村民的盘中餐了。赛狗赢的钱，妈的赔鸡都不够。

满月的白光透过树枝射下来，洒在死去的黄叶上，勾勒出横斜的树影。

4　萌林高中

大半夜的，两人束手无策，愁眉苦脸了半天，都想开了，相约一起到县城散散心，毕竟背包里还有赛狗赢的钱。

到了萌林路的歌房，两人扯着嗓子唱歌，都是些不时兴的老歌。张潮唱了《大约在冬季》，唱了一半，绒说不能唱这首，这歌让他想起他的梦中情人王祖贤，被齐秦给糟蹋了。张潮说想起来了，高中时你宿舍床头的墙上贴着《倩女幽魂》的电影招贴画。画中的古装女子坐在夜色中的树杈上，两指横在鼻梁上，眼神妖媚又清纯。绒唱了郑智化的《水手》。两人又没头没脑地唱了几首，都不怎么着调，倒是回忆了不少高中时的事情。

张潮当年骑着自行车来县城上学，刚骑到萌林高中校门口就被三个本地的混混儿给推倒了，抢走了当月的零花钱，门口那个矮胖子保安坐在椅子上，跷着二郎腿看笑话。在治安混乱、流氓横行的萌林高中，如果不拉帮结派，只有挨揍的份。张潮初来萌林高中，见到县城本地的同学，心里总是胆怯。在宿舍里，张潮的铺盖挨着李大志。李大志家在县城，老爸在萌林路开大商场，每月有不少零花钱，只是学习上一团糟，回到宿舍就趴在床上做俯卧撑，声称要练出胸肌勾引师专毕业新来任教的英语老师肖梅。李大志经常夜不归宿，也不知到哪里鬼混去了。有段时间，有个大脸盘大屁股穿淡蓝色复古牛仔裤的女人常来宿舍找他。后来张潮才知道那个比李大志大几岁的女人是他女朋友。张潮带着村里人的胆怯，从来不敢主动和李大志说话。有一次，李大志晚上没出去，躺在床上发呆。张潮也躺在床上准备睡觉。李大志忽然转过身来，对张潮说昨晚上玩疯了，把啤酒瓶子整个塞进了女人下面。看着张潮大张着即将脱臼的嘴巴，李大志得意地哈哈大笑。

那个意象搞得张潮一晚上没睡着觉，既兴奋又恐惧。他见过羊的，见过狗的，见过猪的，见过牛的，见过马的，见过驴的，就是没见过女人的。有一次，张潮在村口推着自行车正准备去萌林高中上学，看见杨树下两条黄狗正在交媾。那两条狗屁股紧紧贴在一起，一动不动，因为受到人的干扰眼神流露出悲伤与恼怒。两个村妇咧着血盆大嘴指着那两条狗讪笑着，仿佛那是一件多么可笑的事。张潮推着自行车过去，其中一名村妇对他说，小孩子别乱看，赶紧上学去吧，将来还要考大学呢。张潮周末在河边放羊时也见过羊干那事，一只公羊试图爬上一只母羊的后背，可是它实在太笨了，屡次从母羊背上滑下来，扑通一声跪在地上，惹得旁边几个放羊为生的老光棍哈哈大笑又跃跃欲试。其中一名爷爷辈的老光棍抱着放羊鞭抖抖索索坐到张潮身边，咧着只有三两颗玉米牙的嘴巴说："哎，小子，你知道吗？女人那里面有牙，你以后要小心哪。"张潮没有回答，望着他空洞洞的嘴巴，思绪也陷入了无边的虚空与恐惧里。

第二天晚自习后，张潮到隔壁宿舍找到绒，把这件事告诉了他。绒笑得不行，说晚上爬墙出去带张潮见见世面，他请客。

他俩翻墙逃离校园的时候，已经是深夜，整条街上零星几盏路灯，弥漫着暗黄的冷光。坑坑洼洼的石子路上，载客的摩托三轮四处流窜。县城不大，三五块钱就能坐个带帆布棚子的摩托三轮转一圈。他俩直接坐车到萌林路深处的商业区。

萌林路商业区入口处有一个巨大的石匾，走进去看见很多店面已经打烊，拉下了贴满小广告的卷帘门。路上有三五成群的行人，勾肩搭背嘻嘻哈哈，都是些时髦的年轻人。很多年后，这些年轻人被称为杀马特。他俩沿着萌林路越走越深，故作成熟地斜叼着一支过滤嘴香烟，远远望见有几家发屋亮着淡薄的红光。但两个人徘徊了半天谁都没敢走进任何一间发屋。后来，绒提议先去发屋旁边的网吧打游戏，打完游戏再去发屋。那是张潮第一次摸电脑，可电脑吸引不了他。坐在网吧的椅子上，发屋淡淡的红光透过网吧的玻璃后门，涂在地板上。宜人发廊里露出半截伸出店外的白腿，身子的其他部位被砖墙挡住了。除了小腿，只看到半截红裙子，除此什么也看不到，仿佛那女子故意露出一点引诱人似的。张潮使劲后仰，椅子的靠背把他挡住了。椅背的吱嘎声引来了网管，张潮只好调整坐姿，又注视电脑屏幕了，心却乱了，什么都看不进去。有好几次他都想推开玻璃后门，直接走到店里去，有时候迈出了一条腿，另一条腿就跟粘在地板上似的，抬不起来了。

从网吧出来，站在发廊门口，看到有男人进去，有男人出来。绒冷不防一推，张潮推门栽了进去。一个看起来比他大十几岁的女人问他要理发吗，理大头还是理小头。张潮支吾了半天说自己走错门了，灰溜溜地从发廊退了出来。张潮抱怨绒刚才推了他。绒说其实自己也是第一次来。两人藏在一棵槐树下，绒说先静静，一会儿再进。两个人盯着发廊门口，一个肩膀窄小胯骨宽大的男人大摇大摆进去了，一副常客的派头。两人同时发出惊呼："我侴，那不是教导处主任曹茂盛吗？"

"今天没戏了，改天再说吧。"绒说。槐树阴影下的绒一脸无奈。

月亮升起来，映照在萌林路两侧的槐树上，树下一道道盘曲的黑影，绳索一般，攀住绒和张潮的脚步。两个十五六岁的少年，垂着头，相互搀扶着，爬学校围墙返回了宿舍。

5　玲

上语文课的时候，语文老师站在讲台上，开始发试卷。他总是穿一身灰蓝色的西装，打一条红黑相间的蛇纹领带。张潮那时候个子矮，坐在第一排靠近讲台的位置，一抬头就看见他西裤裆部多走的几圈缝线，好像那地方需要特别加固似的。那些细线绕成一个不大规则的椭圆形，就像数学老师不用圆规和标尺在黑板上画出来的那样。他每点一个名字，总把最后一个字拖得很长，紧接着宣布分数，搞得每位同学心都提到了嗓子眼。张潮的试卷领到了，是一个不高不低的分数，一个安全的分数，既不会被表扬也不会挨批评。绒的试卷没发下来。语文老师发完那些试卷，习惯性地跕跕脚，双手按按讲桌上的教案，意味深长地说："还有几位同学的试卷没发下来，想必大家也都急于知道原因。"他顿了顿，吊吊学生们的胃口，接着说："这几张没发下去的试卷，有的是模范，大家学习的对象；有的也是模范，反面教材的模范。"

语文老师接下来表扬了语文课代表兼生活委员玲的作文，说她的字写得娟秀，文笔也好，把她的卷子拿在手里，怎么看怎么舒服，批改起来不仅不累，还身心舒畅。说完，语文老师开始声情并茂地朗诵玲的作文。张潮扭头看了看教室第三排的玲。她留着齐耳短发，耳朵像两朵像粉红色的蘑菇，碎花单褂紧紧裹住膨胀的身体。听着语文老师当堂朗读她的作文，她矜持地微笑着，右手食指和拇指不停地摆弄一支兔头水笔。笔端的兔头一脸恬静的笑，跟她的笑正匹配。念完玲的作文，语文老师脸色一沉，拿出另一张试卷，鼻孔里种马一样喷了一团气，嗓音也变得沙哑愤怒起来。他义愤填膺地说："早就告诉你们作文要按照议论文的格式写，按照总分总的结构写，有些同学搞特殊，写了首诗应付，还是首道德沦丧的黄诗，简直是对素质教育的亵渎。现在请《蒲公英》的作者上讲台朗诵一下自己的大作。"令张潮惊异的是，绒没有遵从语文老师的言外之意当堂认错忏悔，反而大大方方地阔步走上讲台，字正腔圆地朗诵了一遍："我是一朵蒲公英，春风一吹，带绒的种子飞向你的花心……"语文老师放弃了对绒的道德感化，把他交给了教导处主任曹茂盛。曹茂盛中等身材，有一张暗黄的苦瓜脸，肩膀窄小，屁股却很大，尤其是在早操集合时他抬腿用皮鞋尖猛踢迟到学生屁股的时候，屁股越发显得大了，邻家大婶子的屁股一样。但是他从来不踢李大志，即使他每次都迟到，据说因为李大志会还手，下手还很重。李大志在武校练过，擅长高抬腿踢人下巴，高抬腿上踢可以保持上半身纹丝不动，这使他在萌林高中混混儿圈里出了名。如果观察仔细，还会发现，曹茂盛殴打的多是乡下来的学生，他们稍微犯错就会挨打，有时候还会无缘无故挨揍。那些可怜的家伙带着与生俱来的奴性和家人的嘱托，打不还手骂不还口。有时候，张潮学习累了，偶尔扭头或抬头，冷不防看见教室前门或后门玻璃上映现的教导处主任的脸，会顿时吓出一身冷汗。那张暗黄的死人脸始终只有一个表情，一副全世界都欠他似的。萌林高中没啥学习氛围，乱嚼舌根的人却出奇的多，一些教导处主任的家事在学生间流传，他是一个离婚的男人，喜欢变态玩法，曾把前妻扒光衣服分开双腿用麻绳绑在椅子上。张潮想大概是他那张死人脸的缘故，没有女人能受得了。

张潮本以为自己高中三年认真学习，做所谓的好学生，就可以充当旁观者，不会与曹茂盛有什么交集，可是一切出乎他的意料。高二时张潮进了所谓的"火箭班"，就是萌林高中垂死挣扎的高考冲刺本科的班，虽然建校以来从来没有学生考上过本科，任教老师也都没有本科文凭。有一次晚自习后，张潮去普通班的教室门口等绒，他想找绒聊聊天。普通班的班主任正在训话，说些高中不要谈恋爱虽然高考没希望也得好好学习的陈词滥调。张潮在教室门口斜身侧脸欣赏着班主任可笑的训话，忽然感觉被人从身后掐住了脖子。张潮艰难地转过身来，曹茂盛那张死人脸让他不寒而栗。曹茂盛抓起他的衣领，狠狠扇了他两耳光，说着你小子怎么在教室门口偷听之类的话。这时候，班主任训完了话，普通班的学生蜂拥而出。曹茂盛还没打过瘾，又踢了张潮几脚，旁边围着一圈同学看戏，圈子不大不小，恰好给了曹茂盛施展的空间，好像意识不到同样的遭遇有一天也会落到自己头上。这时候绒走上来，站在张潮和曹茂盛之间。曹茂盛又想施展拳脚，好像要把自己生活的失败全部发泄到这名乡下来的学生身上，这时绒走上来拦住了他。张潮看见两道光芒从绒眼中射出，照亮了那张死人脸。曹茂盛大概顾忌普通班的同学，他们高考无望，什么都干得出来。

张潮的脸颊火辣辣的，拳头攥紧又松弛下来，他想像李大志那样愤然还击，想到自己如果被开除就只好回家种地，一辈子钉死在黄土地上，不得不忍受屈辱，小辫子握在人家手里。后来的年月，张潮又碰见许多握住自己小辫子的人，他们无所忌惮地肆意胡为。

6 梅

临近午夜了，李大志开始一丝不挂地做俯卧撑，搞得并排放置的铁架子床吱嘎吱嘎一起摇摆，舍友们都睡不成觉了，但大家知道李大志是混社会的本地人，都不敢吭声。

架子床摇摇晃晃，本来用阿Q的"精神胜利法"想象成摇篮也可以，可是李大志每次俯下身去，嘴里总咬牙切齿地吐出一个"肏"。他把屁股抬得很高，黄鼠狼一样弓着身子。绒鼓起的被窝只在被脚有一圈光亮，好像阳光给一团乌云镶了一道金边。张潮知道绒肯定正在被窝里打着手电筒写诗。

张潮发现那个大脸盘大屁股穿淡蓝色复古牛仔裤的女人有段时间没来宿舍找李大志了，大概是分手了。

"你女朋友呢？"张潮小声问，他想采取这种方式提醒他不要晃床。什么时候做俯卧撑不行，非要等到舍友都要睡觉的时候，别人还要考大学呢。

"分了，因为酒瓶子的事。"李大志不做俯卧撑了，裸体躺在床上。窗外投射来的路灯光洒在他冒着腾腾热气的身体上。他真是一名身材匀称、长相英俊的美少年，趴在床上的时候，挺翘的臀部像刚剥去青皮的蜜橘。他语气中的轻描淡写让张潮无法接受，跟女人分手好像随手脱掉一双穿旧的袜子。

"哦，那对不起。"张潮怯怯地说。

"有什么对不起的。哥玩的女人多了。"李大志嘴角往上一撇，满脸不屑地说。

"不过你这样的好学生主动跟我说话我挺高兴的。"李大志补充道。

"好学生？"

"对啊。坐在第一排，天天吃粉笔末。英语老师在课堂上说你英语模拟考试得了年级最高分。"

"都是被逼的，除了考大学，我没有别的出路。其实我很讨厌所谓的学习。"

"你也喜欢英语老师？你小子最好想都别想，我喜欢比我年纪大的熟女，我知道她们喜欢什么。"李大志突然转换了话题。

李大志说完翻了个身，又开始做俯卧撑，也许是先前的俯卧撑耗尽了他的体力，这次每次俯身撑起都缓慢而艰难，那个咬牙切齿的"肏"字语音拖得很长。

"你都快把床搞塌了。明早还要上晨读呢。"经过先前的一番交谈，张潮鼓起了与李大志开玩笑的勇气。

李大志重新平躺在床上休息，健壮的胸脯一起一伏。

"我才不会想。我眼里只有学习。我可不想一辈子种地。"张潮说着,眼前还是浮现出英语老师的身影来。为了吸引她的注意,张潮几乎把所有的自习课都用在了背英语单词上。

7　双杠上的身影

张潮把自行车推进教学楼后面的车棚,满脸悲伤地走进宿舍,迎面碰见绒在楼道提着一只装满水的塑料桶。

"这月的零花钱又被混混儿抢了?"绒问。

"嗯。那几个王八蛋看准我了,每次我来上学,都在校门口截我。"张潮拍了拍校服裤子上的土。几分钟前,在校门口,他的自行车又被小混混儿推倒了,那个矮胖子保安照例坐在木椅上看戏。椅背上斜挂着一台翘着长天线的收音机。有一次,张潮问他怎么不管。那个矮胖子振振有词地说:"校门内归他管,校门外他管不着。"

"我家在县城郊区酒厂附近,下次来学校时你先到我家,咱俩做伴来学校吧。"绒说。

张潮点了点头。

晚自习后,绒叫上张潮到操场走走。绒说这垃圾学校,天天有人打群架,不是读书的地方,他是被初三班主任卖到这里的。那厮人收了萌林高中招生处的人头费,才怂恿学生们填报这里的志愿。以他的成绩,上不了县一中、县二中,上个县三中没问题。张潮说自己也是这情况,已经走到这一步了,也该搏一下。绒说他打听过了,这学校毕业班高考成绩连过二本线的都没有,考上大专就是稀罕事了。

在这学校，最主要的是把拳头练硬，生逢乱世，不能做孬种。以后谁抢你的零花钱就揍谁，狠狠地揍，往死里揍。绒说着，把蓝格子单褂搭在双杠上，脚尖一点，两个胳膊一撑，身体悬在了双杠上。他开始一起一伏地练臂力了。张潮学着他的样子，在双杠的另一头锻炼身体，只是一撑起来胳膊就抖个不停。

倚着双杠铁柱休息的时候，绒说："我写了一首叫《长毛兔》的诗，感觉咱们在萌林高中就像被关在笼子里的长毛兔。有人剪掉咱们的毛拿去卖，有人吃咱们的肉不吐骨头，最可恨的是有人想剪断咱们的舌头不让叫唤。"

张潮听着他莫名其妙的话语，不知道如何回答。绒从书包里掏出放音机，开始播放郑智化的歌曲。绒总是播放完那首《水手》再倒回去重听。他俩试图跟着磁带学唱，但可悲地发现都是五音不全，开口就跑调。

绒把声音开到最大，歌声在空寂的操场上回荡："年少的我喜欢一个人在海边，卷起裤管光着脚丫踩在沙滩上，总是幻想海洋的尽头有另一个世界，总是以为勇敢的水手是真正的男儿，总是一副弱不禁风孬种的样子……"

深夜的校园一片死寂，不远处传来火车经过的隆隆声。"你以后考上大学，记得替我去看看海。"绒把放音机装进书包里的时候说。

张潮说："咱俩都要考上。"

绒撇撇嘴，没有说话。

回宿舍的路上，绒说："你把校门口被小混混儿抢劫的事跟李大志说说，听说他是道上混的，兴许可以帮上忙。"

奇怪的是，等张潮练出了全身肌肉块，即便一个人骑着自行车到校门口，那几个小混混儿站在不远处望着，也没再过来推倒他的自行车。张潮不知道是自己表情不再怯懦的缘故，还是因为李大志替自己打了招呼。校门口的矮胖子保安无聊地摆弄着挂在椅背上的收音机，也许是为了加强信号，他在收音机的天线上接了一段铁丝，斜斜地指向灰暗的天空。那次，张潮听清楚收音机正在播放单田芳的评书《白眉大侠》。

8　报　复

张潮正坐在课桌旁思索一道立体几何题，抬眼看见玲进来了。玲总是踮着脚身子一高一低走进教室，硕大的乳房在碎花褂子里一颤一颤，第二颗纽扣随时要崩裂。她进教室的时候总是抿着嘴笑，不知想着什么开心事。张潮一扭头，看见绒正朝着玲笑。原来玲的笑是为绒准备的。张潮正想收回目光，却偶然看到坐在教室中间那排的王胖子怪异的眼神。王胖子也许刚睡醒，睡眼惺忪中带着愤怒。张潮想起电视节目《动物世界》里的一幕镜头：两只俊美的羚羊在草地吃草，时而深情对望，时而相互依偎，不远处躲在灌木丛中偷看的一匹豺狗又嫉又恨。仿佛都是命中注定，豺狗的报复很快就实施了。

一天上课前，绒送给玲一个毛绒公仔，像只小狗，又像只小猫。张潮看到玲抿着嘴笑了很久。她的脸上带着几痕雀斑，透着几分早熟。

绒喜欢写诗，有天晚上绒在宿舍拿出一个皱巴巴的软皮本，让张潮看他的诗。那些诗多是关于女人的，让张潮崇拜得五体投地，认定绒以后肯定能当大作家，比语文课本上郭沫若的诗好看多了。绒笑嘻嘻地说："《蒲公英》这首诗其实是写给玲的，我关注她好久了。放学时我经常跟在她后面，她知道我在身后，就是要扭头给我看。"就着宿舍晦暗的葱头灯泡，他眉飞色舞地沉浸在自己的想象中，对曹茂盛的训导只字不提。

那年冬天，王胖子放着家里温暖舒适的别墅不住，非要住在萌林高中学生宿舍。一个落雪的深夜，张潮被隐隐约约传来的呼救声吵醒，他坐起身，发现包括绒在内的舍友都醒了。几位同学穿好衣服，循着声音走去。声音是从宿舍楼不远处的公厕传来的。等他们赶到，原来是王胖子边拉屎边看漫画书，不知不觉过了午夜，腿蹲麻了，坐进坑里，跟一堆屎冻在一起了。张潮和绒费了很大劲才把王胖子从粪便里拔萝卜一样拉出来。其他几位同学开始在校园里四处寻找干树枝，想点起篝火烤烤王胖子冻僵的大屁股。王胖子边哭边咒骂萌林高中条件差，整栋宿舍楼都没厕所，他家的别墅到处有厕所，可以随地大小便。张潮问他那你干吗不回家住，偏要住宿舍。王胖子不说话了，哭声却更大了，号啕在严冬的雪夜里。

篝火升起来了，王胖子撅着沾满屎的屁股对着跳跃的火焰。绒努了努鼻子说其实屎烤烤也挺香的，跟烧饼味道差不多。

关于绒和玲的流言蔓延得到处都是。有同学声称在晚自习放学后亲眼看见绒和玲在楼道里舌吻，还有同学说有一次晨读来得早，一开教室门发现绒与玲正在收拾小毯子和衣物，并起来的课桌还没来得及摆回原位。那些散播流言的师生，带着刻骨蚀心的嫉妒搬弄唇舌，然而绒和玲竟然毫不在乎，即使在寂静的自习课上，他们也常含情脉脉地对视，下课的时候，还会依偎在一起，眯着眼睛当众闻着对方的体味。当然这些都没有造成严重后果，导致绒和玲被开除的是有人举报玲在操场旁边的自来水管旁边给绒洗头，被闻讯赶来的教导处主任抓了个现行，还拍了照。不过那是高三时候的事情了。

那个初夏的夜晚，绒已经收拾好了行李，宿舍里他曾经入眠的铁架子床只剩下了一块边角料拼接的劣质床板。

绒把全部的高中生活打了包，装进一条学校小卖部买来的蛇纹编织袋里。除了棉被和衣物，没有多余的东西。绒把自己平时读的几本小说和诗集送给了张潮，教材都当废纸卖给了校门口那名一天到晚听收音机的保安。

绒背着编织袋，张潮送他到校门口。

"别送了，我找辆摩托三轮就回家了。"绒说。绒口头上这么说，旁边经过了几辆没载客的摩托三轮，他也没有拦下来。路灯渐渐地稀了，光线也暗淡下来。

"咱们是兄弟，如今一切都画上句号了。"绒沉默了许久说。

"都还没有结束，以后也是兄弟。"

"你好好考大学。我也该考虑下今后的生活了。"绒抓住张潮的手。绒的手掌宽厚温暖，不像张潮的手那样单薄冰冷。

"玲呢？"张潮问。

"她啊，不知道还跟不跟我在一起。她太偏科，只有语文还算好，大概也考不上大学。"绒满脸忧伤，好像对自己和玲的爱情并不抱有希望。

"祝愿你们能结婚。"

"等她高中毕业的时候再说吧。"

"长毛兔终于告别了笼子。"绒长嘘了一口气说。

9　羽毛球

让张潮喜出望外的是，肖梅竟然约自己一起打羽毛球。这份邀请，就端端正正地用红笔写在张潮的模拟考试试卷不易觉察的中缝里。那次考试，张潮的英语又得了年级最高分，给英语老师在喜欢攀比的同事面前挣足了面子。

萌林高中没有专门的运动场馆，打羽毛球选择在男生宿舍与女生宿舍之间的空地上，两栋楼可以挡风。张潮以前没打过羽毛球，总是接不住，偶尔接住了，不是打得太远就是打得太近。为了表示歉意，张潮抢着捡球，甚至一些落在她脚边的球。

肖梅说自己最近被曹茂盛盯上了，他的眼光好可怕，现在都不敢自己回教职工宿舍，怕碰上他。肖梅又说自己是师专毕业，学历低，只能来萌林高中这样的私立学校当老师，待遇不好，氛围很差，宿舍洗澡也没热水，要用暖瓶到锅炉房提热水。烧锅炉的孙师傅，个子特别矮，却总是一脸淫笑，老是说我帮你把热水送上去呗。张潮见过多次她说的孙师傅。孙师傅是学校的勤杂工，除了烧锅炉，还兼挖厕所。萌林高中的男厕和女厕在校园的东北角，中间隔着一道墙。孙师傅常常拉着一辆跟他差不多高的铁斗大粪车，招呼都不打就拉进女厕，惊得几名女生尖叫着提着裤子跑出来。

张潮觉得肖梅只是一名满怀忧伤的大姐姐，老师这个身份对她来说是一件过于沉重的外衣。

张潮弯腰捡球的时候，一只暖瓶不知从哪儿掉下来，摔碎在他脚边，瓶塞滚出去老远，沾满了土。那只暖瓶，玻璃内胆碎了，塑料外壳没碎，只是裂了。塑料外壳上印着两条凸眼睛金鱼和一个福字，那是张潮的暖瓶。那两条金鱼眼睛更突出了，被活活摔死了。张潮断定暖瓶是从楼上的宿舍窗口扔下来的。难道是李大志？张潮心里打了个寒噤。

晚自习放学后，张潮不敢一个人回宿舍，怕招来李大志一顿暴揍。学校里谁都知道，李大志在武校练过，擅长高抬腿踢人下巴，并且踢腿时可以保持上身不动。放学前张潮环视教室，绒晚自习没来，玲的位置上也是空的，王胖子气鼓鼓地坐在课桌旁，不知在盘算什么。

张潮回到宿舍的时候，李大志已经洗漱完躺在床上。李大志那个夜晚出奇地平静，连平时的床上俯卧撑也没有做。

"咱们公平竞争。"李大志沉默了许久忽然冒出一句话，然后侧转身子，背对着张潮。张潮不知道他睡觉了还是在想事情。

"你误解了，我没想过恋爱……我和肖老师只是打打羽毛球。"张潮断断续续地说，感觉自己的话语虚伪而做作。

第二天上英语课的时候，张潮紧紧盯着讲台上的肖梅。每次上英语课，他都带着某种狂喜。肖梅转过身来，迎上了张潮的目光。她没有责备，只是莞尔一笑。

那是两小节课连在一起的大课，课间休息的时候，李大志朝讲台上的肖梅走去。时值北方的初春，寒气未消，李大志却穿着一件纯白色的紧身长袖，袖子挽到胳膊肘，胳膊支在讲桌上跟老师小声说着什么。课间的教室吵吵闹闹，张潮听不见李大志在说什么，他只知道李大志在有意袒露结实的胸肌，只看到肖梅脸上写满疑惑。想到这儿，一颗莫名其妙的眼泪滚落张潮的脸颊，滴在英语课本的扉页上。

10　一暖瓶热水

高二那年的春天忽冷忽热，冷起来要穿棉袄，热起来要穿短袖。张潮的个头像那个春天突如其来的狂风，老是有同学抱怨被他挡住了视线。张潮那天的晚自习上得心不在焉，不停地翻弄英语作业本里夹着的字条，翻开看看，又夹进作业本里，字条上红笔写得清晰，"晚自习后提一暖瓶热水到我宿舍"。快放学的时候，张潮觉得应该把字条珍藏起来，就把那个边缘揉皱上卷的字条夹进了日记本里。

教职工宿舍楼在校园东南角，挨着锅炉房。张潮的那个画着两条金鱼的暖瓶被李大志从窗子里丢到楼下摔碎了，他把裂开的暖瓶塑料壳缠了两圈沾纸箱用的黄胶带，给暖瓶换上了新内胆。现在，他正忐忑不安地轻敲肖梅宿舍的黄漆木门，手里提着一暖瓶热水。

杨木门后面响起窸窸窣窣开锁的声音，折腾了好大一会儿，好像门上有无数把铁锁。吱呀一声门开了，肖梅说着什么，张潮没听清楚，一下子进入成熟女人的卧室，欣赏着面前难以置信的景象，像误入倏然显现又转瞬即逝的天堂。张潮稍微回转过身来，听清了肖梅的言语，她又在抱怨萌林高中待遇不好，宿舍连热水都没有，还得用暖瓶去锅炉房提。肖梅接过张潮手上的暖瓶，对张潮说床头柜上有几本书，你可以先看看。他装模作样地随手翻起那些书，看到上面密密麻麻的红笔标注，就像一本本她平时批改的作业。肖梅朝他笑笑，走到他身边，随手拿起床头柜上的一本书，翻开折角的一页，说她最喜欢这首诗，你可以念给我听吗？张潮咽了口水润润喉又舔了舔干燥的嘴唇小声念了起来："群鸦聒噪，乱哄哄地飞向城市。就要下雪了，现在还有家乡的，真是福气……"

张潮还没念完，肖梅问："你说这首是不是写给我的？"

张潮一边盯着她，一边支支吾吾地说："可是，这是十九世纪尼采的诗。"

肖梅眼睛里闪烁着异样的光："你就不相信有些东西可以超越时代？"

张潮垂下眼皮："肖老师……我其实读不懂这些诗……"

肖梅故作生气地说："别喊我肖老师，我只是一名师专的女生。我还没适应老师这个身份，别把我当老师好吗？在这里，我谁也不认识，一个同学都没有。还有那教导处主任，常常半夜敲门，害得我不得不多上几把锁才敢睡觉。哎，你知道吗？后来我告诉他，自己正和眼镜谈恋爱准备结婚了，眼镜，就是教你们语文那个。凭女人的直觉，我一眼就看出他不喜欢女人。你知道吗？眼镜拿着语文课本，教的都是文化糟粕，即使他喜欢女人，我也不会喜欢他。要想真正学到东西还得自己读书啊！你是有希望考上大学的，记得千万别上师专，将来当老师误人子弟就不好了。我现在真想辞职，有个表姐在市里开服装店，我想过去帮忙，那里好多新衣服啊。漂亮衣服那么多，我想都穿穿。班里那名叫李大志的男生，一上课就跑到讲台上来找我请假，穿着很奇怪……"肖梅唠叨个没完。

11　蝴蝶文身

李大志偶尔在宿舍过夜，不过他不再做俯卧撑，而是带来一个女人，丝毫不顾忌舍友们的眼光。他俩常常宿舍断电后的深夜才来。张潮借着窗外的一缕暗淡的月色，看见一只巨大的展翅花蝴蝶文在女人的后腰上。

有一次，李大志没带女人来宿舍，自己躺在床上，睁着眼睛凝望天花板上垂下的葱头灯泡。那个灯泡蒙着一层棕色油污，灯光给他英俊的脸涂上一层赭色。到了晚上十一点，断电了，李大志还在盯着那只灯泡。张潮尝试着跟他交谈，问他的新女朋友是做什么的。他简练地回答说萌林路卖衣服的。

"你买衣服时认识的？"张潮又问。

"嗯。"李大志说。

"长得挺漂亮的。"张潮奉承道。

"好啊，你小子竟然偷看！"李大志忽然坐起身，吓了张潮一大跳，以为这个远近闻名的痞子要揍他。

"没没……没偷看，是相信你的眼光，你的女朋友都是美女。"张潮无力又谄媚地解释。

"还狡辩！"李大志底气十足地说。

张潮知道自己理亏，也从床上坐起来，做好了挨揍的准备。让他惊讶的是，李大志非但没有揍他，反而哈哈大笑，语气也温柔起来，他有些得意地说："你们这帮只知道学习的，估计怎么交女友都不会吧。"

"小处男，我教你好不好啊？"李大志忽然来了劲儿，在昏暗的宿舍里目光闪烁。

"这，这不好吧，这，还得考大学呢。"张潮嗫嚅着。

高二那年，吃着萌林高中食堂总带着霉味的馒头和不见油星的烂菜叶，张潮的身体在拔节生长。

　　高三刚开学的那个秋天，李大志退学了，舍友们都松了一口气，反正他在学校也只是耗着，又考不上大学。那天中午，张潮正在午休。一个戴大圆圈耳环的阿姨来宿舍收拾李大志的床铺和杂物，看样子是一位母亲。张潮带着对混混儿母亲的怜悯和尊重，主动帮她收拾。那名阿姨说了声谢谢，提着包裹要走的时候扭头对张潮诡秘一笑，说她亲爱的大志很能干。

12　晨读

　　高三下学期的每个晨读，张潮都在大声朗诵那本诗集。肖梅不再代课，听说是去了市里亲戚家的服装店帮忙。等张潮确信肖梅已经离开了萌林高中，内心涌起一股被遗弃的恐慌，就像一个嗷嗷待哺的孩子失去了母亲。从那时候起，张潮开始清晨第一个到达教室晨读，有时候趁着失眠凌晨三点就抵达教室，爱睡懒觉的学习委员主动把教室钥匙交给了他。

　　张潮最后一次见到肖梅是在高三下学期的秋天，他踩着遍地的悬铃木黄叶提着暖瓶给她送最后一瓶热水。为了避免碰见熟悉的老师与同学，张潮沿着宿舍楼的夹缝左拐右拐，穿越空旷的花园和孤寂的悬铃木。一见面肖梅就说他最有希望考上大学，要走出去，逃得越远越好，还要把学校的知识忘掉，忘得越快越好。肖梅在一个白瓷杯里给张潮冲泡了一杯速溶咖啡，她向张潮眨眨眼说："这是咖啡，县城可买不到，市里才有。"张潮端起杯子，一小口一小口地抿着那种神奇的饮品，浑身升腾起一股热气。肖梅也给自己冲泡了一杯咖啡，小口抿着，交谈着英语单词速记法。

他敬畏她深厚的学识，她大姐姐一样的唠叨，还有偶尔冒出的莫名其妙的怪话。直到现在，他都认为自己高中时代的语文知识是英语老师教的。

班主任因为张潮忽然的努力在班会上对他提出表扬，坚信他一定能成为萌林高中第一个考上本科的人。有一次晨读张潮却被曹茂盛喊到了办公室。张潮心思恍惚，走得蜗牛般缓慢，好像要在身后留下一长串印痕。到达曹茂盛办公室门口的时候，曹茂盛已经像往常那样双脚交叉搭在另一把木椅的椅背上，棉袜上露出的大脚趾散发出下水道的气味。张潮怔怔地站在办公室门口，曹茂盛让他把门关上。他关上门，站在门口，不敢向前，头脑中浮现出曾经因为在教室门口等绒遭受曹茂盛殴打的情景。张潮胆怯地凝视着他的那张脸，如果世上真的存在地狱使者，大概就长着那样的脸。曹茂盛与他对视了一会儿，轻蔑地笑了："现在高考在即，你竟然在晨读时读跟考试无关的内容。语文老师都被你骗了，可你觉得能逃过我的法眼吗？你是不是觉得萌林高中永远不会出一个本科生？过来，走到前面来，再往前一点……"曹茂盛用那只棉袜中露出的大脚趾在张潮的胸膛上点了几下，把臭气留在他的灰蓝色校服上。张潮真想做一名李大志那样的坏学生，拽住那条腿把他从木椅上拉摔到地上，采用极其粗鲁的姿势暴揍他一顿，但想到还要考大学只好忍气吞声。

高三那年的暑假，领完高中毕业证，张潮想沿着萌林高中不远处的铁轨去市里找肖梅，犹豫再三，还是去了相反的方向，到达中西部地区一所大专院校为提前报到新生提供的六人间宿舍。

13 长毛兔

没想到十几年过去了。

绒说:"还记得吗?萌林路的尽头,以前咱们不敢去,有一次我们到处找理发店,走进萌林路尽头的一家,进去后发现只有一张床和墙上的一面大镜子,一个披肩发的大姐姐问我们真的要理发吗?"

"那时没理发,真是遗憾。"绒说。

"是啊,如果能回到从前,我愿拿出那个月的生活费。"张潮说。

这时,张潮裤袋里的手机振动了一下,他掏出手机。短信是报社总编发来的:小张,报社撑不下去了,你工龄最短……

张潮偶然抬头,看到绒的眼睛微微闭着,似乎在凝视记忆深处某片遥不可及的空白,身体随着走路一起一伏,像一只赛狗场上的长毛兔。

张潮回望自己这十几年的生活,转了一大圈,又回来了,被活活钉死在大地上,跟眼前衣衫褴褛、神情颓丧的绒没什么两样。

(《特区文学》2016年第5期)

海上皇宫

1

那是一个稍稍活动就浑身是汗的夜晚，正处于鸟城湿热的暑季。

朱伊坐在鸟城医院接诊楼大厅的值班室，空调温度开得很低。医院里静悄悄的，偶尔从产房传来产妇分娩的哀号。她关了值班室的大灯，打开视窗处的天鹅颈台灯，手里握着一根灌满蓝墨水的钢笔，在值班表上画着圈，昏昏欲睡。不知哪里传的滴水声，如同屋檐上冰雪消融，可亚热带的鸟城从不下雪从不结冰。几年的护士生涯，她已经对医院的夜晚习以为常，就像她对夜班习以为常一样。她那年二十八岁，不再是那个见了肢解的青蛙就拼命尖叫的医学院小女生了。空气中弥漫着消毒水和中草药的味道，这种味道给她安宁，让她觉得自己的余生就在这种味道里安然度过。

有人绕过医院诊断楼的廊柱，走进大厅，轻敲值班室视窗的玻璃。她睁开眼睛，从梦魇里挣脱，看见一个背帆布双肩包的青年男人，那人一只手轻敲玻璃，一只手握拳，拳眼堵在嘴上咳嗽。他好像从远方来，旅途劳顿，染上风寒。虽然她先前值夜班时见过几个流浪汉和酒精中毒的人，还是被眼前的男人吓了一跳。他下巴上的胡须一直蹿到耳朵上，如一堆秋后枯草，看起来已经好久没修剪了。瘦削的脸颊透出刚毅的性情，眼睛闪闪发光。大热天身上却披着一件军绿色的厚风衣。风衣的下摆沾满泥块，一定冒雨在泥泞中走过，或许还滑倒过。朱伊觉得眼前的男人虽然落魄，心智却正常，不像精神病患者。

两个小时前，值夜班的王医生丢下一句"有病人来叫我"就一头钻进休息室睡觉去了。王医生四十多岁还没结婚，经常向新来的年轻护士感叹自己感情生活的匮乏。那名身材矮小、身形上窄下宽的男子，在感情方面有着非同寻常的需要。这医院里，女医生、女护士很多，男医生却少得可怜。王医生就仗着这一点，接连不断地同护士好上，却从不承认自己有女友。五年前，朱伊刚从医学院毕业来上班。有一次值夜班，王医生循循善诱："小伊啊，你工作真是太努力了，但工作可不是人生的全部！偶尔好好放松一下。青春易逝，咱们都得好好把握啊。"

面对眼前的病人，朱伊不想惊动医生，也不敢去。王医生的休息室在一楼走廊的尽头，房间正中央摆着一张妇科检查椅，女人躺在上面，可以用皮套固定住手脚。这会儿里面肯定熄了灯，黑漆漆的。王医生总能想方设法占到女同事的便宜，然后突然收住笑容，戴上接待病人时的严肃面具，一下子把话题转移到工作上，就像川剧里的变脸技艺，干净利落。朱伊自己就能确定病人不过是旅途中染了风寒，打上一针便可。她自己捏着针管，像在医学院里操练过的那样，将药水注射到他结实的肩膀上，又找来一块浸湿的纱布，帮他擦了擦额头的泥浆。

"你刚来鸟城？"她问。

"嗯。"

"从哪里来？"

"北方。"

"真远。"朱伊想他大概不愿意透露太多具体信息，北方那么大，谁知道是哪里。

朱伊希望还能见到他，只是自己找不到别的话搭讪。她带着一种感情上的急迫感，医院里的青年男人又少得可怜。她不知道这是不是爱，或者仅仅是不讨厌。

"多少钱？"他问。

"不要钱。"她说。

"那谢谢你。"他说。

没有医生出诊，没有病历，朱伊擅作主张打了一针抗病毒的利巴韦林，便没有费用，虽然这不符合医院的接诊规定。

她撕下一张处方笺递给他，那上面写着自己的电话，仿佛那是一味治愈风寒的良药。

他明白她的意思，笑笑，说她是自己来鸟城认识的第一个人。

她跟到医院诊断楼门口，目送他离去。月光倾泻，医院更加惨白。树影给水泥地面铺上一层黑毯。她不知道他要到哪里去，他自己也不知道。

朱伊回到值班室，值班表上密密麻麻的笔迹，那是她昏昏欲睡时无意中画下的。那不是直来直去的线条，而是一种法国哲学家德勒兹所说的"逃逸线"，曲线和点交织错落，杂乱无章，满是断裂感。她则追求直线一样的生活：上学，毕业后找一份稳定的工作，结婚生子，退休，按部就班地完成人生的每个阶段。

穿过诊断楼后面围墙的窄门，有一个幽闭的花园，那几栋老旧的六层楼房便是医院的职工宿舍。朱伊住在那里，两个人一个房间。自己好歹还有个住处，那个病人却连住处也没有，不知道他是露宿街头还是到城中村的背街小巷找个廉价旅馆。

第三天上早班，下午三点下班。一下班朱伊就和舍友李芳到一个叫"荷兰花卉小镇"的地方买来一黑一白两只兔子，装进铁笼子，养在宿舍陪伴自己。它们带着离群的忧伤，不肯吃女主人买来的青菜。这一对兔子，朱伊觉得一个是自己，一个是那名染了风寒的男人。这个念想像一阵不可抑止的风，翻越医院围墙和救护车顶，透过粉白护士服下微微颤动的身体。李芳不喜欢兔子，买了一只小白鼠，永无止境地在木笼子里的一个木头轮子上奔跑。木头轮子是水车造型，连轴转动。无论那只可怜的小白鼠怎么奔跑，总是原地踏步，可它还是不停地跑，仿佛不用吃饭睡觉似的。那只小白鼠滑稽的动作把头上扎着两把小刷子的李芳逗得乐呵呵的。朱伊则觉得那是一种残忍。

那个闷热的夜晚，张潮来到鸟城。在几千里之外的丹城，他早就听说鸟城是一座可以实现梦想的城市。现代的城市没有城门，没有明显的进城标志，他一看到鸟城的高楼大厦就迷失了方向，繁茂的大叶榕遍布迷宫般的大街小巷。他就在路边一丛绚烂繁盛的三角梅下喉咙发痒眼睛干涩，不知是因为抵达梦想之城还是水土不服。透过三角梅的花瓣，路上掠过一个摩托车队。车手一律留着往后梳的长发，墨黑皮衣上镶满铁钉，穿着高帮黑皮靴，皮靴上的鞋带一直绑到膝盖。那些摩托车摘除了消声器，经过的时候声势浩大，像刮过一阵狂风。那狂风不仅呼啸在榕树大道上，也呼啸在他的生活中，掀翻了曾经生活中的一切。

在开往鸟城的低等火车上,张潮头脑中不断回响着《青春咖啡馆》里露姬的话:"我每次与什么人断绝往来的时候,都能重新体会到这种沉醉。只有在逃跑的时候,我才真的是我自己。"那年初冬的一天,张潮像往常一样坐在办公室里,面对着电脑,写一份言不由衷的虚假报道。他忽然想到,这难道就是自己想过的生活吗?完全可以逃离这个环境,去很远的地方,就像《青春咖啡馆》里的露姬。

2

五天后,张潮风寒痊愈,他拨通处方笺上的手机号码,约朱伊到鸟城大学的湖边走走,他说他喜欢大学里的景色和被庇护的安全感,说不定哪天会重返校园做一名老老实实的学生。朱伊那天正好上早班,下午三点就下班了,便答应下来。鸟城大学据说拥有这个国家最美丽的校园。朱伊走进去,四处张望,迷恋起校园的景色来。湖边榕树葱茏,碧草覆地,晚风吹皱一池绿水。他俩围着湖边走了一圈,边走边聊。走累了,就坐在湖边乌桕树下面的木椅上。那张木椅其实算不上椅子,只是半截窈窕起伏的树干,抹上了桐油,也不知横在那里多久了,坐在上面倒是挺舒服。暮色渐浓,不远处的路灯氤氲着暗黄的微光。他俩并排坐在木椅上,肩膀靠在一起。她感受他肩膀的温度。在那上面,她曾给他打过一针。

夜深了,他们依然在交谈,每个人都好像压抑了好久,都有很多话要说。天空下起雨来,谁也没有要走的意思。头顶的那棵乌桕树起初还可以挡雨,过了一会儿,树叶承载不了雨水的分量，落下更大的雨滴。雨中，鸟城的天气一改闷热，反倒有些凉意。他伸出胳膊，搂她在怀里。他的另一只手掠过她的脸庞，从衣领处探下去，她没有拒绝。

已是午夜，两个人都淋得浑身湿透。他送她到宿舍，她说房间里有风扇，可以帮他吹干短袖。他把衣服脱下，搭在风扇护罩上，她则忙着用电蚊拍捕捉蚊子。鸟城的蚊子大得像黑寡妇蜘蛛，并且有绚丽多姿的大长腿。那张单人木床实在太窄了，他们不得不重叠在一起。事后两个人大汗淋漓，他调笑说贵医院的生理疗法效果显著，伤寒终于痊愈了。灰暗的玻璃窗上映出光亮，他得走了，赶在她值夜班的同事上夜班回来之前。那名同事叫李芳，戴着个大黑框眼镜，脑袋上扎着两把小刷子，个头挺小，说话嗓门却特别大。

张潮每次都趁着朱伊的女同事值夜班时来，两个寂寞的身体相互抚慰。朱伊起先不知道他的名字，便喊他病人。在一次温存之后，朱伊问起他的名字，说自己每次都跟一个身份不明的男人上床总觉得奇怪。男人说他叫张潮。他每个晚上前来，总会给朱伊带些时令水果。朱伊不知道他哪来的钱。

有一天晚上张潮来找朱伊。朱伊依然在宿舍门口的榕树下等他。朱伊不时地低头看着自己的鞋子，掩饰不住内心的兴奋，她说住在单位宿舍很不方便，她在医院后面的乌桕树社区租了一套单身公寓，邀请他搬进来跟她同住。他俩沿着榕树大道走了一段，拐进学府街，在街边的小店吃了一碗桂林米粉。乌桕树社区就在学府街旁边。学府街的另一头是鸟城大学。

朱伊带着新生活的喜悦牵着张潮的手走进乌桕树社区那套带家居出租的公寓，把配好的另一套钥匙递给他。朱伊对张潮说：

"这就是我们的家，你可以随时到来。"朱伊到学府街的商店买来几张电影招贴画斜斜地贴在墙上。张潮想招贴画上歪头扮酷的男人应该是她崇拜的明星。那确实算得上是一个不错的房间，宽敞明亮，有一个小小的厨房，还有独立卫生间。卫生间旁边是小阳台，拉着根铁丝，可以晾晒衣服。对于他们来说，这已经是一个舒舒服服的窝了。随他们一起搬进新房间的，还有笼子里的那两只兔子。

张潮不大情愿地搬了进来。他东西很少，除了两身替换衣服，就是几本书。实际上，他从来都不知道该如何称呼她。唯一确定的是，她不是普遍意义上的女朋友。他跟她在一起只是因为在这座陌生的城市孤身一人，或许只是因为夜晚需要搂着个女人睡觉。可她，未必这样认为。

那时候张潮身体不好，经常感冒。朱伊是护士，从医院拿了药水，给他打针，像对待小孩子那样打在屁股上。朱伊说那个部位更容易吸收。张潮笑笑，说他迟早会报复的，也会给她打上一针，用特制的大针管。朱伊也笑，说那你试试，等病好了再说。张潮就扑上来，脱她的衣服。

那段时间，大概是他们最快乐的日子。有时候他们一起在卫生间里洗澡，相互抚摸，拥抱在一起，迫不及待地做爱，丝毫不顾忌全身的沐浴乳泡沫。那两只兔子也是欢快的，蹦跳着在笼子里撒欢。但谁也不知道那是不是爱。

张潮白天几乎不迈出房门，待在房间看书、发呆或者做爱。傍晚的时候，在朱伊的央求下，才同她一起下楼，到社区里转转，但从不走远。

那看似是一个寻常的傍晚，但没有哪一个傍晚是寻常的，朱伊挽着张潮的胳膊下楼。朱伊撒娇让张潮背。张潮弓下腰，朱伊站在更高的台阶上，轻轻一跃，便黏在他的背上。为了防止她下滑，他的双手扳住她的膝盖弯。朱伊的两臂攀在张潮肩膀上，臂弯里挂着的布包随着张潮深一脚浅一脚地下楼梯摇摇晃晃，里面装着一只柔软乖巧的兔子。此刻，张潮的身体承担着一个女人和一只兔子的重量，这让他步履蹒跚。

楼下聚着一群人。一名穿蓬松花睡衣的少妇和两名戴安全帽的管道工人正在探讨怎么疏通鸟城老旧的下水道。少妇手里牵着半截绳子，绳子的另一头拴着一条小得可怜的吉娃娃犬，那条小狗和朱伊包里的兔子差不多大。朱伊把包里的兔子放出来。一根尼龙绳打了个结，套在兔子脖子上。少妇的小狗看见朱伊的白兔，就蹦蹦跳跳过来，在兔子身上嗅来嗅去。兔子也探着胡须，瞪着红眼睛，伸着头探索那条狗。它出生以来就待在笼子里，从来没见过狗。狗以前大概也没见过兔子。那条狗甚至伸出舌头舔了舔兔子的嘴，吓得兔子赶紧缩了回去。过了一会儿，相互已经探了个究竟，那条狗突然龇出犬齿，张牙舞爪朝着白兔扑去，少妇合时宜地松开绳子，朱伊也撒了手。兔子惊慌恐惧地在前面跑，小狗得意扬扬在后面追。有时候眼看着快追上了，小狗就故意放慢步子，大概是在逗兔子玩。张潮趁着兔子从脚边跑过，抱起那只可怜的兔子，手掌感受着兔子急速的心跳。此刻兔子安静地趴在张潮的手掌心，四腿伸开，紧紧地贴着手掌，寻求庇佑，红眼睛里依然填满对这个世界的恐惧。张潮的另一只手松开朱伊的手，覆在兔子身上，把它抱在怀里，彻底保护起来。

张潮对那只兔子的偏爱引起了朱伊的不满。她嘟着嘴，夺过兔子，放进包里，手挽住他的胳膊，让他陪自己去逛街。

"你知道的，我讨厌街上那些光。"张潮转过身，朝楼梯口走去。

"你分明就是不爱我。"朱伊的眼泪夺眶而出。

3

从同居的那晚起，张潮会趁着朱伊上夜班走出门去。朱伊给他发了短信，让他在家好好休息。他说他在家，正准备睡觉。其实那时他已经戴上口罩，披上风衣，成了鸟城暗夜街道上的一个幽灵，没有人知道他要去哪里。朱伊有时候疑惑，临近月底，他总是抢着支付房租，不知道哪来的钱。她问起他的经济来源，他总是随便一两句敷衍过去，很快便转移话题，说她今天穿的花裙子真漂亮之类的，逗她开心。有一次轮到朱伊上夜班，她心里一团疑惑，便与李芳换了班，提前归来。家里哪还有他的影子。她坐在床沿上，心烦意乱，想着这个跟自己同居的来路不明的男人。鸟城是短短三四十年建立起来的城市，大街小巷遍布来路不明的人。难道他是黑社会，晚上去偷去抢？鸟城虽然每个幽暗的拐角处都布置了身背齐眉橡胶棍的安全员，晚上还是有人遭抢，一些亡命之徒为了两块钱都动手？难道是干那个的？鸟城有的是一掷千金空虚寂寞的富婆。前些日子，鸟城的某位女领导被双规了，一调查，竟然养着五十多个小白脸，还以拍摄性爱视频为乐。当然，这些事件不会宣扬，可丑闻还是不胫而走，传遍鸟城的大街小巷。想到这里，朱伊捂住了自己的嘴，两行热泪蜿蜒而下。

第二天早晨，张潮回来了，满脸疲倦，一进屋倒头就睡。几缕晨曦掠过钢筋窗棂，投射在苍白的薄纱蚊帐上。朱伊哭红了眼睛，问他晚上干什么去了。她说自己都知道了，他很多个晚上都不在。

张潮没有吭声。朱伊越来越伤心，话语也变得苛刻起来。她问他是不是去找富婆，那些感情空虚的老女人。

张潮咬了咬嘴唇，走出门去。朱伊没有去追，依然坐在床边抹眼泪。

接下来的几天，朱伊没见到张潮。她是个勤奋又坚强的姑娘，擦干眼泪去上班。傍晚下班的时候她走在学府街上忍不住东张西望，害怕遇见他，又渴望找到他。也不知过了几天，朱伊这些天过得恍恍惚惚，忘记了是星期几。那个下班后的傍晚，榕树街上，朱伊远远望见张潮坐在石头花坛上，望着几步之外的铁栅栏发呆。铁栅栏是鸟城大学的围墙，上面林立着防贼箭头。他在抽烟，用烟蒂点燃另一根，还在吐烟圈，把第二个烟圈吐进第一个烟圈里面，把第三个烟圈吐进第二个烟圈里面，一个个的烟圈连成一串，在鸟城的薄暮里氤氲，久久不散。朱伊以前从来没见他抽过烟，不知道他是失踪的这几天学会了抽烟，还是以前就会。这个男人身上笼罩着神秘的光环，魅惑着她，让她既快活又恐惧。

她走上前去，牵起他的手，放在自己嘴边。这样亲昵的举动代表着妥协，暗示着原谅。

张潮站起来，甩开她的手，继续朝前走："干吗来找我？我是一只鸭，还要去接客呢。"

"我知道你不是。"朱伊说。

"要是你是，怎么回来还那么能干？"朱伊继续说。她开这样的玩笑有点勉强，并不能惹人发笑，反而让人觉得可怜。

"亲爱的，告诉我。你晚上肯定是出去工作了，你到底干什么工作？"朱伊追上来，双臂环住他的腰。

"我不能告诉你。我不能告诉任何人。"张潮说。

"我也知道你并不是真的爱我。刚才你坐在花坛边，看的是围墙里面打篮球的女学生。她穿着篮球鞋、白短裙，扎着马尾辫，真可爱，又年轻，我哪能比得上她。"朱伊放开了手。

"你胡思乱想什么？我真的不能说。若你想知道，回家告诉你好了。"

他们一前一后走进乌桕树社区。

他们并排坐在床边，他说他在做枪手。"什么？枪手？是杀手吗？""不是，是文字上的枪手，古代已有这种职业，叫作为人捉刀。有些人没有才华，却爱慕虚荣，想要名气，我就帮他们写点稿子，文体不限，只要价钱合适。"他说他一无所长，就是喜欢文学，嗜好码字。在这个世界上，有人出卖身体，有人出卖劳力，有人出卖尊严，他出卖文字。小学三年级的时候，他替同桌做了一次语文作业，同桌拿出一毛钱作为酬劳，从那时起，他就知道文字可以带来尊严和利益。他用那一毛钱买了一根香甜可口的冰棒，冰棒的甘甜和虚荣毒药一般渗进他的骨头里。

他说他现在正给一位老板当枪手。那个老板资产雄厚，发型总是纤毫不乱，笑的时候嘴角微微挑起，眼睛眯成一条细缝，只有家境殷实的城市主人才有那样的笑容。他女人、豪车、游艇、私人飞机都玩腻了，就玩文学，据说文学可以名利双收。他身边的人都称呼他陛下。

张潮第一次被船老大蒙上头套，坐到摩托艇的后座上，心里既恐惧又兴奋，觉得自己踏上了一次冒险之旅，无论前面等待他的是什么，这种生活总比他在北方时的日子有趣得多。可是，木屋距离海边有一段距离，在晴朗的日子，他只能隐隐约约看到鸟城的几栋摩天大楼。从小木屋上望过去，鸟城的那些大厦不再高不可攀，而是变成了积木一样的小东西。四周一片死寂，偶尔有一艘孤零零脏兮兮的小型捕鱼船驶过，留下一串柴油机蠢笨的马达声。

那次陛下让他写一篇关于正能量的散文，说是要参评省里的征文，若能获奖，有额外奖励。张潮明白，那篇只是陛下的考验，相当于实习，如果文笔信得过，后面会有大业务。天一黑，张潮就得坐上地铁，转一趟公交车，再打一辆无证运营的黑摩的赶往海边。没有一辆计程车愿意载客去那处荒寂的海岸，据说那片没被开发的海滩常常传来孩童的啼哭和女人的惨叫，让人不寒而栗。到达海边的时候，船老大开着摩托艇已在那里等候。坐上摩托艇前，船老大总是给他戴上一顶蒙住眼睛只露鼻子的头套。到达海上皇宫的时间时长时短，也难怪，那些伫立在海上富丽堂皇的建筑是移动的。皇宫的下面罗列着巨大的浮筒，据说还有引擎，皇宫就是一艘大船，在海洋中任意穿行，甚至常常出没于无人监管的公海。这艘行踪不定的皇宫，想必可以逃脱现世的规则逍遥法外。张潮与船老大混熟后的日子，获得不戴头套的许可，隐约得知，陛下在鸟城商界声名浩荡，有多处高层寝宫，可以俯瞰整座城市。在这座漂浮在海上的皇宫里，陛下常常身穿龙袍，坐北朝南，遥望鸟城的方向。

张潮第一次踏上海上皇宫，就有一名笑眯眯的中年男人命令他找块抹布擦掉自己皮鞋上的一片鱼鳞。侍立一旁的船老大慌忙向那人解释说张潮不是仆人，是新请来的写手。那人一句话也没说，只是嘴角微微挑起，眼睛眯成一条细缝，用微笑向张潮说明了那里的等级秩序。张潮从始至终都不明白为什么陛下从成百上千的枪手中选择了自己，也许仅仅是一个偶然。陛下常常乘坐豪华游艇来往海上皇宫和鸟城，身边总跟着几位美貌端庄的半熟少女，个个都比朱伊漂亮得多。

那次陛下带张潮去见识他刚从澳大利亚买来的双体大帆船。当然，跟往常一样，陛下不是独自一人，照例身边围着一群少女，大有旧朝帝王嫔妃簇拥的风范。他看见张潮背着帆布双肩包站在皇宫浮板上，就把船开了过来，招呼张潮上去。

陛下让船老大，那名只穿着花裤衩、肌肤晒得黑红的健壮青年，发动帆船，驶出海湾。女人们聚在甲板上拿着时兴的苹果手机拍照，有的自拍，有的让同伴帮忙摆拍。有一个诨号"爱妃"的女人叫得最欢，总是吵吵闹闹。她站在甲板顶端的帆锁旁，非要找个男人摆拍泰坦尼克号里的经典场景。她朝陛下这边瞅了瞅，嗲声嗲气地让他过去。爱妃伸展双臂，让陛下搂住她的腰，四周响起此起彼伏的相机快门声，然后一群女人开始轮流和陛下摆拍泰坦尼克号，让那个笑眯眯的中年人重复扮演杰克。爱妃又要拍玛丽莲·梦露，站到甲板的一侧，迎着海风，做出玛丽莲·梦露经典的双手护裙子的动作，谁料海风吹来，将她的裙子整个掀了起来，蒙住了她的脸，露出她光秃秃的下身，又是一阵惊叫和骚乱。陛下笑了笑，卷起手掌对张潮耳语那是她从来不穿内裤，海上有时过于安静，需要这样矫情的女人。说完一阵朗声大笑。经过礁石区，有几名潜水蛙人趴在礁石上休息，爱妃站在甲板上朝那些蛙人喊："亲爱的，我来了！"那些全副武装的蛙人并没有回应，只是好奇地看着大帆船上的女人。爱妃又和其他女人叽叽喳喳地闲聊，大概是在说这几天嗨翻了鸟城的夜色酒吧，还打算出关嗨翻香城的兰桂坊。张潮猜她该是风月场的常客，无论是那些女人还是陛下，都离自己的生活太远了。

张潮在闷热的鸟城待久了，让清爽的海风吹得很舒服。离鸟城的西海岸越来越远，大海碧蓝，偶尔有海鸥低空掠过，通红的火烧云从远处的海湾里升起来。

陛下换上了黑色的长袖泳衣，戴上了硬质的护头泳帽。他示意张潮一起跟他玩玩滑板和水上飞行器，张潮说那都是高难度动作，坦言自己玩不了。陛下踩在冲浪板上，船老大发动摩托艇，一根绳子拉着冲浪板的顶端，陛下开始乘风破浪，看起来很刺激。过了一会儿，陛下又踩上水上飞行器，脚下的两根水柱将他整个人顶起来老高，海神波塞冬一样伫立在海面上。那些女郎又尖叫起来。爱妃朝着陛下大喊，帅哥，我爱你！陛下也不回应，自顾自地玩水，仿佛她们并不存在。

看了一会儿富豪的游戏，张潮走进帆船舱室。一名少女身着素衣，抚弄着怀里的琵琶，跟甲板上吵吵闹闹的女郎比起来，显得格外娴静。她有着贝壳一样精致的小耳朵，嘴角微微翘起，像要随时发出一声叹息。她说她叫林佩，喜欢大海，不喜欢喧闹。刚说完，她就拿出一份足足有十几页的保密协定让他签字。

陛下安排张潮在海上皇宫附属的一间独自漂浮的海上木屋里写作，离海上皇宫有段距离，这样也好，分外安静。据说只有陛下寥寥无几的心腹才可以在海上皇宫出没。如果自己有一处这样独立于世界之外的地方，就和心爱的女人一起待在里面，除了吃喝就是做爱。张潮不由得异想天开。

　　张潮坐在木屋里的电脑前，注视着窗外无边的夜色大海。整个夜晚，只有断断续续的机械键盘敲击声陪伴着他。透过雕花的红木窗棂，可以看到远处的渔火。天气晴好的时候，还可以看到灯火通明的鸟城。午夜时分，张潮眼前浮现的却是这样的意象：雨中的鸟城，黑夜笼罩了街道，一个看不清面容的男人坐在一棵巨大的大叶榕下。谁也不知道他是谁，他来自何方，做什么工作，有没有亲友。那个男人独自在那里坐了许久，起身离开，消隐在树木的暗影里，幽灵一般。显然这些阴暗的意象跟陛下的要求背道而驰。张潮在自己的心中找不到正能量，有的只是无边的黑夜。

　　"三千字，明天中午交稿。现钱。"陛下敦厚沉稳、干净利落的声音在他耳边响起。午夜已过，那篇文章一点眉目也没有。陛下重点让他写的是一部长篇小说，一部能获鸟城文学奖的小说，就在这座海上木屋里完成，酬劳丰厚，足以让张潮在鸟城过上几年体面的生活。按照合同约定，他必须晚上前来书写，用陛下的口吻写一部有强烈历史感和高雅艺术性的小说，以国际大都市鸟城为背景，陛下白手起家的创业史为主线，从二十世纪七十年代偷窃转卖路边的汽车积累资本，接下来利用鸟城的国际港口优势走私黑车，再到房地产，一手打造黄金海岸商业帝国。当然，稍微有点文学常识的人都知道小说是虚构的艺术，但难以逃离现实的约束。其实这部长篇就是陛下的自传，作者署名当然是陛下的真名。每次去海上木屋，陛下都会派女秘书林佩给他一个牛皮纸信封，里面是刚写的章节的报酬。很长一段时间，朱伊都没有继续追问，她知道他是枪手就够了。

4

又是一个午夜，在海上木屋里，张潮奋笔疾书，试图尽快完成写作任务全身而退。长时间的熬夜和不规律的作息，他更加消瘦，眼睛干涩。犯困的时候，他不得不借助超浓即溶咖啡和劣质香烟。房间里烟雾缭绕，夹杂着咖啡的苦涩和书写的激情。他闭上眼睛，双掌托着脸颊，思考着下一章的情节。这时窗外突然狂风怒吼，电闪雷鸣，大雨死命地撞击窗上的玻璃，好像一心想把它击个粉碎。张潮走到窗前，透过玻璃遥望天空，借着不知哪来的光，看见乌云你追我赶，发疯似的掠过大海上空，扫过不远处海上皇宫的大王椰树梢，大王椰巨大沉重的叶子纷纷坠落，砸在木地板上，惊起防盗系统吱吱哇哇的警报声。

孤单的海上木屋里，只剩下张潮自己。平时负责膳食和接送的船老大也不知所终。

这时响起了敲门声，张潮从窗边走向木屋门口。打开门，林佩站在那里，举着的那把带蕾丝边的天堂伞，已经被狂风吹得反折过去，就像一片王莲擎雨盖。那把小伞怎么挡得住这样的阴风斜雨？她早就浑身湿透，长发粘在一起，雨水顺着圆润的下巴往下流淌。风雨趁机猛兽一样扑进房间。张潮注意到面前这名身材娇小的少女不停地用手指捋着头发，嘴唇苍白，冻得瑟瑟发抖。

"快进来。下雨了还来？"张潮拉住她的胳膊把她牵到屋内，把风雨关在门外。

"陛下交代过的，每写完一章，就支付你一章的酬劳。"说着，她从包里掏出一个牛皮纸信封递给张潮。

"你怎么来的？这狂风暴雨的天气。"

"开摩托艇。"

张潮眼前浮现出一名长发飘扬的年轻女子驾驶着摩托艇在惊涛骇浪里穿梭自如的情景。

"你去冲个热水澡，别感冒了。我去找找有没有干衣服。"张潮掀开柜子，打开壁橱，四处翻找。

张潮坐到电脑前，点开文档让林佩查看。林佩穿上了他刚才找出的宽大的男式棉睡衣。

外面雷声滚滚，树枝折断，好一场暴风雨，俨然海啸的前兆，意图把整个鸟城摧毁，从人类的版图上完全抹去似的。当然，一并消失的还有这个逃离鸟城规则的海上皇宫。

"你不觉得这个该死的世界快完蛋了吗？"林佩撩了撩额前的湿发。

张潮被她突然的愤世嫉俗的发问惊住了。在张潮的印象里，林佩一直是一位衣着端庄得体、面带微笑的淑女，年龄也比他小几岁。

"这确实是个乱糟糟的世界。"张潮抖抖索索地点燃一支烟，斜斜地叼在嘴角。他已经记不清这是今晚的第几根烟了。

"写得不错，可写完竟然不能署上作者本人的名字。"林佩坐在办公桌上，交叉着双腿，跟张潮要了一支烟叼在嘴角。

林佩含着那支烟，很久都没有抽一口，任凭它慢慢燃烧，蓝烟蜿蜒上升，汇集在天花板上，像宣纸上淡开的墨水。她好像想到了什么，或许在为眼前这个可怜人被遮蔽的才华感到惋惜。

张潮又燃起一支烟。桌上的玻璃烟灰缸里已塞满了过滤嘴，那些烟给他灵感的同时也在燃尽他的生命。

"或许，你可以写点自己的东西。不给别人写，只给自己写。"林佩说。

"有一天会的。初来乍到，还没站稳脚跟。"张潮回答。

"给别人代笔，虽然有更多的收入，但没有丝毫成就感吧？"林佩微微皱起眉头。

"先考虑生存，再自己写。"张潮解释道。

"不为自己写，永远都无法解决生存。难道永远要被别人利用？"林佩吐了一口烟。

张潮被林佩问住了，愣在那里，不知道怎么回答。

"就像我的名字，我只是挂在陛下腰间的一块玉佩。哪天玩烦了，就随便丢进路边的垃圾桶里。等你完成了这部小说，用得来的钱可以得到一切，身份、地位……你知道，在鸟城，几乎所有的东西都可以买得到。"林佩的目光有些凄然。

"那爱情呢？"张潮问。

林佩报以冷笑。过了一会儿，她从办公桌上下来，坐到张潮腿上，双臂环住他的脖子。那是一个长期坐着书写、年纪轻轻就患了颈椎病的脖子。张潮迟疑着，双臂垂在椅子两侧，倒是林佩主动，侧着身子，双手捧住他的脸。

"我现在跟一名护士同居。"张潮依然一动不动，既不拒绝也不迎合。

"你爱她吗？"林佩问。

"不知道爱不爱。她是我来鸟城认识的第一个人。"张潮的声音开始微微发颤，他觉得面前的林佩才是自己的同类，一种惺惺相惜的感觉从心底涌起。很长一段时间，林佩在张潮心中的形象都停留在暴风雨之夜的别墅门口，身材娇小的她不停地用手挡着头发，嘴唇苍白，冻得瑟瑟发抖。

他们终于没能抵挡住情欲的诱惑。在他们耳鬓厮磨的那个房间里，天花板上挂着一幅画。他们也不知道为什么好端端的一幅画会挂在天花板上，只有躺在桌上时才看得见，平时很难察觉。画上是一名丑陋的欧洲女人，可能是一幅名画，文艺复兴后的很长一段历史时期，画丑女是一种风尚。

5

那天朱伊上早班，下午三点下班。朱伊推门进来，张潮还在睡觉。朱伊坐到床边，拍拍他的背，问他想吃什么，她去做。张潮没有说话，抬起头，张望阳台。阳台上挂着张潮的纯色短袖和朱伊的大红睡衣，还有一条包着一层塑胶纸的腊肉。阳台外面是郁郁葱葱的榕树，老是有鸟雀飞进来啄食那块腊肉，朱伊就在上面包了一层塑胶纸。朱伊以为张潮想吃腊肉，就走到阳台上，举着晾衣竿把腊肉摘下来，切上一条，混上蒜薹，系上围裙，炒起菜来。

张潮在床上侧着身子，看着在厨房忙活的朱伊。那是一种他期盼已久的家的温馨。一个没有身份的人，一个午夜飘荡的幽灵，有一个温暖的小窝和一个知冷知暖的女人，要说也该知足了。林佩的出现，却让他体会到了爱情的心动。那种感觉在朱伊这里找不到。张潮觉得爱情是一种奢求，但爱情的魅惑啃噬着他的心。只有爱情，才能激起他迷狂的欲望，指引他的出路。接下来的日子，他迷恋上了小木屋，一想到去那里可以见到林佩，他就欣喜若狂，心中不断回味着幽会时的快乐。她该是上帝精雕细琢的作品，既矜持又不羁，如同暗夜中的海浪。张潮记起海上木屋天花板上的那幅画，觉得画上的女人便是朱伊，目光炯炯地审视着他。

朱伊端来热气腾腾的饭菜，喊他起床。那是一张简易的折叠桌，桌上摆着一盘腊肉蒜薹，一盘香辣猪头肉，一盘花生米，一盘烫青菜。张潮有意躲避朱伊的眼神，吃饭的时候把头埋进饭碗里。他装出闲适的神情，夹菜混在米饭里吃，可是菜到了嘴里，一点滋味也没有。他知道并不是因为朱伊做的饭菜不好吃，而是自己没有胃口。索性拿起桌上的辣椒酱倒进饭碗，倒了半天没倒出来，一拍辣椒酱的瓶底，倒出来一堆，把米饭都盖住了，辣得吃不成。朱伊笑笑，给他从旁边的电饭煲里重新盛了一碗米饭。然后走进厨房，捧出一只碗，碗里有两个白水煮蛋，那是给他滋补身子的。虽然风寒早已痊愈，他的身子还是有些虚弱，白天睡觉的时候会一脸虚汗，紧咬牙关，仿佛在睡梦中与怪兽决斗。

朱伊让张潮先在门口等一会儿，说完关了门。张潮猜着她要耍的小把戏。过了几分钟，朱伊在门后小声说，可以进来了，声音比平时温柔了许多。打开门，原来朱伊穿上了一件纯白褶裙，脖子上围着一条天蓝色的丝巾，脚上穿着一双篮球鞋。她脖子的上那条蓝丝巾，给张潮一种温雅的感觉，像线装书的蓝色封面。朱伊这身衣服完全是女学生的打扮，跟张潮那天站在鸟城大学铁栅栏围墙外面看到的校园里的女生一样。她觉得张潮喜欢围墙里的女学生。张潮的喉咙有点哽咽，说话也变得断断续续。朱伊总是千方百计哄他开心，好像一名男子在追求心仪的女人。可是，朱伊不适合这样的打扮，显得更加丑陋。

负罪感的洪流淹没了张潮，他鼓起勇气坦白自己跟林佩在工作室的办公桌上……

朱伊脸颊上划过两道泪痕，又想起张潮从来没说过爱自己，更是悲伤。可又能怎样，想想相遇，不过是因为彼此的寂寞，抱团取暖罢了。

"还以为你只向往女学生，没想到什么女人都碰。"朱伊的声音有些嘶哑，带着一种破锦裂帛难以抑止的悲伤。

"原谅我。我还是和你在一起。"张潮低下头，像一个做错事的孩子。

"我们不是一类人。我只是求个安稳，找个男人结婚生子，过日子。"朱伊本来画好的眼线，被泪水浸湿，乱作一团，污迹斑斑。本来就没姿色的脸成了一块满是褶皱的破旧抹布。张潮找来纸巾一点点帮她擦净。她不是那种爱吵闹的女人，伤心了便只是哭。

张潮点燃一支烟，在一团烟雾中走出门，融进茫茫夜色里。他走在学府街上，仿佛每一处都弥漫着林佩的味道。他想起昨晚的暴风雨，在为人代笔的生涯中，唯有和林佩在一起的时刻只属于他自己，不属于其他任何人。黎明到来的时刻，他将失去她，孤独和愤怒开始啃噬他的心。躺在桌上的时候，他既兴奋又焦躁不安，觉得房顶的雨声是陛下派来的杀手，来惩罚他这个胆大妄为的捉刀小卒。透过窗子，道道闪电勾勒出不远处海上皇宫的轮廓，让人胆战心惊。皇宫门口的那只石象大得出奇，绿宝石做的眼睛一闪一闪，活了一般。连那些院子里竖立的帝王半身像，都拥有了生命，在闪电中乍现。富丽堂皇的海上皇宫俨然阴森恐怖的殉葬场。

林佩离开前，再一次查看电脑里的文稿，嘴角上翘，露出淡淡笑意。张潮心里一阵酸楚，意识到发出自己声音用自己的真情实感写作是多么可贵。每天书写陛下意淫般的发家史和罗曼史简直是浪费生命，可是又有什么办法呢？

在浏览报纸时，一则寥寥数十字的简讯引起了张潮的注意，一位渔民捞上来一具浑身绑着铁链的男性尸体，警方认定为自杀。张潮倒吸了一口凉气，因为发现尸体的海域距离海上木屋不远，难道自己就是补死人的空缺？林佩，肯定是对陛下忠心耿耿，表面上客客气气，实际上是在监视自己。

"不巧的是，那家伙有喝酒的恶习，醉酒后就到处乱说。才华是很重要，有时候，更重要的是懂得保持沉默。"林佩说。

"鸟城最出名的两位小说家都不写作，你知道吗？"林佩橘肉般嫩红的嘴角微微向上勾起，咖啡色的大眼睛里掠过一丝狡黠。

"一位是文化官员，另一位便是陛下。不过，陛下的名气将要超过那位官员了。"林佩自豪地说。

"不会是因为我吧？"张潮得意地说，有意在这位小姑娘面前炫耀什么，就像雄性孔雀开屏一样。

"当然不是，你只是完成初稿，后期的润色更为重要。"她微笑着说。

"谁来润色？莫非是你？"张潮惊愕地问。

"你以为海上木屋只有热带水果和生猛海鲜？"林佩站起身子，走出门去。她的话语中透着一股与她年纪不相称的成熟和狡黠。

"嗨，你怎么答非所问？"他朝着她的背影喊。

"我还以为她只是陛下的小妾，没想到跟自己一样是枪手。"他小声嘀咕着。

不好说，说不定她既是枪手又是小妾呢！想到这里，他的内心烦躁不安起来。这时候，他在挂在墙上的简易玻璃镜中看清自己，瑟缩着脑袋，穿着廉价的短袖衫，满脸惊惶不定。如此落魄不堪的乡巴佬，还好意思想入非非？

他站在通往海上皇宫的窄小码头上，等待船老大如约到来。借着渔火的微光，影影绰绰一艘摩托艇飞驰而来。他不知道那艘小艇通往哪里，皇宫还是地狱？

6

刚来高天文化公司应聘的时候，张潮就发现有些不对劲，在他的想象中，文化公司应该在市中心的一栋写字楼里，而不是在荒凉的海上。起初，他还以为自己陷入了传销组织，当领到了第一笔稿费他才放下了吊在半空的心。再说了，自己顶着个大专学历只身闯荡人才济济的鸟城，能找到一份工作已经不错。

有时候，张潮也会想，陛下为什么不找那些小有名气的人当枪手？后来听林佩说，陛下吃过这方面的亏，那些人做点什么事总喜欢炫耀，根本不遵守保密协定。张潮心里明白，自己只是初来乍到的无名小卒，就是把给大人物代笔的事说出去也没人相信。不过，鸟城名气最大的作家竟然不写作，这足以让他这个乡巴佬目瞪口呆。

听林佩说，鸟城文化圈的大人物都极少写作，平时忙于出席文化活动和各种讲座，哪有时间写作呢？不过陛下比较特殊，他是压根儿就不写作，不过他的名气目前已经盖过了鸟城所有从事写作的人。张潮揣测，陛下的写作团队里，有一批他这样的小人物，不过他从来没见过其他同行，可能也因为那该死的保密协定。

在那间海上木屋，张潮第一次吃上那种叫山竹的热带水果，还有看起来像冬瓜的沙田柚。奇怪的是，林佩并没有嘲笑他，而是耐心地教他怎样剥皮。

"最近团队里少了一个人，陛下正缺人手呢。"林佩笑着说。她像往常一样穿着近乎透明的白纱裙，看起来真像仙女呢。张潮猜不出她的年纪，她生着少女的脸庞，却有着成熟女人的丰满胸部。

当张潮表示自己初来鸟城并且在这里没有任何熟人时，林佩表示他非常适合这份工作。

现在，他在海上有了一定的自由，甚至可以站在木屋外面的木板上，靠着木头栏杆手搭凉棚凝望远方。有时候，他对自己现在的生活很满意，简直就像富人那样天天在度假。

有天傍晚，张潮正在木屋中翻书，忽然木屋摇晃起来，就像巨浪中即将倾覆的小船。他赶紧跑出来观望发生了什么。一艘白色的双体大帆船正驶向木屋。那艘帆船下半部分是游艇，里面卧室、卫生间一应俱全，上面却有帆，据说比一般的游艇贵得多。原来是它激起的波浪在作怪。有位光着身子的小弟早就骑摩托艇赶在帆船之前到达木屋，负责把帆船的绳子拴到木屋的绳套上，然后把木梯靠在帆船上。三位文静的少女顺着木梯从船上走下来，陛下、船老大和林佩紧随其后，最后下来一位老板模样的中年男人，提着几大包东西。那三位少女穿着样式相同的白短裤和露着肚脐的白短袖，白短袖正面的大阿拉伯数字分别是1、2、3。

张潮感到紧张，便钻回了木屋。可那些白短裤少女，像发现了新大陆似的，到处打探张望，把木屋逛了个遍。她们看到张潮在屋里，便聚成一堆小声嘀咕着什么，像在观赏动物园里的猩猩。张潮这下什么也干不成了，便合上书关上笔记本电脑。

"出来一起玩吧。"林佩站在门口喊张潮。

张潮走出来的时候，门口已经摆上了一排木椅。陛下和林佩坐在那儿，正对着木屋门口的那块空地。张潮选了靠边的一张椅子坐下。此刻，那三位白短裤站在空地上，排成三角形，开始摇摆臀部挥舞手臂跳现代舞。三位少女的个头都不高，身材十分相似，都有甜蜜的笑容和腰间的马甲线，扎着干净利落的马尾辫。显然，她们的微笑是为了取悦陛下。张潮沉浸在她们曼妙的舞姿里，目不转睛地盯着她们舞动的青春身体，引发了许多隐秘的幻想。舞蹈跳了一出又一出，仿佛她们永不疲惫。海上的夜幕降临了，木屋门楣上的大灯已经亮起。

不知哪里飘来一阵饭香。过了一会儿，那位老板模样的中年男人走到陛下面前，小声说了一句饭好了。

"大家准备吃饭吧。今天，我专门叫来了家里的厨师。"陛下站起来挥挥手说。他的举手投足一言一行颇有绅士风度，看起来像一位知书达理的老大哥。

长条木桌摆在刚才跳舞的那块平地上，厨师和小弟放好透明的玻璃餐具。红酒倒进水罐一样大的醒酒器里。一场海天盛宴拉开了序幕。

过了一会儿，桌上便摆满了美味，多是海蟹海虾之类的海鲜，大都有着红通通的颜色。

"大家放心吃吧，我家厨师做菜只用酱油等基本的调味品，绝对不放味精。"陛下挥挥手说。

这样的宴会景象，张潮只在《了不起的盖茨比》之类的小说里看到过，亲身经历还是首次，便大快朵颐，连吃了两只巴掌大的螃蟹，猛灌了几杯红酒。在他的印象里，红酒酸涩还带着苦味，可是那天喝的红酒却甘甜醇厚，肯定是进口的上等货。

饭后撤去桌椅，大家在空地上散漫地跳舞，好像整个世界除了这儿都不存在。远处星星点点的亮光便是鸟城了。

晚上十一点的时候，陛下一行人上了帆船，那三位少女躺到上盖上，像在看星星。不知道接下来他们在船上干些什么。帝王生活，也不过如此吧，怪不得外号陛下。张潮感叹一阵，便走进木屋。红酒的后劲上来了，他什么也不想写，也不想睡觉，整个身子陷进沙发里。忽然，他听见一阵乌鸦的叫声，心中不由得一紧，想想看，自己孤身一人在这前不着村后不着店的海上，谁知道会有什么恐怖的东西出现。再说了，海上有海鸥还差不多，怎会冒出乌鸦？他又想起渔民在邻近海域捞出一具绑满铁链的尸体的事来，不由得更加恐惧。这会儿，他宁愿住在近海生蚝养殖户的简陋窝棚里，也不愿住什么海上皇宫。

乌鸦的叫声越来越近，就在木屋门口。张潮瞪大了眼睛，紧紧盯着虚掩的木门，心提到了嗓子眼，准备面对未知的恐怖。木门吱呀一声开了，一位穿纯白色连衣裙的姑娘，差点把张潮吓晕。张潮仔细一看，那不是什么女鬼，而是林佩。她抿起的嘴里正发出乌鸦的叫声，边学鸟叫边呼扇着双臂，好像那是一双翅膀。她肯定是故意躲在木屋的什么地方，准备突然钻出来吓人。

张潮气恼又兴奋，扑过去抱住她，脱光了她的衣服。她咯咯笑个不停。

"竟敢学乌鸦吓我？"

"什么乌鸦，我学的是虎皮鹦鹉叫！"

"就是乌鸦。"

两人在沙发上嬉弄一番后相拥着坐在沙发上。

"陛下身边的女人又换了？"张潮问。

"是啊，最近他喜欢学生妹。那三位跳舞的姑娘是鸟城大学表演系的大二学生。"林佩说。

"她们图什么？"

"很多人终其一生都没有机会躺在游艇上看星星。"

"就那么虚荣？"

"虚荣刻在每个人的骨子里。写作也是一种虚荣。"林佩平静地说。

张潮没再说话，把林佩抱得更紧了，孤身一人在这里，尤其是写不出东西来的时候，寂寞得可怕，也空虚得可怕。有时候，他感觉自己再也坚持不下去了，想早早结束这种生活。他曾经讨厌人群和喧嚣，现在，他想重新回到人群中去，回到朱伊身边去，过人的生活，而不是像现在，孤魂野鬼一般。只有林佩来的时候，他的内心才格外宁静。没有她的夜晚，木屋里的被子像刚从海里捞出来一样，盖在身上冷冰冰的。

7

那天朱伊上晚班，白天补了觉，晚上八点走出家门，隐隐感觉有人尾随。她走出乌柏树社区，踏上学府大街，但还要穿过一个空寂的花园。她一回头，那人就躲起来，有时躲在树后，有时躲在人后，有时躲到墙角的阴影里。朱伊想绕道走，先走到鸟城大道，那里有来来往往的行人，到处都是灯红酒绿。可又觉得自己在明处，那人在暗处，不如从花园走，加快步伐趁机甩掉他。这样的景象，朱伊以前只在电影里才看到过，没想到竟出现在现实生活中。朱伊恐惧中带着一丝兴奋。

朱伊一走进那座空寂的花园，心便提到了嗓子眼。她猛一回头，那人来不及躲藏，索性站在原处，棕黄晦暗的灯光下，一个身材瘦高的男人，那张脸平坦得可怕，仿佛没有五官。那人就在距离朱伊十步开外的地方，不远不近地跟着，并没有走上前来的意思。

眼看着就到了医院围墙的那道窄门，那个人忽然旋风一样奔了过来，一把揪住朱伊的头发，另一只手捂住她的嘴巴。朱伊心里惊恐万分，觉得背后那人会像电影里那样一使劲咔嚓一声扭断自己的脖子。那个黑影把她拖到旁边的一棵大榕树下，声音低沉嘶哑地说："不要把那个穷鬼做的事告诉任何人，否则你俩全完蛋！"那个声音不像从嘴里发出的人声，倒像地狱恶魔的呼啸，四周弥漫着腐烂的味道。那幽暗的笑声回荡在夜色里，仿佛有无尽的威力，足以让朱伊闭口不言。她这才意识到被人跟踪一点也不好玩。

那人说完就离开了，消失在花园的黑暗中。朱伊吓得脸色苍白，跌坐在地上。若不是刚才那人架着她，她早就倒在地上了。那人远去了，却没有任何脚步声，像一只鸟城海怪传说中的幽灵。为什么我总是碰到这样奇怪的人，先是一个来历不明的男人，接着又是看不清脸的怪物。自从认识了他，自己的生活就丧失了以往的平静。不久前暴风雨"海鸥"经过鸟城，花园的地面上满是枯枝和泥泞，每条街巷都是一片迷蒙。朱伊就坐在那样的污秽中，白裤子沾满了泥巴，袖子上也是污迹斑斑。她不想站起来，只想坐在那里放声大哭。可是上班时间要到了，若迟到几分钟，护士长，那个脾气暴躁的更年期妇女定会大发雷霆，毫不客气地在考勤表上记上一笔。朱伊在鸟城医院不过是一名普通的助理护士，几乎是最底层的了。她颤抖着扶着旁边的榕树勉强站起来，觉得嘴角肿胀，用手腕一抹，手腕上一道鲜红，竟然出血了，才想起刚才那人腕力之大，能轻易夺去她的生命。

朱伊到了更衣室，换上护士服，赶紧到科室报到。护士长不在，只有王医生在那儿值班，她才猛然想起护士长休假的事。虽然刚才在更衣室自己处理过破裂的嘴角，还是被王医生发现了。他找来棉签和酒精，让她坐到他办公桌前的椅子上。王医生平时接诊病人时，就让他们坐在那张椅子上，一脸专业性的温和。他细心擦拭，眼睛盯着朱伊的嘴角。那一刻，他的眼神里没有平日的猥琐，充满爱心和关切。朱伊想要这个过程长一些，沉浸在一个年长男人的柔情里。她感到前所未有的平静。在张潮那里，无论她怎样付出，也得不到他的真心。王医生却给了她一个女人渴望的体贴和平静。

等王医生处理完伤口，朱伊戴上了一只粉红色的口罩。平时在医院上班接待病人时她也戴着这样的口罩。朱伊并没有像往常一样急于返回自己的岗位，低着头捏弄护士服中间的系带。王医生一脸关切地问发生了什么。朱伊想起那个黑影的恐吓，不敢告诉别人。张潮和黑影人，都是她心里的隐秘，最好不让单位的人知道。这家公立医院有的是庸医，整天盯着别人的一举一动，乱嚼舌根可是他们的拿手好戏。她说只是来上班的路上滑倒了。王医生说刚刮过台风，台风"海鸥"走了，"海燕"紧接着要来了，让她小心点，这世界不太平。医生问完话，朱伊找不出新的话题，就回到自己一楼大厅的值班室，望着空洞洞的楼门口，生怕有什么不速之客闯进来。她心神不宁，听到平时习以为常的滴水声也暗暗心惊。

到了午夜，朱伊昏昏欲睡，趴在桌上打盹，头脑里不断浮现出可怕的景象。忽然听到有人轻敲玻璃，吓得一激灵，仿佛有人迎面泼来一盆冷水。原来是王医生，他站在窗边，让朱伊去休息室睡一会儿，他帮她顶会儿班。朱伊站起来，心里满是感动，觉得别看他平时喜欢拈花惹草，关键时候却有担当。王医生见她站在旁边不走，就牵她的胳膊。休息室关了灯，很黑，怎么也睡不着了，仿佛有人藏在暗处，索性到值班室和王医生聊天。王医生说自己已经关注朱伊好久了，觉得她是做老婆的最佳人选。朱伊说："新来的护士可是年轻漂亮哟，你哪能戒得了？"王医生说这么多年了，早就厌倦了，容貌哪能靠得住，换来换去，也没意思，只想有个安稳的家。朱伊心中升起一种复杂的情感，一种从未体验过的让她心碎又温暖的感觉。王医生说得诚恳，伸出手来牵朱伊的手，朱伊没有拒绝。若是从前，她会严词拒绝，甚至会骂他臭流氓。单位女人多，管不住自己那张嘴的女人也多，到处都是八卦，连护士长都说朱伊得了便宜还卖乖，完全不把王医生的好意和提携当回事，装什么清高啊。人家王医生可是重点医科大学毕业的高材生，年纪轻轻就当上了主任医师，看上你一个相貌平平的助理护士，你还有什么不知足的。

第二天回去，房间里没有张潮的影子，连阳台上晾晒的替换衣服也没有了。桌子上有一张写着几行字的便签，是张潮的笔迹，他说这些天打扰了，自己给不了朱伊幸福，带给她的只是泪水和恐惧，所以他选择离开，督促她嫁给医生过安稳日子，自己不得不如云漂泊。

这样也好，好聚好散，对于彼此，都是解脱，免得让朱伊做出那个艰难的分手决定。张潮隐约觉得，恐吓朱伊的黑衣人便是船老大，肯定是他戴着可怕的面具干的。难道目的是恐吓朱伊，让她尽快离开自己吗？这样，没了别的牵挂，就可以全心全意投入工作？这是他能琢磨出的最合理的原因了。

陛下对张潮要求搬进海上木屋，昼夜工作的决定深表肯定，还派林佩送来一笔奖金。张潮拥了林佩在沙发上亲热，却没收下那个鼓鼓囊囊的牛皮纸信封，他让她转告陛下，说自己要见他，有要事商谈。

没想到陛下在半个小时内竟然赶到了海上木屋，像往常一样身边簇拥着几位半熟少女。他平时总是很忙，自始至终张潮见他都没超过五次。

接着陛下查看了工作室电脑里的书稿，紧锁眉头，临走时，他叮嘱张潮把以他为原型的主人公写得更风流倜傥、才华横溢一些，主人公形象在风情上要赛得过唐伯虎，在商战上要比得上巴菲特。另外，在思想格调上要紧扣主旋律，弘扬社会主义核心价值观。

在海上木屋，有林佩的照料和陪伴，张潮的精神状态好了很多，书稿进展得很快。张潮心中的担忧没有发生，也许陛下根本不在意林佩跟谁在一起，或许忙于其他还没有发觉他俩的私情。

截稿那天，老大让林佩送来一个档案袋。张潮迫不及待地打开，里面有一笔现金，甚至有鸟城单人户口本。

坐在返回鸟城海岸的摩托艇上，张潮觉得再也不会回到这里了。只要自己保守秘密，还不至于有性命之忧。

8

张潮一头钻进了鸟城大学的自习室，整天与枯燥乏味的文学史教科书搏斗，一心想混个不错的文凭，毕业后好在鸟城找一份正当工作，过所谓的正常人生活。等到毕业才发现，他对体面的工作并不感兴趣，只好重操旧业给别人代笔挣些快钱。即便在就读期间，他也顺手代写了几篇毕业论文挣了些小钱充当生活费。很多毕业生忙于赶考公务员和人民教师，哪有时间亲手写论文呢？

初冬的风吹过巷口那棵据说活了五百年的大榕树，张潮打了个寒噤，裹了裹身上那条袖口破损的针织长袖，觉得最不好过的一个季节即将来临。这是南方的鸟城，冬天虽说没有北方的酷寒，但空气中的湿冷会透过牛仔裤缝渗透进骨缝里，蛆虫一样啃噬这具拖累精神的身体。一只带翅膀的蟑螂不知何时爬上了木桌，搬运桌上遗落的面包粒，它大概也要储存过冬的粮食。

张潮一毕业就搬进了鸟城大学附近的桂花巷，住在一套带家居出租的单身公寓里，就在春天旅馆和曼岛咖啡馆的旁边。在鸟城租房时，房东的第一句话便是询问对方从事什么职业，丝毫不掩饰他们对无业游民的鄙视。这时候，张潮总会虚构一个在常人眼里靠谱的职业，以打消房东的顾虑。他经常冒充某培训学校的教师，他发现人们对教师比较信任，觉得他们为人师表。

平日里，桂花巷熙熙攘攘，热闹非凡，总弥漫着猪大肠的味道，有很多旧书店，封面斑驳的书籍论斤出售。戴草帽的小贩用扁担挑着俩藤条筐子，兜售桑葚和草莓。小贩看见穿制服的官方人士撒腿就跑，不惜掉落满巷子的桑葚和草莓，被路人踩个大红大紫稀巴烂，那些挂靠体制的人总想凭空收点税。桂花巷藏在鸟城深处被遗忘的城中村，租客大都是亡命天涯的外地人，他们有的会烹饪，有的会剪裁，有的贩卖小商品，都是凭自己的双手吃饭。

那条巷子虽然落魄，与以国际都市著称的鸟城不大匹配，张潮却得以安居。还有什么比跟自己的回忆住在一起更幸福呢？在这里，他戒掉了酗酒和厌学，找回了阅读和散步的乐趣，甚至重新开始写诗。他忍受不了受制于人的工作，为了满足谋生需要，重操旧业做起枪手来。他趁着夜色出去，在附近的鸟城大学张贴代写论文的广告单。可是业务不景气，一周之内只有一名剪着齐刘海的小女生联系到他，问他可不可以帮她写两篇中国古典小说的读书笔记，最好一篇写《红楼梦》，一篇写《金瓶梅》，她愿意出一百块钱。张潮迟疑了一下，还是答应了，毕竟一百块钱也是钱。临走的时候，张潮说："你很漂亮。"她嘴角上弯，笑得很甜，说："谢谢大叔！"

在刚过去的秋天，张潮的业务很好。那时候，鸟城大学正在评奖学金，很多文科学生，尤其是研究生，对发表论文有迫切的需要。一个自称加入诸多社团并在学生会担任部长职务的女生找到张潮，让他代笔写一篇七八百字的文学评论发在学术类期刊上，她要拿去评优秀研究生奖学金。如愿以偿后，她在微信朋友圈这样炫耀自己的精明聪慧：交了五百元版面费，发表了一篇七百字评论，得了四千元优秀研究生奖学金，净赚三千五百元。

当然，她对张潮收取的五百元捉刀费绝口不提。

一个秋日的深夜，一人与张潮约定在巷口的大榕树下见面。那位中年男人个头不高，身材有些臃肿，头顶光滑，毛发稀少，衣着考究，提着宽大的牛皮公事包。他有些急切地要求张潮帮他代笔并发表一篇后现代主义文学论文，啰啰唆唆再三强调一定是中文核心期刊，价钱好商量。

张潮本能地想拒绝这单预付定金的大生意，想了想还是接受了，他想把炸弹埋进那篇论文隐秘的角落里。谈好价钱，那人转身离去。张潮站在原处，抬头注目那棵据说活了五百年的大榕树。那棵榕树的枝丫和根须龙蛇一般扭曲交叠，俨然人们扭曲变异的人格和命运。他觉得，这个时代，很多人患上了精神病。榕树的一半躯干有闪电灼烧的痕迹，干枯了，另一侧却绿叶葱茏，生机勃勃。

想象一下那名女生领奖台上殷殷切切的奖学金获奖感言和那位中年教师讲台上言必称学术的风流潇洒，他们光鲜的背后，有多少文字出于张潮这样的枪手。枪手们在暗夜的窄巷仓皇出行，在蟑螂流窜的出租房里奋笔疾书，暂时扮演各种正襟危坐的角色，享受当另外一个人的短暂自由，维持体面人士光华四射的幻象。

西装革履、衣着考究的男女聚在一起，轻描淡写地谈论文学和艺术。他们全都出版过书籍，但是他们并非热爱写作。他们想拿书去评职称和头衔，或者喜欢被别人称为作家和学者。当他们看到自己的名字印在书脊上，会兴奋得手舞足蹈，逢人就赠书。他们掏钱给出版社出书，满足虚荣心。在这样的聚会上，张潮在做戏，每个人都在做戏。在一次文学聚会上，有位四十来岁神神叨叨的单身女诗人听说张潮写诗之余尝试写小说，凑上来自称有通灵的本事，可以为小说家以每小时八百元的价格实施催眠，让小说家回忆起前世曲折离奇的经历。这样小说家便可不必费尽心思虚构故事，直接把前世的事情写到纸面便可感动读者获得成功。

9

冬天来临，桂花巷家家户户帘幕低垂，百叶窗紧闭。老无所依的房客坐在巷子里的塑胶椅子上晒着太阳坐吃等死。这时，有人在敲张潮的房门。张潮拨开插销，面前站着一位染着黄发戴着耳钉的矮个子青年，一条套着斑马条纹裤子的细腿上下颤动，他说他是张潮的邻居，想借扫帚扫扫地。张潮把扫帚丢给他，告诉他不用还了。张潮想起在做枪手之前流落街头毫无希望的生活，简直跟他们一个样。直到现在，一看到他们张潮就仿佛回到过去，心中就泛起深深的沮丧。张潮把自己关在屋子里奋笔疾书，赏金猎人一样写作，不希望被人打扰。那人还是把扫帚还了回来，当张潮傍晚出门觅食，一推门，那把灰不溜秋的塑胶扫帚就倚在门口的墙上。

冬天是寂寥的季节，很久没有人来找张潮代笔，他正好可以沉浸在阅读中。过去那些不愉快的经历，就像一件穿了几年的贴身衣，已经松松垮垮变了形。秋天代笔写论文挣来的钱，海滩细沙一样从指缝间溜走了，经济上有点青黄不接了。有时候他不想再做枪手了。也是从那时候开始，他将诗歌拿到报刊发表，挣得每行两元钱的本分收入。

眼看着冬天就要过去，张潮心中的孤独感越来越深重，阅读和写诗也无法拯救他。

冬日的最后一天，有人短信联系到他，说是看到了他张贴的代笔广告，约定在大榕树下见面。那人有意将一件宽阔的黑披风顶在头上，躲在榕树枝头那只蒜头灯泡昏黄幽暗的灯光下，刻意保持着距离。

"张大师，我有一单大生意跟您谈。"黑披风下发出的是悦耳细腻的女声。声音里有种莫名的熟悉感，让张潮心跳加速，又迷茫不已。他眼前突然重现一幅场景：林佩站在暴风雨之夜的海上木屋门口，身材娇小的她不停地用手捋着头发，嘴唇苍白，冻得瑟瑟发抖。

在返回出租屋的路上，张潮想紧紧拥抱林佩，但觉得唐突，也没有勇气。自从张潮决意重返校园，他们已经几年没见了，鬼才晓得这段时间发生过什么。

"你不在海上木屋待着，来这里做什么？"张潮问。

"陛下出事了。再说了，我一直想找你。"林佩嘴角弯起一抹笑，好像一直在盼着陛下出事，自己好趁机解脱。

"出事了？"张潮脑海中浮现出那名怀揣帝王梦的中年男人眉宇间城市主人的自信和高傲。

"陛下由你代笔的那本书获了鸟城文学奖，开始有文化官员到海上皇宫游玩宴饮。有位部长先生酒后非要驾驶摩托艇，结果连人带艇撞到孤岛礁石上，当场去见马克思了。上头怪罪下来，陛下移民澳大利亚了，临走前说在鸟城拥有多大的财富和名望都没有安全感。没多久，海上皇宫主体部分拆了，现在只有附属的一间海上小木屋下了锚，孤零零地漂在那里。"

10

那是一个阳光灿烂的好日子，张潮和林佩来到海上木屋邻近的沙滩。在此之前，他们的脚掌从没享受过这里细软的沙粒。波浪涌来，脚踝一阵清凉。临近傍晚，天空与沙粒互相映照，上下都是梦幻般的金黄色调。霞光穿透他们的身体，在他们的后背上生出翅膀来。海上皇宫旧址就藏在波浪和云层的后面。也许是海上木屋太小，站在海滩上寻不到它的影子。

旁边有一座伸向大海的水泥小码头，几位渔民在出售虾蟹和石斑鱼，空气中弥漫着一股鱼腥味。几条拇指大的死鱼被丢弃在路边，大张着嘴瞪着惊恐充血的圆眼睛。一个卖完虾蟹的渔民把鱼篓丢到泊在岸边的汽油小船上。张潮赶上去问可否带他们一程，价钱好商量。那名脖颈黑红、长着螃蟹手掌的中年汉子拉了拉帽檐，点了点头。当初张潮来，都是船老大开着摩托艇接送，现在哪里还有他们的影子。听林佩说，陛下移民后，树倒猢狲散，船老大到鸟城当了保安队队长，陛下身边的那些半熟少女也在鸟城找到了适合自己的工作，当了夜总会的酒托，也有重新傍上富商或官员的，那名叫爱妃的混得最为体面，成了鸟城电视台一档娱乐节目的著名主持人。

柴油小船速度不快，马达声倒是不小。每经过一处礁石，都惊得趴在上面晒太阳的海蟹四散奔逃。小船速度不快，乘客恰好可以细细观望。曾经的海上皇宫已经面目全非，只能从倾圮的雕龙廊柱和残缺不全的石雕中依稀辨认当时的盛况。刚刚两年，虾蟹重新占领这片海域，残垣断壁上爬满豆粒大的海蜗牛。目光阴郁的石斑鱼自始至终都在海上建筑的基座旁游弋。

穿过海上皇宫的废墟，海上木屋映入眼帘。或许是它太小了，丝毫算不上奢华，才躲过被拆的命运。灰黑的木头用钉子和螺丝连接起来，就像童话里的猫狗房子。因为已经没人打扫的缘故，墙体的每一道木头缝隙里都积满了黄白色的盐渍。木板上也没有再涂抹防腐的桐油，变得迁坟时的旧棺材一样斑驳发黑。

渔夫将船头的麻绳套住木屋的栏杆，张潮拉了林佩站在了木屋门口的平台上。几年前的一个暴风雨之夜，林佩站在海上木屋的门口，身材修长的她不停地用手捋着头发，嘴唇苍白，冻得瑟瑟发抖。憨厚的渔夫操着方言，大概是问何时来接他们回去。张潮和林佩笑笑，示意他去忙吧，不用来接了。木屋里的陈设变化不大，只是酒架上的各种世界名酒变成了空瓶，依旧整整齐齐地斜放在上面。也许是有疲惫的渔民来此歇脚，把红酒当饮料喝了。他们躺在木桌上，双双抬头，注目天花板上那幅画。他们也不知道为什么好端端的一幅画会挂在天花板上，只有躺着时才看得见，平时很难察觉。画上是一名丑陋的欧洲女人，可能是一幅名画，文艺复兴后的很长一段历史时期，画丑女是一种风尚。林佩说那幅画是高更《你忌妒吗》的局部，如果仔细观看的话，坐立的丑女旁边平躺着一位美女。张潮仔细观看，果然发现在整体的灰暗色调边缘有一抹鹅黄，正是另一名女子隆起的精致乳房。

林佩说木屋有锚，带着张潮走到房间一角。张潮和林佩一起旋转绞索，把锚升上来。海上木屋没了羁绊，随着海浪漂向大海深处，融进茫茫夜色里。

毕竟仅是一只鸟

1 海鹦鹉

杨丽惊奇地发现，自从新婚丈夫林枫十二月中旬去了海边的红树林观鸟，他开始做什么事都心不在焉，连自己的生日也没过。问其缘由，他说看到了海鹦鹉，从头顶掠过，衔着一排细长的小鱼。杨丽也去过红树林，看到过白鹭、海鸥、野鸭子和反嘴鹬，哪有什么海鹦鹉。

林枫的生日在圣诞节，之前每年都庆祝。生日会上，两人就着"幸福西饼"小型蛋糕上的一根象征性的红蜡烛，唱响《生日快乐歌》。林枫还会发表一番激情洋溢的演说，什么自己出生于北方一个村庄，村干部登记出生时随便填写敷衍了事，导致身份证号上的错误生日伴随终生。根据母亲的记忆，林枫出生在农历十一月二十四日。林枫读大一的时候循着英语电子辞典上的万年历倒查，查出那天正好是圣诞。从那时候开始，他便决定在圣诞节过生日。即便在抵制洋节如火如荼的年月，他也在圣诞节那天大过生日，似乎那天比过年还重要。生日临近，他总会从花卉市场买一大盆广府年橘当圣诞树。年橘缀满红灯笼般的果实，可以充当彩灯。杨丽看到这样不伦不类的圣诞树，笑他这是时髦思

261

想与小农意识的奇妙结合。

可是，今年的圣诞节非比寻常。林枫不仅没有购买圣诞树，连生日蛋糕也没买，压根儿没过生日。圣诞节像一年当中任何一个平淡无奇的日子，悄无声息地度过了。

杨丽和林枫都是影迷，将卧室改造成了电影院。床头对面的墙上拉了一方一百二十英寸的灰玻纤幕布，靠墙桌上摆着一台激光投影仪。当那台巨大的长方体投影仪搬进来的时候，杨丽抱怨太占空间，使得过道更加狭窄，甚至要侧身出入，得知价格的时候更是抱怨连天，连呼日子没法过了。当林枫操作遥控器，打开投影仪，试播一部电影的时候，杨丽才嘿了声。从那天起，睡前靠着床头板观看一部电影，成了他们必做的功课。电影选择成了问题，但很快就解决了，他们达成一致协议，每个星期，一三五七林枫选择电影，二四六杨丽选择电影。林枫课堂教学涉及电影，便多了一次选择电影的机会。

最近轮到林枫选择电影的时候，他压根儿就没选电影，选的是1987年版的《聊斋》电视剧。其实也算是电影，毕竟每一集都是独立的故事。他播放的第一个便是《聊斋》中的《阿鹦》，讲的是一只家养鹦鹉变成美女与书生结婚的故事。观看的时候，杨丽猛然想起林枫前几天说过的话，说是自己观鸟时看到了海鹦鹉，莫非也是遇见了阿鹦。这时候，杨丽便往林枫怀里拱了拱，带着撒娇的口气询问："对了，那天去红树林观鸟，跟哪位红颜知己一起去的呀？"

"自己啊，你知道的，我喜欢独来独往，像一只游隼。"

"看鸟时有艳遇？"

"确实有。遇见一位老头，三脚架上支撑一个索尼相机观鸟，相机目镜炮筒一样大。人称'鸟叔'。他看我拿着手机拍鸟，便借我用他的大家伙遥望远方的海鸟。"

"鸟叔有个漂亮的女儿，然后介绍给你？"

"什么跟什么呀，鸟叔介绍了几种鸟中美女跟我认识。长着上翘的长嘴的反嘴鹬，剪刀嘴在滩涂上划拉线条，左一下右一下，可谓鸟中书法家。最绝的还是海鹦鹉，嘴里衔着一排十来条细长的小鱼，鱼头鱼尾交替排列，真不知道它是怎么做到的。"

"我从来没听说过鸟城海湾有海鹦鹉。"

"怎么没有？海鹦鹉时常悲鸣，羽毛上沾着水雾。你没听说过的多着呢。"

杨丽留了一个心眼，趁着林枫出门拿快递，跑到卧室里书架隔出来的袖珍书房调查蛛丝马迹。林枫的案头散乱着几本书，罗素的《西方哲学史》、荷马的《奥德赛》、奥杜邦的《鸟类彩绘》……翻开仿皮面康奈尔笔记本，上面是一些读书札记，从大学时代就熟悉的林枫的连体笔迹。

吉本斯："白天鹅，终生不曾发出声音；当死亡来临，它沉默的歌喉才解除封印。"

华兹华斯："当我躺在草地上，听到鸟儿不安分地呼喊。"

雪莱："向你致敬，快乐的精灵，似乎不是一只鸟。"

杨丽早上起床后站在梳妆台前涂抹护肤品。这时候，她听到卧室另一头的林枫在喊她。她转过身，没有停下手上的拍打动作。她总是把护肤品轻轻地拍在脸上，而非涂抹在脸上，生怕搓坏了肌肤。林枫依然侧躺在床上，咕哝着，说是梦见了一只猫头鹰。

"前两天说海鹦鹉，今天又梦见猫头鹰，怎么都是这些鸟事？"杨丽温和地抱怨。

"我小时候住在村子外的果园里,确实捡到过一只猫头鹰。死的猫头鹰。"林枫这会儿已经完全从睡梦中清醒过来,坐起身子,靠在床头板上。

"死鸟有什么看头?"杨丽说。

"那只猫头鹰大睁着眼睛。一双玛瑙琥珀般的眼睛,深不可测,似乎还有光。所以我不相信它死了,拿回去用树枝和废弃的渔网罩住。到河边草丛里捉了一些蚂蚱丢进去。一星期过去了,猫头鹰也没活过来。眼睛也干枯皱缩了。我只好把它埋在一棵苹果树下。"林枫说。

杨丽没有答话,猜不出他的葫芦里卖的什么药。

"我想养鸟。"林枫忽然说。

"养鸟?等我们住上有前庭后院的海滨大房再说吧。"杨丽说。

"就养一只。"林枫跟杨丽商量,带着恳求的口吻。

"你是不是想要孩子才养鸟?你这个年纪的人一般来说孩子都读初中了。"杨丽话锋一转。

"不是,我来这个世界上可不是仅仅为了传宗接代。"

"那今晚我们去逛荷兰花卉小镇。"杨丽说。她曾经多次要求林枫陪她出去逛街。荷兰花卉小镇并不远,出了小区门口,沿着月亮湾大道人行道,一刻钟的脚程。

荷兰花卉小镇并非小镇,更非远在荷兰,只是一个花鸟市场的时髦名字。一走进大门,满目熙熙攘攘的人群。一个穿着白格蓝校服的小男孩提着一顶简易铁丝鸟笼,笼内有两只叽叽喳喳的虎皮鹦鹉。

"小朋友,鹦鹉哪里买的?"林枫凑上去问。

"最后头的那家宠物店买的。"小男孩用刚才伸进笼子逗鹦鹉的那根手指朝向前方说道。

"多少钱？"林枫问。

这时候，小男孩仰着脸望着旁边戴鸭舌帽的男人。

"八十块钱一对，赠送鸟笼。"那位父亲模样的男人回答。

主路尽头是一家大型宠物店，不仅有鸟，还有笼子里的猫和狗，兼营宠物粮。林枫和杨丽在挂满鸟笼的店里穿梭，看着站在栖棍上的鹦鹉，有顶着凤冠的玄凤鹦鹉、小巧可爱的虎皮鹦鹉、憨头憨脑的牡丹鹦鹉。

"三种鹦鹉，真想各来一对，嘿嘿。"林枫两只手相互摩挲着说。

"仅限一只。"杨丽正色道。

"啊，一只！连个伴都没有，多孤单啊。起码一对！一对玄凤！"林枫说。

一问价格才知道，玄凤比虎皮贵得多。

"算了。网上买吧。我刚才查了，网购便宜一多半，还包邮。"林枫说。

"网购？养宠物也要看眼缘的，我刚才看到一只玄凤很漂亮，亮晶晶的眼睛直盯着我看。谁知道网店寄来的是不是好鸟！"杨丽说。

"网购便宜啊。随机发货，更是偶然与缘分嘛！再说了，这里也没有我中意的鸟笼。"林枫说。

"哼！连老婆都养不好还要养鸟！健身房会员卡现在还没给我办。我说过多少次了，我想练瑜伽。小区旁边的阳光健身房恰好有瑜伽团体课。"杨丽假装生气。

"好了好了，给你办卡，让我养鸟。"林枫说。

一对玄凤还在路上的时候，林枫就组装好了鸟笼。达洋牌的方形鹦鹉笼，两面侧透玻璃，雅致精美。笼内安装了鸟窝和云梯，笼外的拓展口装上了松木孵化箱和洗澡盒。

那天是星期六，杨丽换上体操裤，背上卷成筒的瑜伽垫，经过客厅时看到林枫蹲在地上捣鼓鸟笼，便打趣道："哎哟喂，我们还在蜗居，鸟却住上豪宅了。"

"你快去健身吧。我还差一个撞针式鸟水壶没买。鸟儿也要喝水呀。"林枫头也不抬地说。

"哼！对鸟比对你儿子还好。"杨丽说。

"我哪有儿子？这么多年白干了。"林枫抬头望了门边的杨丽一眼。

"等住上大房子再说。"杨丽笑笑，关上了防盗门。

刚接到电话，林枫便急匆匆跑去驿站取快递。

"一般的快递不打电话通知，只发送取件码。可你这个快递会叫。"驿站小哥笑嘻嘻地说。

一个带出气孔的长方体小纸箱，拿在手里，轻飘飘地，里面不时传来口哨声。

回到家，找到美工刀拆封，才看到一只灰色公玄凤和一只珍珠花母玄凤挤在用纱布裹住的简易运输笼里，想必遭受了三四天的颠簸。发出口哨声的正是那只公玄凤。

林枫割破纱布，拆开笼门，一把抓起公玄凤。公玄凤受了惊吓，一边在他手里挣扎，一边用钩喙咬着他食指上的皮肉，直到放进笼子里。确实咬得有点疼，但林枫不能松手，一松手，带翅膀的小东西就飞啦。

林枫看看食指，多了一个红点，没有出血，吹了吹，搓了搓，继续转移母玄凤。

按照事先约定，林枫只能将鸟笼放在书房的飘窗上。所谓书房，不过是用一排书架将卧室一分为二。主卧倒是卫生间与阳台都有，就是狭窄了些，他们必须像隔壁城市的港人那样对空间精打细算。

杨丽说了，新时代男女平等，凭什么你独占书房，女人也要读书呀。于是，一道布帘，将书房一分为二。帘子两侧都靠墙摆着一张竹制书桌。当林枫问起，既然男女平等，为什么衣柜里全是你的衣服，我的衣服只能挂在床边架子上的时候，杨丽说，男女平等，但是有时候女人比男人更平等。

到了傍晚，杨丽一回来，就循声跑到书房观看鹦鹉，围着笼子给鹦鹉拍照。

"这只公的，一来就知道钻进草窝里，智商很高，就叫心机boy吧。那只花的，就叫花姐。"杨丽一来就给两只玄凤命名。她虽然一直反对养鸟，但在可爱的小生灵面前，还是难掩喜爱。

第二天上午，杨丽和林枫各自靠着书桌看书。

忽然，杨丽发飙了："鹦鹉一直叫，把我注意力打断了。再次专注起来，很是消耗精力啊。"

"前几天楼上叮叮当当搞装修，不照样看书呀！"林枫说。

"可是，鸟叫影响到我了。不许你放在这里了。"

"那放在衣柜那边？"

"更不行，那边有梳妆台。羽粉飞到脸上，痒。"

"卫生间？"

"那也不行。每次洗澡都有两只鸟盯着，羞。"

"那只有阳台了。"

"阳台那么小，我还得撑晒被子的架子。只能放在阳台的角落。"

"好吧。不过最近要降温，恐怕鸟儿会冷。"

"我不管。谁让你养鸟。"

林枫把鸟笼转移到阳台的一角，在鸟窝里铺了些网购的刨花，找了一件旧棉衣，包裹在鸟笼上。

第二天下午，林枫外出时收到杨丽的信息：心机boy死了，赶紧回来收拾鸟尸和鸟屎。让你养鸟，哼！

林枫有些奇怪，早晨出门时心机boy还稳稳地站在栖棍上，怎么忽然死了呢，该不是原本就有病吧？

好在店家同意买家出邮费随机补发一只公玄凤，花色随机。

过了三天，果然收到一只黄化玄凤，是个秃子，露着肉色的头皮。询问店家，店家答十凤九秃。

杨丽在阳台观察了一会儿说："补发的，还能是什么好鸟。"

"哈哈，又丑又蠢，长得像一只鸡。刚爬到栖木上就扑通一声摔了下来。跟你一个德行。"杨丽对林枫说。

"以后它就叫秃鸡。"杨丽接着说，顺便又命了名。

过了几天，玄凤花姐也死了，秃子倒是现在还活着，只是天天叫个不停。林枫问过鸟叔，鸟叔断言玄凤是冻死的，让他立刻购买取暖灯。鸟叔说，别看它们有羽毛，却很怕冷。

杨丽就鹦鹉的事情发了一条朋友圈，说是秃鸡的女朋友冻死了，秃鸡天天哀鸣。

林枫无意中看到杨丽朋友圈里她爸爸阿全的留言：没房没车还养鸟？

2 鸟 语

杨丽练完瑜伽回来，发现林枫不在书房，换上家居服的时候，听见阳台上有人说话。她蹑手蹑脚，隔着通往阳台的玻璃滑动门倾听。林枫说一句，秃鸡叫一声，一人一鸟，一问一答，说了什么，含混不清。这时候，她忽然感觉到玻璃那边的丈夫好像处在另一个世界，看得见，却摸不着，也听不到。

杨丽滑开玻璃门，站到林枫身后，笑问他在跟那只鹦鹉聊些什么。

"它说想要一位珍珠花羽毛的女朋友。"

"天哪，就这丑陋的秃子，还要挑女朋友。"杨丽说。

"丑男爱靓妹，靓妹爱丑男。它不仅要女朋友，还要几个同伴。"林枫说。

"我不管，只要不放进室内。对了，阳台也只能占据一角，不能占用我晒被子的空间。"杨丽说。

接下来的两三天，林枫午饭后都到菜鸟驿站去，取回来的全是跟鸟有关的东西，什么鸟类取暖灯、松木繁殖箱、针式鸟水壶、鸟用垫料、阳台鸟帐篷。除此之外，还取回来一只珍珠花母玄凤、六只叽叽喳喳的虎皮鹦鹉、八只牡丹鹦鹉。虎头虎脑的牡丹鹦鹉模样憨厚却性情凶猛，经常张开巨喙啃咬其他鹦鹉，而且直奔要害，一只白色虎皮鹦鹉就被咬瘸了一条腿，在栖棍上只能金鸡独立，小身子颤巍巍地哀鸣。林枫不得不再买一只鸟笼，把牡丹鹦鹉放在一笼，性情相对温顺的玄凤和虎皮一笼。

不仅养鸟，而且一下子两大笼，这就是林枫对岳父指责的回答。

"今年还去我家过年吗？"杨丽问。

"不去了。我得在家喂鸟。"林枫答。

"好好陪你的鸟。那我过了元宵节再回来。"杨丽说。

"行。"林枫答。

杨丽觉得自己被怠慢了，便用胳膊环住林枫的脖子撒娇："你这么轻易就把老婆放走了？半个多月的别离？"

"那你大年初一就回来。每次去你老家，我都不开心，浑身不自在，还不如不去。年货我提前订好，直接寄过去。"林枫说。

晚上睡觉的时候，林枫迷迷糊糊觉得身旁的杨丽变成了一只羽毛雪白的大鸟。大鸟张开羽翼，将他拥入怀中，贴近胸前柔软的绒羽，巨大的外翅渐渐合拢，温暖得有些窒息。窒息感越来越强烈，他却动弹不得，紧接着又听到一阵凄厉的鸟鸣。他恢复了意识，原来自己的头顶靠在了枕头下缘，下巴几乎抵到了锁骨，压迫了气管。他赶紧把头往枕头上挪了挪，呼吸才顺畅起来。杨丽已经起床，在卫生间里洗漱，阳台上传来鹦鹉们的吵闹。

"我梦见你变成了一只大鸟。"杨丽一走出卫生间，林枫便说。

"很好呀。说明我是天使。"杨丽笑嘻嘻地说。

"天使个鸟。翅膀勒住我的脖子，差点把我憋死。"

"大概是睡前我开暖被机烘过被窝的缘故。我昨晚倒是睡得很香。"杨丽说。

趁着杨丽去健身房练瑜伽，林枫打开了她遗落在书桌上的手机。恋爱以来，他们随时可以打开彼此的手机，有着相同的锁屏密码。

原来，自从林枫养起了鹦鹉，杨丽就开始向阿全汇报林枫的"病症"。

"枫哥买了一对玄凤鹦鹉。"

"没房没车还养鸟？"

"今天又买了几只，阳台上有十六只鹦鹉了。"

"简直疯了，这日子怎么过？"

"凑合着过呗。"

"唉，不懂得省吃俭用怎么买房买车。"

"他报名了驾照考试也不去练车，最近过期了，白白浪费了学费。他还说以后绿色出行，坐地铁和公交车，遇到紧急情况就打车。生活在鸟城，根本没必要买车。"

"真是个书呆子。"

"今天起床说我昨晚变成了鸟。"

"读书读坏了脑子，就像厂房设备电压过高，保险丝熔断了。"阿全说。

"那咋办？我最近也觉得他不正常了。"

"得带他看心理医生。不过不要明说，要委婉地商量。"

林枫把杨丽的手机放到原处，便到阳台上喂鸟。

杨丽从健身房回来，换下那身黑色紧身衣的时候，果然对林枫试探性地提起要带他看医生的事，说什么听说小区不远处的医院引进了一名心理学博士。

"我也读过一些心理学啊。"林枫说。

"那你还是跟我回家过年吧。就当出门散散心。"杨丽说。

"我脱不开身，我要喂鸟。"林枫回答。

"你不是给鸟买了大号自动喂食器和喂水器吗？"

"喂水器里的水要三天一换。你回去吧。"

"还是一起回去吧。"

"好吧。但我只待两三天。年三十回去，初三回来。"

"好吧。养鸟比过年探亲还重要吗？"

林枫觉得，当晚的情爱十分古怪。她似乎不再是谈了多年恋爱的亲密女友，而是变成了一个逢场作戏的陌生女人，准确地说，应该是另一个男人的代言人，前来讨价还价，甚至不爱他了。客观地说，她是一个优秀的女人，有着南方姑娘的小鸟依人，上身娇小柔弱，大腿丰满结实。她正是林枫这些年经历过的最好的女人，好到足以让他钻进婚姻的鸟笼。

欢爱之后，林枫没有像平时那样环抱着她的后背，把脸埋进她散发着淡淡香味的秀发里入睡，而是转过了身子，朝向床边的一排书架。书架后，便是巧妙地隔出来的袖珍书房。

年三十那天，当杨丽爸妈已经驱车抵达小区地下车库的时候，林枫意识到自己不得不去G城过年了。

"吃了午饭再走吧。我订个饭店。"

"还没到饭点啊。"杨丽回复。

"对了，你不是一直想玩密室逃脱吗？不妨全家人一起玩。"林枫问。

"反正接上你就走。别说密室逃脱，我爸妈已经几十年没踏进过电影院了。"杨丽回复。

林枫猜想他们是嫌鸟城消费高。记得上次他们开车来，在小区地下车库停了一个多小时车，花了二十块钱，阿全抱怨了好几遍，甚至建议他们搬到G城发展，说是G城有现成的住房，消费也低。

停好车，林枫把他们迎上来，在公用客厅泡了茶。房间被书架和杂物填满了，没地方待客。另外，林枫不喜欢别人进入自己的房间，哪怕是亲戚好友。其实，里面没有什么见不得人的东西，他就是不喜欢别人进自己的房间，似乎那是一间密室，独自在其中玩着密室逃脱的游戏，不过不是在同一空间钻来钻去，而是逃进另一个世界。于是，林枫把他们引到公用客厅，让他们先坐在沙发上。

就在林枫回房间取茶壶的时候，阿全跟了进来，四处打量着，这令林枫芒刺在背。

过了一会儿，阿全的目光停留在书桌上，上面摆着一尊铜制雅典娜女神雕像，还有一台日本丽声牌的实木座钟。他的目光上移，书架最上一层，立着一个日本手办，那是一个半米高的穿着黑丝袜的卡通美少女。后来，阿全盯着书桌拓展架上的那对惠威音箱看了许久，问林枫："你弄这么大的音箱做什么"？

"看书之余听歌，也听英语。"林枫漫不经心地回答。

"得几千块吧？家用没必要买这样的。"阿全说。

"音质不一样，hi-fi级别的。出来喝茶吧。"林枫边向房门口走去边喊，他心中嘀咕着阿全肯定觉得自己玩物丧志，有闲钱应该存起来买房才对。

不过阿全并没有及时撤离，目光又落到了激光投影仪上。

"这么大的设备，这么小的房间！"阿全叹息。

"看电影也是一种学习啊。出来喝茶吧！"林枫催促。

这时候，阿全才来到客厅。

林枫用一次性纸杯倒上茶，四人没头没尾地聊着天。阿全自然又谈起存钱买房，可是林枫压根儿没有这方面的打算，甚至多年没有结婚的打算，说了一些现在应该把收入投资在学习上之类的废话搪塞过去。

"聚个餐再走吧。"林枫转移话题。

"年三十饭店不开吧。"阿全说。

"周边营业的饭店一大把，顺德佬、江南厨子、全聚德烤鸭鸟城分店……这里可是鸟城啊。"林枫自豪地说，好像自己就是城市主人翁。

"不了，我们出发吧。记得把你房间的电源都关上。"阿全说。

离开之前，杨丽爸妈专门到阳台上的鸟笼前驻足。岳母阿萍在找角度给鹦鹉拍照，阿全在一旁静静地观看，分不清是在看妻子，还是在看鸟。

"抓两只鸟带回去养？"站在阳台入口处的林枫问。

也许因为这一问突如其来，阿全身子一震，愣了一下，连忙摆摆手，说不养，自己工作太忙。

这时候，阿萍说："如果鸟太多，养不过来，也可以抓几只回去。"

现在轮到林枫愣住了，阿萍心直口快，超出了他预想到的答复。其实，那十几只鸟早就养熟了，哪里舍得送人。如果他们真要养鸟，他就买新鸟送给他们。

开车两小时到了G城，恰好午后一点钟。阿全找了一家尚在营业的兰州拉面，一人点了一碗，几十块钱就解决了全家的午饭，果然是勤俭持家居家好男人啊。

饭后阿全没有直接开车回家，而是去了他的工作室，大概是为了向女婿演示勤俭持家之道。

那是在城中村租来的门面房，拉着一道宽大的卷帘门。

阿全蹲下身来，开了卷帘门的锁，推上去，林枫也跟着他钻了进去。

满墙壁的螺丝刀、扳手、锤子之类的工具，可谓琳琅满目。靠墙摆着几台油乎乎的制衣机器。

"来，帮我抬一下。"阿全说。

阿全和林枫各自抓住大麻袋的一端，把它码到另外的麻袋上。

"什么东西，这么沉。"林枫问。

"件。"阿全答。

其实不用问他也知道，里面装着衣服半成品。附近聚集着不少制衣作坊。林枫只是找点话题，避免沉默的尴尬。

"你的工作室跟我的书房差不多大呀。"林枫没话找话。

"怎么可能？我这儿大得很，有一百多平。你那书架隔间顶多七个平方。过来这边看。"阿全说。

林枫跟着他进去一扇门，原来里面别有洞天，还有几个房间，厨房、卫生间一应俱全。看来，平时工人们就在这里干活与吃饭。

"听歌吗？"阿全说着，摆弄着一个黑乎乎的三合板箱子。

"你自己做的音箱？"

"是啊。喇叭是从我结婚时的老音箱上卸下来的，二手市场花了十块钱买了个功放板，装到三合板盒子里钉起来。三十年前的音箱用料足啊，喇叭的磁铁就足足有五斤重。"说着，阿全打开了音箱开关，摆弄着手机，选了一首粤语歌，音箱便轰隆隆响了起来，声音很大，很吵。

"音质还不错啊！啊，高科技啊，还可以用手机点歌。"林枫赞叹。

"是啊，用蓝牙连接的，很简单的，功放接口上插个蓝牙接收器就行了。"

"有技术就是好呀。"林枫口头夸赞，心里抱怨音质糟糕。

"我只会一些基本的实用技术，高端的就不行了。比如，弟弟的机械键盘坏了，电路板上的线路太小太精密，我就焊不上了。"

下班之后，阿全就从单位开车去他的工作室。那些机器，在他上班的时候，已经开始运作了。他下班后赶来并不只是为了监督工人们干活，或作为一名技术指导。他本身就是其中的一名工人，工作室里有一个他的专属机位。他坐在那儿，跟工人们一起干活，手指同样灵活，手掌一样粗糙。

3 候 鸟

在杨丽家过年的两天多，阿全买菜、做饭、洗衣、浇花……几乎包揽了所有家务。阿萍则坐在客厅红木沙发上的按摩垫上看手机，要么就与杨丽聊天，偶尔也去帮厨。那个按摩垫，是林枫带来的新年礼物。

除夕夜，阿全做了满满一桌子菜肴，有汤圆，没饺子，完全是广式风味。可惜杨丽的弟弟没有一起吃饭，他养成了通宵打游戏、白天睡觉的习惯。林枫晚上就跟他一个房间，常常大半夜被敲击键盘、点击鼠标的噼啪声吵醒。他向杨丽提出睡在她的闺房里，被拒绝，理由是欠她一场体面的婚礼。

电视开了，不是春晚，而是珠江台，一群人嘻嘻哈哈拜大年。林枫不懂白话，便低头看手机。

林枫玩了一会儿手机，眼睛干涩起来，索性关机，一阵气势汹涌的无聊感扑面而来。每次来杨丽家，他总觉得十分无聊，一时又想不清楚其中的原因。那栋三室两厅的老宅散发着一种说不清道不明的气息，即便掏出背包里的书也看不下去。

"记得晚上给我留门。"林枫悄悄对杨丽说。

"想得美。"杨丽答。

"那我明天就回鸟城。以后不来你家过年了。"

"随便你。"

相对来说，林枫在杨丽家最喜欢的去处便是门外的天台了，虽然也难以排解无聊。天台靠墙的位置，种着几株簕杜鹃，有些年月了，顺着墙壁攀缘了很高。还有一棵发财树，种在一个裂了缝被铁丝箍住的瓦缸里，一看就是阿全的杰作。

年初二，林枫便想着返回隔壁的鸟城。在杨丽家里，除了吃就是睡，实在无聊。在饭桌上，阿全抱怨说孩子不学习，天哪，这样的环境，能学什么习。那种氛围算不上压抑，却沉闷得很。阿全觉得跟光线有关系，他说白天客厅还要开灯，人容易昏昏欲睡。他跟林枫说，年后准备装修一下，把天台上的那几株簕杜鹃砍掉，只留树墩，并把铁皮棚子换成透明玻璃的，这样屋里就亮堂起来了。林枫只是敷衍了一句，觉得并不会有什么根本的改善。他思来想去，觉得根本原因是家里缺少一间可供人躲在里面不被打扰的舒适的书房。没有书房，一座房子便没有灵魂。

晚上的时候，阿全做了很多菜，摆满了客厅里的圆桌。他早茶之后就去了菜市场，开始张罗丰盛的晚饭。在林枫眼里，他们的假期颓废至极。一家人睡到十点多，然后开车去酒店喝早茶。早茶可不仅仅喝茶，还有满桌的糕点，当然少不了薄皮虾饺、水晶餐包、豆豉排骨、香蒸鸡脚等广府美食。物美价廉的早茶之后，除了两位忙里忙外的做饭长辈，其他人只好坐在客厅看电视。

"一个连书房都没有的地方。我一天也无法忍受。"林枫对身旁的杨丽说。他受不了房间里的那种压抑，便提出和她一起出门逛花市。两个街区之外便有一个大型花市，摆着大大小小的盆栽年橘和蝴蝶兰。年初二的下午，很多装饰花草特价处理。

逛了一会儿，林枫挑了一盆花朵繁盛的蝴蝶兰，抱在怀里，双手托着船型花盆。回去的路上，经过一处旧书摊。林枫把蝴蝶兰放在摊边，开始扫视地上的书，惊喜地发现了一本绝版的老书。摊主老花镜后的小眼睛发觉了林枫对这本书的喜爱，便提出两百元的底价，少了不行。还是杨丽机灵，开始了花式砍价。

"你不是已经有了一本吗？影印版的。"杨丽对林枫说。

林枫本想说打算再读一遍已经绝版的正版书，发现杨丽在朝自己眨眼睛，心领神会地改了口："哦，是呀！影印版才二十元。内容一模一样。反正看过了。不看也罢。"

摊主一瞧这情形，便也改了口，一百五十元，不能再低了。

晚饭后，林枫不想加入客厅观看珠江台的队伍，一些人操着白话嘻嘻哈哈，自己也听不懂，便钻进卧室预订明天回鸟城的高铁票。林枫跟小舅子一个房间。那个青春期男孩正戴着大耳机跟伙伴们联网打游戏，打到兴头上便大呼小叫。这个房间只和客厅隔着一道木板门，客厅里的说话声清晰地传来。

"这盆蝴蝶兰顶多八十块。你们竟然花了一百二。多花了一半的钱。"阿全说道。

"枫哥说这盆花开得更美。这本书花了一百五十元，比那盆花还贵呢。"杨丽说。

"什么？这本破书？一百五十元！"阿全说。

大概这个时候，阿全觉得十分有必要找女婿郑重其事地谈一谈了，便敲开了门，喊林枫到客厅聊天。

"早就说好了假期允许我打游戏，说话要算数。"戴耳机的男孩以为父亲前来制止他打游戏，便抛出这么一句，眼睛紧盯着屏幕上的人物，手指也没离开炫光的键盘。

"我听丽丽说这本书花了一百五十元。"阿全粗短厚实的手掌轻拍在玻璃茶几的那本书上。

"是啊，物有所值。"林枫笑了笑。

"现在废纸在G城的收购价不到八毛钱一斤。这本小书顶多三两重。一百五十元能买几百本了。"阿全说。

"能买几百本垃圾！"林枫说。

"好了好了，喜欢看就买喽。"阿萍在一旁打圆场。

"好吧！我们工厂里干活的人理解不了你们。"阿全说完，把书递给林枫，自己接着嗑瓜子看电视。

一起在客厅或者饭桌上的时候，他们一家人用白话交谈，故意说给林枫听时才用普通话。林枫觉得这是文化隔离，便与杨丽说英文，故意使用复杂的单词，这样别说岳父母，就连功课不怎样的小舅子也听不懂了。

"在自己家,用不着用鸟语吧?"阿萍笑问。

"当然有必要,我们这一代从小被教育要时刻不忘学习,寒假正好练练鸟语。"林枫答,随后退了家族群。

"你退了群?显得没有礼貌。"杨丽说。

"因为我在那个群里是个十足的外人,毫无存在的必要。你也知道,你的亲戚们每天在群里用语音交谈,每天发一些饭菜的照片,跟我毫无关系。当然,你爸爸从农村到G城定居,无疑是兄弟姐妹中最有出息的一个。或许也只有在这个群里,他才有存在感。而我,碰巧娶了他的女儿。"林枫说。

"你这样说话就很不礼貌。"杨丽说。

"但我说的是实话。"林枫说。

林枫接过书,回房间带上随身的小包,说了句出门走走便离开了。

起初他想找家咖啡馆看书,就像他在鸟城经常做的那样。可是周边店铺都打烊了,这里又是G城的偏僻地带,远不能跟他寄居的鸟城中心区相比。忽然,他惊喜地发现一家宾馆的霓虹招牌还亮着,便走到柜台,掏出身份证,要求一间客房。他甚至冒出连夜赶回鸟城的念头,那里有他租来的书房,有一群可爱的鹦鹉朋友,那里才是他的家。鸟城犹如一片原始森林,枝头栖息着各种候鸟,各自唱歌,各自欢乐,谁也不干涉谁。

到了十点多钟,杨丽问他怎么还没回来。

他回复了宾馆房号,让她过来。

"不过去。我要睡在自己的闺房里。"

"过来呀!就像我们大学时那样。"

无论林枫怎么说,杨丽就是不来,似乎一回到父母身边整个人都变了，变成了乖乖女。

林枫不再自讨无趣，打开手机，将原定初三下午回鸟城的高铁票改成了早上的。

"回来吃早饭啦！"林枫收到杨丽的信息。

"我在家门口的星巴克喝咖啡呢。"

"你回鸟城都不喊我？"杨丽的信息后面加着一个发怒的表情。

"昨晚喊你了。你不来。"

"我打算过了元宵节才回去的。"杨丽说。

"随便你。在家好好陪你爸妈吧。"林枫回复。

"我爸让我叮嘱你，如今我们结婚了，要做买房的规划。他们也会支援一部分。"杨丽说。

到了午后，林枫便把阳台上的鸟笼搬到了室内，伴着十六只鹦鹉的鸣叫看了会儿书。到了晚上，鹦鹉都安静下来，有的趴在草窝里，有的站在栖棍上，听到响动，才睁眼看一下，觉察到没有危险，便很快重新闭上了。

林枫自己待在"鸟窝"，感受到一种莫名的自在，可是这种欢快注定不长久，刚刚过去两天，他就开始想念杨丽了，尤其是环视"鸟窝"的时候。衣柜里整整齐齐的衣服，梳妆台上错落有致的瓶子，冰箱门上的磁性卡通动物，这些都是杨丽平日里对家庭的投入，出于女人的天性，想要一方独属于他们的小窝。恰恰是这样的小窝，给林枫这个都市流浪汉以家的温馨。

可是，每次搬家，她都得重新收拾。林枫突然体会到收拾房间所要耗费的巨大的时间与精力。而女人要求一套房子，一个不必搬来搬去的家，实在谈不上过分。他知道有一种被称为鸟中建筑师的黑额织巢鸟，雄鸟筑造精美的圆顶巢穴赢得雌鸟的芳心，有时候要筑造二十多个巢穴供伊挑选。

林枫结婚前的最后一次搬家，是在去年秋天。每次搬家，都会像鸟儿一样，换掉一身羽毛。

4 鸟 窝

楼洞口的两扇玻璃门全打开了，宛如一张巨型昆虫的大嘴。一刻钟前，林枫给物业管理处打了电话，说要搬家，让他们派人过来打开另一扇门。平时，只有刷卡才能半开一扇门，侧身出入，据说为了安全与防盗。这会儿，他坐在小区游乐场的长椅上，盯着那张大嘴，等待着什么。游乐场上曾有许多孩童玩滑梯，骑上一只墨绿色的塑料恐龙。他常倚靠着二楼阳台上的铁栏杆，静悄悄地望着玩耍的"小天使们"，听着嬉闹声，作为读书之余的休息。现在，这里的塑料滑梯空空荡荡，突然变得过于寂静。恐龙把头埋进散尾葵丛，粗短的尾巴朝外，似乎不愿面对小伙伴们的缺席。刚刚立秋，一楼商铺的阳光幼儿园就莫名其妙地关门了，平时成群的鸟儿也飞走了。

一位身材瘦小的老年环卫工站在游乐场边缘，双手挂着一只底部带爪子的棍子，正笑眯眯地望着他。

"啊，吴叔，你好呀！"林枫朝环卫工打招呼。

老吴认识他，就在昨天，他把一桶未拆封的花生油和两袋密封在真空袋里的东北米提给了正在垃圾桶旁捡饮料瓶的老吴。他愉快地对环卫工说自己要搬家了，这些东西送给你了。他搞不明白当初为什么网购了这些东西，因为他根本不做饭，甚至没做过饭。

老吴先是一愣，然后开心地笑了，说了声谢谢，说是去年春节加班的时候，物业给他发了一小箱方便面，远远没这值钱。为了表明这是赠送不是施舍，他故意岔开话题，称赞老吴手里的棍子是个宝贝，不用弯腰就可以把东西抓起来。

"天下又要大变样了。"吴叔继续说，似乎试图用自己的见识解释幼儿园关门的原因。

"我今天搬家，已经约了车。"他显然不想跟老吴谈论什么天下大事。

"哦，我也搭把手。"老吴友善地说。

"谢谢，不用麻烦了。东西不多。搬家公司负责搬运。这不，车来了。"他指着朝这边开来的面包车说。

"俺大老远开车过来帮您搬家。本来不打算接这一单，但想到还有三个孩子要养。"一个面色黝黑、身材粗壮的汉子从驾驶室下来，一见到他就说。

"东西不多。"他说，顺手把从小区小卖部提前买好的矿泉水递给他一瓶。

那汉子拧开瓶盖，随手丢在红砖人行道上，仰着脖子喝起来，只见粗大的喉结上下窜动，如同一只想逃出来的旱地蟾蜍，几口便把一瓶水喝光了，随手又是一扔。

"真他娘的热。对了，你最好去买点运动饮料，干活有劲儿。"汉子说。他那黄色的喷涂着"专业搬家"四个字的汗衫湿哒哒地贴在后背上。

"这天气，什么都不干，在路边站站就是一身汗。"他边捡起汉子扔掉的矿泉水瓶和瓶盖边说，把空瓶递给老吴。老吴接过瓶子，又去垃圾桶里寻宝了。

"您这是高档小区。"汉子从车厢里拖出一辆平板车，仰望了一会儿大理石质地的门楣说。

"跟我没关系。我才搬进来四个月，刚收拾好，房东就把房卖了，只能再搬家。"他说。

"违反租房合同，这得赔偿吧。"汉子说。

"没有赔偿，能退回押金就不错了。如果是租客提前退租，就要扣掉押金了。业主可不按合同来。不仅如此，还三天两头让地产公司来看房估价，骚扰得住不安生。"他说。

"真他娘的黑。那至少也得赔个搬家费啊。我听说国外可不这样，出租后房东本人都没权利进门。有人闯入，突突了也不犯法。"汉子打抱不平地说，两只大拳头拇指朝前叠在一起，做了个"突突"开冲锋枪的左右扫射动作。

"一毛钱也不赔，并且只给了一天搬家时间，不然不给沟通物业开放行条。"

"看来，你住的高档小区跟俺住的城中村一个屌样！哈哈哈！"汉子开心地笑着，大概觉得眼前这人比自己优越不到哪儿去。

"就这么多东西。我把要拿走的东西都打包放在客厅了，房间里的统统不要了。您先搬，我去小卖部买运动饮料去。"他说着，走下楼去。

"好得很！"汉子喊道。

阳光棕榈小区很大，据说住着三千多户居民，基本上是一个大学校园的面积，他刚搬进来的时候，打开手机地图导航好不容易才找到出租房所在的那栋楼。他走在去小卖部的路上，顺便再观赏一下小区的风景，棕榈树高大挺拔，给人一种身在海南岛的感觉，鸡蛋花树已过了花期，只剩下枝干和绿叶，凤尾竹上沾着雨后的水珠，轻轻摆动……当初搬来，就是因为他喜欢这些苍翠的绿植，还有无数的鸟儿在枝头歌唱。可是他女朋友杨丽不喜欢，她每次来都抱怨这里阴森森的，空气又潮湿，后来干脆赌气不来了，说等他租到更好的地方再来。她在鸟城最偏远的一个行政区上班，平时住在单位安排的宿舍里。"想我了，就坐大巴来看我。我的宿舍可比你租的房子舒服多了。"他眼前又浮现出她的笑影。最近两三个月，每逢周末，他就坐两个半小时的大巴去她那里。

等他回来的时候，汉子已经把几纸箱书搬到了面包车上，正倚在车子的一侧抽烟。

小卖部只有这一种运动饮料。说着，他把一瓶橙色的瓶装健力宝递给汉子。

"好得很！"汉子接过饮料，拧掉盖子丢在地上，仰头喝了个精光。喝完之后，没有要走的意思。

"兄弟，你确定其他东西都不要了？要不，咱们再上楼检查一下，或许还有重要东西忘拿了。"汉子问。

"好啊。"他答，便随汉子返回房间。

"看不出来，你还是个练家子。这对哑铃也不要了？"汉子双手各握一个哑铃做了个飞鸟动作。

"不要了。"

"好，这对宝贝归我了。"汉子说。

"行。"

"说实话，这里阳台真大。这大型遮阳伞不错。"汉子手搭凉棚，仰望着遮阳伞。

"这伞是我网购的，刚用了一个月。铝合金伞骨，很结实，注水基座，很稳固。"他说。

"也不要了？"汉子问。

"不要了。"

"来，搭把手，帮我把伞收起来。我住的地方没阳台，但有天台。我打算把它安到天台上，有空搞搞露天烧烤。"汉子说。

"豪宅啊，还有天台。"他赞叹道。

"豪宅个屌！城中村握手楼的最高一层，屋顶上的天台。"

"那也不错呀。"他说。

汉子熟练地收拢了遮阳伞，几乎没用他帮忙。然后，汉子熟练地把塑料基座里的水倒掉。

"嘿，你的生活真小资。盆栽照料得相当不错。"汉子腋下夹着遮阳伞，粗短的手指抚弄着阳台竹质花架上的绿叶，顺手把几片枯叶摘了，就像他家的一样。

"这几个盆栽不错，尤其是这盆发财树，光这龙纹花盆就花了一百多块呢。"他说。

"那我连同花架一起拿走了，放在我家天台上。"汉子说。

"随便。都送给你了。"

"好得很。兄弟实在人。"

"棉被、枕头也不要了？"汉子走进卧室问道。

"不要了。"他答。

"那你以后咋睡觉？"汉子问。

"不活了。"汉子总是问来问去，惹得他有些厌烦了，便没好气地回答。

"兄弟，不要这样啊，好死不如赖活着。我有老婆孩子要养，信用卡欠了十几万，银行催款的律师函都来了，我依然觉得还是活着好。"

他注视着墙上的一个塑料挂钩，没有回答，似乎在回忆上面挂过什么。

"在咱们这个年纪，欠债很正常，关键不能丧失生活的信心。我以前经常喝酒，出不了车。现在，我不喝酒了，天天接单，饭也顾不上吃，经过十年八年的努力，或许能还上债。"汉子说。

"兄弟，你确定搬的只是一个人的行李？"汉子斜着两只鼓凸的眼睛，伸着胳膊指向挂在床尾墙上的衣服问道。

"这明显是女人的裙子。那这次搬家得按家庭套餐收费了，个人实惠套餐可不成。"汉子嘟嘟囔囔地说。

他没有回答，兀自盯着墙上的伴娘裙。那是一件乳白色的裙子，袖口和下摆都有网纱状的流苏，跟杨丽很相配。她穿上它的时候，宛如仙女，甚至会抢了新娘的风头。他正想象着她怎样在婚礼现场吸引在场男士的目光时，忽然一愣，意识到她已经三个月没来他这里了。

三个月前的一天早晨，他睁开眼睛的时候，迷迷糊糊看到一袭白衣迎面扑来，吓得他顿时睡意全无。

等他完全清醒过来，才辨识出那是她参加闺密婚礼时穿的伴娘裙，就挂在床头对面的墙上。他记起来了。那天晚上，她将伴娘裙用衣架撑好，挂在床头正对面的墙上，边挂边说，就是要提醒你，早点娶我。她近年做了多次别人的伴娘。她的大学舍友、闺密、女同学、女同事……每次做伴娘回来，她总是拉着他观看手机相册里婚礼现场的照片。新娘脖颈上挂着一整串黄通通的家伙，似乎要把新嫁娘的粉颈坠弯。但新娘的柔颈挺得笔直，似乎沉甸甸的黄金不过是金色羽毛。

昨晚，她回来，又让他看婚礼照片。他的目光总是在那张金灿灿的照片上定格片刻，迅速移开。

"等我们结婚的时候，得按我老家的风俗，给你的脖子上挂串大蒜。"

"不要，不要。我要一场盛大的广式婚礼。这是我从小到大的梦想。"

"乡村婚礼多好，省事。嫁鸡随鸡，嫁狗随狗嘛！"

"结婚一辈子只有一次，一定要隆重，要浪漫。"她紧抿小嘴，态度坚决。

"这些形式的东西要让位给生活啊，毕竟我们手头并不宽裕。"

"那从现在开始攒钱。"

"要不，旅行结婚也成。现在不流行旅行结婚吗？我一位同学就是这样。"他寻找着妥协方案。

"出国旅行要，盛大婚礼也必不可少。"她说。

"说实话，伴娘比新娘还美。"

"赞美我也免不掉盛大婚礼。"她并不买账。

这时候，他听见窸窸窣窣的声音，准是她在摆弄那些瓶瓶罐罐。

"你在干吗？过来一下。"他喊道。

"来啦。"她轻快地跑来。

"靠近一点。让我抱抱。"

"昨晚不是刚抱了，抱得肋骨都痛了呢。"

"今天刚刚开始。"

他的胳膊环绕着她的肩头，脸对脸问道："你想吓死人吗？伴娘裙挂在对面墙上。"

"这样你每天一睁眼就能看到，好提醒你早点娶我。"她嗲声嗲气地说。她撒娇的时候嘴唇微微上卷，嘴角印出一对梨涡，眼睛眯成一条线。看起来她今天心情不错，早把昨晚的不快忘记了。不过，过了片刻，她愉悦的脸上便蒙上了一层阴云。

"你又是九点多才起床，那么懒惰，这样下去，什么时候能挣够婚礼的钱啊。"

"我一直打算早起的。闹钟都买了五个，设定在早晨六点。可是我要么听不到闹钟，要么睁不开眼。"

"那是你动力不够强劲。你得给自己设定明确的生活目标。"

"哦！"

"这样下去不知道何时才能结婚。"

"你也帮帮我。比如说，你起床后干脆把被窝掀了，或者用鞭子抽。这样或许可以奏效。"

"我也有很多事情要做啊，我可不想因为喊你起床破坏了一天的好心情。"

"怎么会呢？喊我起床我又不会跟你吵架。"

"喊了半天没起来，我自己心情就不好了。"

他爬起来，洗漱完毕，一刻钟后，已经走在去肯德基的路上。他习惯了起床来杯咖啡。

等他喝了一杯咖啡回来的时候，她已经收拾好行李离开了。靠近门口的书架上贴着一张便签，上面有一行娟秀的小字："我再也不到你这里来了，你想我的时候，就来单位宿舍找我吧。另外，这个小区绿植太多，到处都潮乎乎、阴森森的。"他手里提着为她打包的早餐，呆呆地站了好一会儿。他忽然想起在哪本书上读到的一句话：落在一个谋杀者手里，不是比落在一个女人梦里更好些吗？

"喂，兄弟，你在梦游吗？你在手机上把单人实惠套餐改成家庭套餐，一百多块钱的差价呢。"汉子喊道。

"这裙子我自己拿着。改套餐门都没有。"他把伴娘裙从衣架上摘下来，轻轻地搭在自己的胳膊上，回头望了一眼那个只剩下空衣架的孩子气的卡通兔子挂钩。

汉子不仅没有懊恼，反而谦卑起来，挠着后脑勺上的头皮轻声问道："兄弟，我看你许多东西都不要了。要不，已经搬到车上的那几箱书也别要了。我有俩孩子，我老婆响应国家号召准备生第三胎，已经怀孕了。你把书也送我得了。孩子们以后或许用得着。"

"对呀！"他打了个激灵，心想这样的好主意自己怎么没想到呢，本打算把书寄存在大学同学那里。在那套被隔成五个房间、客厅比卫生间还小的房子里，同学皱着眉头说可以先放在客厅，等他找到地方再搬走。

"好嘞！这样就不用改成家庭套餐了。"汉子兴奋地说。

"不对呀！是我搬家，搬的却都是你的东西。你这是搬家还是打家劫舍啊？"他问道。

"当然是搬家。你要知道，现在国家实行垃圾分类，请专业人士上门处理垃圾还要收费呢！更何况我帮你处理了整整一车，清理了你的烦恼。"

他丢掉了几乎所有的身外之物，只剩下胳膊上的伴娘裙，坐上了汉子的车，准备离开这个仅住了四个月的小区。他坐在副驾驶上，透过车窗望见吴叔正挂着那根底部带爪子的棍子，目送自己离去。

"我也辛苦几个小时了，除了车费，再给点搬运费呗。"汉子边扭动方向盘边说。

"我送你的那些东西也值不少钱。"他冷冷地说。

"嘿嘿，是这样，但都是你不要的东西嘛。"

在小区出口，他把放行条交给了岗亭里的保安。

"说实话，你这样的人不适合住在这鸟地方。"他拉开车门准备下车时，汉子说。

"那我适合住哪儿？"他问。

"鸟窝里。"汉子笑嘻嘻地说。

"有道理。"他笑了一下，阔步向前走去。他感觉浑身轻松，那种舍弃了所有身外之物的自由和舒畅。

5 鸟 人

"喂，你刚才做梦了吗？"林枫耳边响起杨丽娇柔的声音。

"做了。"他迷迷糊糊地睁开眼，如实以告。这时候他才意识到自己侧身紧紧抱着她光洁的肩膀，肢体接触的部位满是滑腻腻的热汗。她身材娇小，肩膀很窄，他修长结实的手臂可以把她环抱起来。他进一步想到，就在午饭后，她说回她宿舍睡个午觉吧。他说自己起床晚，没有午睡的习惯。她莞尔，说他已经很久没来看她了。他微笑着点点头，顺手捉住她纤细的手腕。她的肩膀轻轻地碰触一下他的手臂。

"做了什么梦？"她追问道。

"梦见开学了。我夹着棉被提着水桶去学校报到，结果没找到宿舍，裹着棉被露宿街头。还好有你在身边，我提着暖瓶，在一棵树下给你洗澡。树枝上挂着你的那件伴娘裙，在风中飘着，就像一对鸟儿的白色翅膀……"他不断地眨着眼睛，像在竭力回忆着梦境。

"在树下洗澡，岂不是要羞死？我也做梦啦！"她欢快地说。

"做了什么梦？"

"我梦见我们搬到了海边的大房子里，我们都有独立的书房，我还有梳妆室，只是保姆不太专业，不知道地毯和浴巾要分开清洗。我正教育保姆呢，忽然醒了。"

"哦。"他礼貌性地回应了一下。

那天是周六，早晨的时候，她在微信里对他说，自己感觉很累，头疼肚子痛，全身没力气。那时候，他刚"搬完家"，当晚找了家城中村的小旅馆过夜，抱着他唯一的家当——那件她的伴娘裙。他便立刻叫了一辆网约车，心急火燎地直奔那个遥远而熟悉的地址。正常情况下，从南山到望鹏，两个半小时的车程，可是那天下了一阵急雨，市区拥堵，用了四个多小时才到了她的宿舍。那是一套三位姑娘合住的公寓。她拥有一个带洗浴室的主卧，其他两位女同事分别住在两个次卧。

他站在门口的时候，给她发了信息，让她开门。

门开了，她叮嘱他换上拖鞋。

他边换拖鞋边瞟了她一眼，没看出什么病态，便心领神会地微笑了一下，丝毫没有责怪她的意思。

"我们下楼吃午饭吧。我请你吃大餐。"他说。

"嗯。那也得换上拖鞋，到房间换上干净的短袖。我给你买的，已经洗好晾干了。"他换上散发着清新和芬芳的新衣，返回客厅，重新穿上运动鞋，便牵起她的手朝开元大厦美食街走去。

"对了，这次你搬到哪里去了？"她问。

"搬到你这里来了呀！"他微笑着盯着她。

"男人的嘴，骗人的鬼。我又不是不知道你，你从来都是住一夜就走。"她习惯性地努起小嘴。

"住一夜就走？哈哈，说得我跟游击队似的，放一枪换一个地方。"

"你骗人！"

"这次真没骗你。我没有租新的房子，来投奔你了。"他一改嬉皮笑脸，忽然庄重地说道。

"你的东西呢？"她皱着眉头问。

"都送给搬家师傅了。"他说。

"你的衣服呢？"她问。

"扔到小区衣物回收箱里了。我知道，你会给我买新的啊。你总说我自己买的衣服都是灰扑扑的，像个刚进城的小乞丐。"他眨眨眼，调皮地说。

"书呢？你以前搬家总是先搬书的。"

"也送给搬家师傅了。我现在一无所有了，唯一的家当就是你的伴娘裙了。"他仰起头，皱皱眉。

"你还有我。"沉默了一会儿，她忽然按住他的手背说。他感觉一只大蚂蚱跳到了手背上，本能地浑身一颤，想抽回手，但低头看到那只娇小柔滑的手，便打消了这个念头。

吃饭的时候，他放在餐桌上的手机忽然响了，他发现她比他还警觉地第一个望向手机上的陌生号码，似乎在提防什么。

"喂，哪位？"为了打消她的顾虑，他故意开了外放声音。

"兄弟，是我啊，昨天给你搬家的师傅。最近看新闻了吗？地铁被淹的时候，一个打工妹把所有的钱转给了她的朋友。我看你也不像有朋友的人，你要是真的不想活了，干脆把钱转给我。几十块也行，我不嫌少。每年清明节我给你烧纸……"汉子还在嘟嘟囔囔，被他粗暴地打断了。

"你这个鸟人！老子比任何时候都热爱生活！"一向轻声细语的他忽然野兽一般吼叫着，随即挂断了电话。

当晚，他享受了一场酣畅睡眠，就像书里写的一样，女神给他的眼睑降下无梦的睡眠。

第二天早晨，他睁开眼睛的时候，迷迷糊糊看到一袭白衣迎面扑来，顿时吓得睡意全无。

等他完全清醒过来，才辨识出是那件伴娘裙，她又挂在床头对面的墙上了，用的是同样的卡通兔子挂钩。这时候，他的头脑中又浮现出那句话："落在一个谋杀者手里，不是比落在一个女人梦里更好些吗？"这次他不仅想起这句话，还想起了这是尼采说的。

他从床上坐起来，看到了床头柜上的冒着热气的挂耳咖啡和旁边的牛角面包。

"尼采是个疯子。"他喃喃自语道，开始慢条斯理地享用她上班前为他准备好的早餐，想象着即将开始或许已经开始的家居生活，想象着即将到来的见她父母订婚的日子，想象着自己寻到了一份稳定工作。

"我们回南山吧,以后就在南山。你辞掉工作。我找份稳定工作养家。"杨丽下班回来的时候,林枫说道。

"我这工作干得好好的,待遇也不差。"杨丽说。

"这里太偏僻。我们应该生活在当初读大学的南山区。再说了,我不喜欢你做一份接打电话贴发票送文件的琐碎工作,对你个人成长没有帮助。"

"可是人不能像鸟那样生活,下一刻不知道住哪里,下一顿不知道吃什么!"杨丽嘟着嘴。

"谁让你嫁给了鸟人。难道生活还有更好的选择吗?"

这样,杨丽辞了职,跟林枫一起回了南山。林枫找了一间主卧,一直住到现在。杨丽多次抱怨,住的地方活像一架鸟笼。每逢此时,林枫就嬉笑着说,你就是我养在笼里的金丝雀。

得知杨丽没跟家里商量就辞了职,阿全发了一通火。

6 迷 鸟

也许思念丈夫,杨丽根本没在娘家待到元宵节,初十就返回了鸟城。

杨丽忽然发现几天不见,林枫像变了一个人,开始考虑仕途经济了。这不,她发现他在电脑旁噼里啪啦敲击键盘,不是在写诗,而是在写长篇文章。一问才知,他是在为一位港城艺人代笔写自传。

"去年就找我写,我没答应。从你家回来,我就接了这个活。定金已经入账了。写几本这东西,或许可以挣够房子的首付。"林枫慢条斯理地说道，眼睛没有从屏幕上挪开，细长的手指依然在键盘上弹跳。

大多数时候，杨丽在林枫敲打键盘时不会站到他身后，担心打断他的思路。偶尔站在他身后，看到他在写一篇评论，便问道："你之前从来不写这类评论的呀。你说给他们写评论只是敲锣打鼓抬轿子，跟学问一点关系也没有，甚至是一种煎熬。"

"可是对方出大价钱请我写评论，这就另当别论了。而我正需要钱。"林枫头也不回，继续写下那些一味抬举别人的文字。

"你之前说这些人拿着纳税人的钱出书。你还说这种书就是出一百本也毫无价值。"

"哎呀！那是从前。从前我太偏激了，太理想化了，是个神经病，是个不识好歹的鸟人。我现在，就像你爸曾经要求的那样，要接地气，要变正常。"

杨丽为丈夫的转变暗暗高兴，当然不失时机地向阿全汇报。

"看来，咱家书呆子开窍了。"阿全回复。

"书呆子"前面加上"咱家"的修饰语，一下子由外人变成了自家人，这是从来没有过的。

当然，杨丽也发现林枫其他方面的转变。他不再去阳台看鸟，也不喂鸟了，似乎对鹦鹉们不感兴趣了。听到笼子里十几只鹦鹉饿得发出各种叫声的时候，杨丽只好向喂食器里倒入带壳的小米，每周更换一次纯净水。她甚至发现两只圆嘟嘟的牡丹鹦鹉越长越小了。忽然想起林枫说过，小米是不够的，牡丹鹦鹉喜欢吃黑瓜子和新鲜蔬菜。

"你的鸟瘦了。"杨丽说。

"今天要写三千字。"林枫盯着屏幕说。

杨丽更是吃惊地发现，林枫不看电影了，甚至对自己也不感兴趣了。

杨丽记忆中的林枫不是这样。她记得有一次自己当伴娘回来，正要换衣服的时候，他执意让她穿着那条伴娘裙，并且只穿那条伴娘裙。待她脱去内衣，他忽然蹲下身子，双臂环绕住她的大腿，侧脸贴住她的小腹，似乎在倾听什么。她则用那双小手满怀情意地抚摸着他的留着硬挺短发的头顶。紧接着，他抱起她的双腿，坐到书桌靠背椅上。他们第一次在椅子上做爱，那件纯白蕾丝边伴娘裙扬起情爱的翅膀。

可是如今，林枫竟然有足足一星期没碰自己了。这让她心生疑虑。

到了深夜，两人洗完澡，平躺在床上的时候。杨丽故意没穿睡衣，还用双腿盘住他的腰。可他冷漠地推开了她，说赶紧睡吧，明天还得早起赶稿。

"你是不是不爱我了？"杨丽面朝着林枫的耳朵。

"老夫老妻了，还问这个问题。"林枫答。

"我要你回答，说真心话。你很久没跟我说悄悄话了。"杨丽在床头娇嗔。

"当然爱呀，傻瓜。不然怎么会跟你结婚。"

"可是你变了，不像你了。"

"没变啊。"

"你现在只想着挣钱。"

"当然啊。你不是一直想要一套属于我们自己的房子吗？"

听到林枫有些愤怒的声音，杨丽啜泣了一会儿，侧过身子背对着他。

第二天中午，杨丽和林枫照例去了小区附近的饭店就餐。他们觉得做饭耗时，所以一日三餐都在外面解决。在一家饭店吃容易腻烦，就将周边的饭馆列一个清单，轮流吃，这样不必每天考虑吃什么，节省时间。这天中午，正好轮到那家店名为"十三羊"的羊肉馆。

杨丽透过羊肉蒸饺和羊杂汤的腾腾热气，问林枫："还记得我们第一次来这家小店吃饭吗？"

"赶紧吃完回去干活。"林枫头也不抬，将蒸饺蘸上调料，就着大蒜吃着。

"你忘记了吗？那时候，我们都是大学生。你带我来这里吃饭，点了烤羊排。你说你希望毕业后每星期都能吃一次烤羊排。"杨丽说。

"是啊，是啊，那时候学校一个月发六百块钱生活费。好了，我吃饱了，剩下的饺子归你。"林枫拿起餐巾纸抹了抹嘴，揉成一团放在木桌上，开始低头划拉手机。

"对了，你最近在写什么？你好久没跟我谈论你想写的东西了。记得之前你经常说一些写作计划，说起来很兴奋。"杨丽问。

"你不是一直都知道吗？我在写能够换钱的文章。"林枫抬头望了她一眼，又低下头去。

"我知道。我只是想听你说说写的内容。"

"上午写到女歌星三十年前刚来鸟城时在一家夜总会唱歌。那时候女歌星还没成为女歌星，只有十六岁。唱了几次歌后，无论是在场的听众，还是夜总会老板，无不为她神魂颠倒。有位大老板主动当她干爹，提出每月给她八千美元送她去美国深造。但她选择了听众中的一位身家亿万的年轻家具商做男朋友，恋情只维持了七个月。因为这老板是潮商，只愿意她做全职太太，生一群孩子。"

"她呢？"

"她！注定不平凡！为了自由，为了伟大的歌唱事业，义无反顾地冲破家庭的牢笼。"林枫平伸手掌，似乎在进行一场公开演讲。

"好假！"杨丽被他滑稽的演讲逗笑了。

"如果让我写，我会午饭都吃不下的。你从来不写这种文章的。你说你只在学问的世界里小农自耕。"杨丽接着说。

"可是这类文章能换钱啊！能往购房账户上再添一笔啊！"林枫说。

午餐之后，林枫想直接回去赶稿，杨丽则要求一起沿着月亮湾大道人行道散步。

以前，在林枫还需要"看心理医生"的时候，他们经常沿着那条路散步。林枫有次说凤凰木的枝头藏着一只小鸟，只有一片柳叶大，叫声却极其洪亮，边说边指给她看。她却怎么也看不见。

他们走着走着，听到乌鸦呱呱的叫声，他说有一种蓝冠乌鸦，常常偷看松鼠埋坚果，然后趁其不备偷走，可以说是鸟界的小偷。他还说有一只松鼠，觉察到了一只怪鸟在偷看自己，便故意把一颗发霉的松果埋起来，故意让"小偷"吃坏肚子。当然，"小偷"如果发现松果发了霉，也未必会吃，但是第一口大概是咬下了。

可是现在，林枫埋头走路，什么也不愿说。

"你倒是说点什么啊？难道我们刚结婚就无话可说了？"杨丽催促道。

"对了，还真有一件事要对你说。我打算搬到鸟城大学宿舍去。如果我答应做兼职研究员，就能得到一个单间宿舍。在宿舍里写文章，没有打扰，可能效率会高一些。"林枫说。

"你想跟我分居吗？"杨丽面露不悦。

"当然不是，那间宿舍只是工作室。我一早出门去宿舍干活，每天晚上都回来，跟上班族一样。"

"可是你之前不愿意当兼职研究员，说都是些命题论文，没什么意思。"杨丽不以为然地说。

"此一时彼一时啊。当研究员多一笔收入，还有一间宿舍当书房。"林枫说。

"我不想回去。我们去宾馆好不好？"杨丽双手搭在他的臂弯上。

"去宾馆？有家不回去宾馆做什么？多花一份房费。"林枫惊讶地说。

"怀想一下我们大学谈恋爱的时候呀。逃离校园，躲开老师与同学的目光，找一个安静的角落。再说了，前些日子在G城，你不是在宾馆喊我过去吗？"杨丽小声说。

"哦！我明白了。你是想要。想要直说就行了。走，回家干大事去。"林枫哈哈大笑。

"哎呀！你怎么这样！现在一点都不浪漫了。"杨丽嗔怨。

那天晚上，林枫趁着杨丽出门练瑜伽，又打开了她的手机，发现她向阿全的汇报依然继续。

"最近他开始写那些能挣钱的文章了，竟然不喂鸟了。"

"好事！都说书呆子固执，北方佬死脑筋，没想到也有开窍的一天。"

"可是，我得天天替他喂鸟，总不能把它们饿死吧。"

"花花公子才养鸟，不务正业才养鸟。我看，趁他最近不关心鸟，你打开笼门都放了吧，一了百了。以后书呆子问起来，就说笼门忘关了。"

"这样不好吧。宠物鸟没有野外生存能力，放了它们等于杀了它们。我下不了手。"

"那就养着吧。记住，只喂十块钱八斤的带壳秕谷就行了，万不可在鸟身上花冤枉钱。"

"我觉得他一心挣钱，不怎么关心我了。"

"好事呀！男人结婚后当然要一心挣钱养家。挣钱养家就是关心家庭，关心你啊。"

林枫把手机放回原处，开始收拾一些书籍和资料，准备装箱搬到宿舍去。

这时候，杨丽背着卷成筒的瑜伽垫回来了。一进门，她就吃惊地问他搬去哪儿。

"我中午不是跟你说了，搬到宿舍去。"

"可是我不想你搬。我习惯了跟你在一个房间，习惯了你敲打键盘的声音。"

林枫手里拿着两本书，站在那儿，一时拿不定主意把书放回原位，还是放到箱子里。过了一会儿，他还是把书放进了纸箱里。

"够了！我不想要房子了！我只要从前的你！现在你是挣了一些钱，但是我过得一点都不开心，呜呜呜！"杨丽忽然把背后的瑜伽垫筒砸在地板上声泪俱下。

林枫吓了一跳，赶紧走过来把她的头埋在自己胸前抚摸着她扎成小刷子的头顶安慰道："我知道这些年来我们搬来搬去，跟各种房东打交道，你最大的愿望就是想要一套属于自己的房子。"

"不对。我最大的愿望就是你像从前那样爱我。呜呜呜。"杨丽呜咽着，泪水洇湿了他胸前的衣服，热烘烘的。

"可我也想要一个属于自己的带阁楼的房子。阁楼做书房，还可以养鸟。"

"我什么也不要了。我只要你像从前那样活着。"杨丽的呜咽变成了抽泣。

7　鸟　叔

一天晚上，十一点多了，林枫还没有回来。

杨丽发去信息询问，林枫说在跟鸟叔一起看鸟。

"你现在成了鸟叔的小跟班、小尾巴。现在骗人都懒得打草稿，大半夜的，能看什么鸟？"

"夜鸟啊，多是在礁石上睡觉的棕头海鸭。喂，你知道它们怎么睡觉的吗？"

"还能怎样？趴在石头上呗。"

"不完全对。有的趴在礁石上，有的双脚站着睡，有的金鸡独立睡。有的睡觉时嘴巴插进背后的羽毛，有的缩着头睡，还有的伸着头睡……还有的忽然惊醒，像做了噩梦。"

"能看得见吗？"

"你小瞧了鸟城的霓虹，还有鸟叔的夜视装备。"

午夜归来，杨丽还没睡，她让林枫说说看鸟的事，试图发现什么蛛丝马迹。

"鸟叔说，如果听不懂鸟语，学问难有大的突破。鸟叔还说，鸟类的语言十分古老，而且，就像其他古老的说话方式一样，非常隐晦，言辞不多，却意味深长。"

关于鸟叔，杨丽半信半疑。

"鸟叔总是穿着一件灰褐色的吉普多口袋马甲，不仅爱鸟如命，还嗜酒如命。我俩坐在礁石上，轮流举起鸟叔装了白酒的行军壶，他一口我一口。"

"你倒是好，大半夜还不回家。这是从前没有过的。你看人家奥德修斯，历经千难万险，一心回到妻子身边。"杨丽想到林枫案头的那本《奥德赛》，故意这样说，试图表明自己跟他有着共同语言，还是当初那个同专业的学妹。

没想到林枫哈哈大笑。

"你笑什么？"

"笑你脑子里还装着教材上的标准答案。"

"我说错了吗？"

"没错。但我觉得奥德修斯故意不回家。他有很多次机会回家，愣是拖延了十年。他与仙女卡吕普索在岛上同居，住够了两年才提出造船回家。一路上，这家伙从不放弃与其他女人同床共枕的机会。"

杨丽想了想，似乎有道理，似乎又没道理，便说："所以男人没一个是好东西。"

"你这说法很不严谨。"

　　杨丽说不过，便改成了行动，她走过来，双臂环住林枫的腰，没有像平时那样转过头，脸庞贴紧他的胸膛，而是面朝他，鼻子埋进他那件多口袋的马甲里。一股酒气，还有熟悉的腐烂树叶一样的体味，没有可疑的味道。她这才放了心，一把推开他，说他臭，催他去洗澡。

　　一个午后，林枫正在书桌旁读书。杨丽不知什么时候站到她背后，忽然说道："趁着寒假还没结束，请鸟叔吃个饭。我也想见见你的人生导师鸟叔。"

　　林枫头也没回，说鸟叔很忙，现在不知道跑到什么地方看鸟去了。

　　"你是在骗我，对吗？"杨丽质问。

　　"不对。我之所以年后忽然在意起仕途经济，也是鸟叔的影响。回来鸟城后的第二天，我跟随鸟叔去大鹏看鸟。有一只怪鸟栖息在大鹏所城的一棵百年老榕树上，就连鸟叔也叫不出它的名字。"林枫说。

　　"仅仅是看鸟？"杨丽问。

　　"当然不是。鸟叔去大鹏看望他的女朋友阿环。阿环做了地道的鸟城年糕给我们吃。"林枫说。

　　"鸟叔没有成家吗？怎么还有女朋友？"

　　"成家就不能有女朋友了吗？鸟叔早年从内地移居鸟城时妻子不愿跟来，便离了婚，听说他们有个儿子在国外留学，后来留在了国外。"林枫说。

　　"我感觉鸟叔不是什么好鸟，老不正经。"杨丽说。

　　"没有的事。鸟叔是个好人，是个快乐的单身汉。单身汉有女朋友是很正常的事情。"林枫说。

"那他们为什么不结婚？"

"相爱不一定非得结婚。对了，他们那天还对唱了大鹏仙歌，真是郎情妾意啊。我还记得那么几句：'自古行船跑马三分险，不论渔家与客商。有艘外轮遭搁浅，默娘飞身往现场。救了船员几十个，又帮修复重起航。船长只会讲英语，鸡同鸭讲好似捉迷藏。从此默娘学外语，又与宗伦互商量。朝背诵，暮磋商，英文法语都流畅。夫妻同心救海难，纵横万里保海洋。'"

"这跟仕途经济有什么关系？"

"我萌生挣钱的想法是因为亲眼见到了阿环的生活。阿环是大鹏本地人，家有三栋楼出租，典型的包租婆。有两套房子专门当作年糕制作工作室。最气人的是，工作室旁边还有一栋瓦房专门做鸡舍。想想我们一家人窝在二十平方米的房子里，我就觉得对不住你。从大鹏回来，我就在思考挣钱的事。"林枫说。

"知道挣钱是好事，但也要有个限度吧。"

"鸟叔说得寻找一个平衡点。"

"看来鸟叔对你影响很大。什么时候约鸟叔一起吃饭？"杨丽眨眨眼。

"鸟叔不好约啊。谁知道去哪里了。"

"你肯定有鸟叔的联系方式，肯定知道他在哪里。"

"鸟叔就在我们这个房间里。"林枫沉默了一会儿说。

"哪里？"

"坐在你面前的这位养鸟的大叔，不就是鸟叔吗？哈哈哈！"林枫笑道。

杨丽虽然有种被欺骗的感觉，心里暗暗高兴，觉得鸟叔存在与否并不重要，因为她熟悉的恋人又回来了。

过了几天，杨丽把林枫从电脑前喊到了阳台，让他拆快递纸箱，说是给他买了个礼物。

林枫看到那个方形纸箱有四个圆孔，不由得心中一惊。取来裁纸刀切开封装胶带的时候，纸箱里传来几声怯生生的啼鸣。小心翼翼地将运输笼上的一层纱布切开一道窄缝。缝中立刻探出两颗不断转动的小脑袋，两对小眼睛好奇地打量着四周。原来是一对红嘴绿鹦哥。

林枫把这对鹦哥跟原来的几对牡丹鹦鹉放在一个笼子。两人站在笼前观察了好大一会儿。这对鹦哥形影不离，十分恩爱。怪不得牡丹鹦鹉又称爱情鸟，吃一粒黑瓜子都要嘴对嘴分一半给对方。

灯熄了，他们恢复了床头夜话。

"我昨晚梦见了在北方田野里追野鸡。"

"追到了吗？"

"追到没追到并不重要。野鸡在麦苗地里狂奔，就像兔子一样，根本飞不起来，快被追上时才扑腾几下，飞不远。"

"以前梦见鸟，现在又梦见野鸡。"

"野鸡也是一种鸟。"

"我看你是想念故乡了。你好多年没回北方了。来自北方的鸟，为啥不待在北方？"

"待在北方会冻死，傻瓜。"

"所以你是候鸟。"

"鸟城人都是候鸟。这是红树林观鸟基地指示牌上的第一句话。"

"难道我也是一只鸟？"

"当然。"

"什么鸟？"

"啄木鸟。"

"为什么？"

"喜欢啄我的树干。"

平时打开笼门的时候，鹦鹉们都是躲进草窝，偏偏那只最宠爱的红嘴牡丹鹦鹉倏然钻出笼门。先在阳台的晾衣竿上站了片刻，回头望着林枫和笼子，似乎在思考什么，然后振翅而去。剩下的另外一只红嘴牡丹失去了伴侣，站在笼内伴侣喜欢的小秋千上嘤嘤哀鸣。偶尔站在别处，望着空荡荡的秋千发呆，嘴里叽叽咕咕。

林枫心中一震，知道找不回来了。再说了，家养鹦鹉，哪有野外生存的能力。笼子外的世界，何其凶险，树上的蛇，地上的鼠，飞檐走壁的野猫……

有那么几日，林枫盼着它能回来，停靠在笼子上端的栖棍上。不过，它终究没有来。

杨丽发现，林枫养鸟的兴致似乎也随着那只鹦鹉一起飞走了。

之前早晨听到阳台的鸟鸣就起床，根本用不着闹钟，如今躺到九点，正所谓"我身睡卧，我心却醒"。

那天早晨，林枫一个激灵起了床，从工具箱里找出一把剪刀，直奔阳台。杨丽诧异，赶紧跟了上去。

林枫的右手伸进了鸟笼，摸索着，摸到一只鸟，就小心翼翼地拿出来，在鸟的头上包裹一块眼镜布，剪掉翅膀上的飞羽，直到剪遍每一只。

"不能让鸟看见，不然准会恨死我。"林枫说道。

"可是你是为了它们好，待在笼子里丰衣足食，多好呀！我都想做一只宠物鸟，有人宠，无忧无虑。"杨丽欢快地说。

"那是你不明白羽毛对于鸟儿来说意味着什么！我也是一只鸟，一只自由自在的野鸟，现在快被规训成了一只广东白切鸡了。"林枫说。

"你自己选择进入笼子的。你说你会永远爱我。"杨丽说。

"我进入笼子，但是没人可以剪掉我的羽毛。每个人归根结底都会进入笼子，有着一身羽毛又怎样，有着塞壬的歌声又如何，毕竟仅是一只鸟……"林枫喃喃，吐出一串不知所云的话语。

"书呆子还在养鸟吗？"

"养啊。我还新买了一对红嘴绿鹦鹉送给他。他很喜欢。一有空就去阳台逗鸟呢！不过红嘴绿鹦鹉最近飞了一只，枫哥便剪掉了所有鹦鹉的飞羽。"

"明明贫下中农出身，活得却像个城市公子哥。"

"爷爷奶奶也是农民啊。况且，爷爷还是没东西吃饿死的。"

阿全也许觉察到了"小棉袄"的立场有些改变，便缓和了语气："结婚后和恋爱时不一样了，要一心想着存钱买房，总不能生了孩子还住在出租屋。一切没有必要的开支都要切断。何况养鸟。"

"爸！您计划好自己的生活就好了，培养好化骨龙就行了。您老是对别人的生活指手画脚，无不无聊啊？"

下面没有了回复，大概阿全无奈地发现，自己的小棉袄已经彻底站到了另一个男人那边，成了对方的代言人。倒是阿萍发来信息，让杨丽说服林枫元宵节一起回家，说是装修好了同一小区的另外一套房子，给他们当客房。他不必再与你弟弟挤在一个房间了。听说你弟弟通宵打游戏，吵得他睡不着觉。

（《广州文艺》2023年第7期）